SE NÃO FOSSE POR VOCÊ

LAURA AMORIM

Literare Books
INTERNATIONAL
BRASIL · EUROPA · USA · JAPÃO

Copyright© 2023 by Literare Books International
Todos os direitos desta edição são reservados à Literare Books International.

Presidente:
Mauricio Sita

Vice-presidente:
Alessandra Ksenhuck

Diretora comercial:
Claudia Pires

Diretora executiva:
Julyana Rosa

Diretora de projetos:
Gleide Santos

Editor júnior:
Luis Gustavo da Silva Barboza

Capa, diagramação e projeto gráfico:
Deborah Célia Xavier

Ilustração de capa:
Sérgio Luiz dos Santos

Revisão:
Camila Lima
Rodrigo Rainho

Leitura crítica:
Aurora D'Amico & Karoline Dias

Impressão:
Gráfica Printi

Dados Internacionais de Catalogação na Publicação (CIP)
(eDOC BRASIL, Belo Horizonte/MG)

A524s   Amorim, Laura.
       Se não fosse por você / Laura Amorim. – São Paulo, SP: Literare Books International, 2023.
       368 p. : il. ; 14 x 21 cm

       ISBN 978-65-5922-518-7

       1. Ficção brasileira. 2. Literatura brasileira – Romance. I. Título.
                                                                 CDD B869.3

Elaborado por Maurício Amormino Júnior – CRB6/2422

Literare Books International.
Alameda dos Guatás, 102 – Saúde – São Paulo, SP.
CEP 04053-040
Fone: +55 (0**11) 2659-0968
site: www.literarebooks.com.br
e-mail: literare@literarebooks.com.br

"De tudo, ficaram três coisas: a certeza de que ele estava sempre começando, a certeza de que era preciso continuar e a certeza de que seria interrompido antes de terminar. Fazer da interrupção um caminho novo. Fazer da queda um passo de dança, do medo uma escada, do sono uma ponte, da procura um encontro."

Fernando Sabino

Àqueles que, de passo em passo, caminham rumo aos seus sonhos.

SUMÁRIO

PRÓLOGO
Página 11

QUESTÃO 1) A investidura em cargo público depende de aprovação prévia em concurso, que será sempre aberto no momento mais inoportuno para os candidatos. (C) (E)
R: *Página 17*

QUESTÃO 2) Em regra, não há implicações jurídicas relevantes em falar ao telefone em locais públicos, salvo se na presença de desconhecidos de olhos azuis. (C) (E)
R: *Página 25*

QUESTÃO 3) Quando da contratação de um serviço, ao encontrar-se com o encarregado do estabelecimento comercial, deve-se correr na direção contrária. (C) (E)
R: *Página 35*

QUESTÃO 4) Ao receber conselhos profissionais de terceiros qualificados e intercambiar experiências, deve-se questionar e retrucar as orientações recebidas. (C) (E)
R: *Página 53*

QUESTÃO 5) É desaconselhável atender ligações de ex-namorados(as) a qualquer tempo. (C) (E)
R: *Página 65*

QUESTÃO 6) É inapropriado visar intensamente o interlocutor durante explicações doutrinárias de matéria jurídica. (C) (E)
R: *Página 77*

QUESTÃO 7) Uma decisão importante não deve ser tomada quando o indivíduo se encontrar em estado exaltado, sob pena de os resultados serem contrários àqueles esperados. (C) (E)
R: *Página 95*

QUESTÃO 8) É mais prudente que a definição dos termos de um contrato seja feita à distância ou as partes poderão despender mais tempo que o desejado em seu estabelecimento. (C) (E)
R: *Página 113*

QUESTÃO 9) A simulação é desacordo intencional entre a vontade real e a declarada, com a concordância de ambas as partes, visando a ocultar certo fato ou ostentar uma realidade que não existe. (C) (E)

R: Página 127

QUESTÃO 10) A propaganda de um estabelecimento comercial a terceiros pode resultar na prorrogação obrigatória de contrato diverso. (C) (E)

R: Página 137

QUESTÃO 11) O ébrio eventual não é eximido da responsabilidade por seus atos. (C) (E)

R: Página 147

QUESTÃO 12) A prorrogação implícita de contratos pode gerar dúvidas nas partes envolvidas quanto a sua vigência. (C) (E)

R: Página 157

QUESTÃO 13) Quanto maior for a indisponibilidade temporal do indivíduo, maior será a chance de seu veículo automotor ser avariado. (C) (E)

R: Página 171

QUESTÃO 14) A preferência de marca não é vedada nas compras feitas por estabelecimentos comerciais privados. (C) (E)

R: Página 179

QUESTÃO 15) A extensão do vestuário do indivíduo é inversamente proporcional à atenção despendida às informações sendo apresentadas. (C) (E)

R: Página 197

QUESTÃO 16) A simulação só produz efeitos jurídicos quando perante terceiros. (C) (E)

R: Página 211

QUESTÃO 17) Se enfermo, o indivíduo tem direito ao cuidado domiciliar por terceiro de sua escolha. (C) (E)

R: Página 225

QUESTÃO 18) Segundo o Código Civil, é nulo o negócio jurídico simulado, mas subsistirá o que dissimulou, se válido na substância e na forma. (C) (E)

R: Página 241

QUESTÃO 19) A refeição de um terceiro será sempre melhor que sua própria, salvo se houver intercâmbio entre as partes. (C) (E)

R: Página 253

QUESTÃO 20) No caso de bem indivisível e infungível, a impossibilidade de sua fragmentação ou substituição implica na necessidade de permanência da coisa inteira com o usufrutuário. (C) (E)

R: *Página 261*

QUESTÃO 21) Em caso fortuito ou de força maior, tornando-se impossível ou excessivamente onerosa a realização do negócio jurídico, o contrato poderá ser resolvido, sem prejuízo do sofrimento de perdas e danos pelas partes. (C) (E)

R: *Página 281*

QUESTÃO 22) A casa é asilo inviolável do indivíduo, ninguém nela podendo penetrar sem o consentimento do morador, salvo durante os sonhos, a qualquer hora. (C) (E)

R: *Página 297*

QUESTÃO 23) A situação, mesmo já desfavorável, de um indivíduo pode sempre ser agravada. (C) (E)

R: *Página 303*

QUESTÃO 24) Considera-se em mora o devedor que não efetuar o pagamento no tempo, lugar e forma que a convenção estabelecer. (C) (E)

R: *Página 313*

QUESTÃO 25) Um convite não perde a validade mesmo na hipótese de alteração na relação entre as partes. (C) (E)

R: *Página 325*

QUESTÃO 26) É livre a manifestação do pensamento, sendo vedado o anonimato. (C) (E)

R: *Página 335*

QUESTÃO 27) A realização de negócio personalíssimo exige a disponibilidade de ambas as partes e, havendo incompatibilidade de horários, será extensa e custosa a espera. (C) (E)

R: *Página 343*

QUESTÃO BÔNUS) Uma garrafa de bebida, mesmo não alcoólica, pode resultar em nova declaração de vontade pelas partes. (C) (E)

Página 352

EPÍLOGO)
Página 355

PRÓLOGO

Melissa: Olá, Sr. Concurseiro, tudo bem? Meu nome é Melissa! Hum... Eu não espero que me diga seu nome, tá? (É claro.) Venho acompanhando suas postagens há algumas semanas e queria te agradecer! Elas têm me ajudado muito a entender mais sobre a vida de concurseiro!

Sr. Concurseiro: Olá, Melissa. Tudo bem, e com você? Eu que agradeço o interesse no meu conteúdo. Você também está estudando?

Melissa: Para concursos, ainda não. Preciso derrotar o chefão da faculdade primeiro.

Sr. Concurseiro: Ah, trabalhando no TCC?

Melissa: Isso. Mas assim que me formar, espero ser contratada como advogada pelo escritório onde estou estagiando e começarei a estudar.

Sr. Concurseiro: E qual concurso quer prestar?

Melissa: Meu sonho é ser delegada :)

Sr. Concurseiro: Estarei na torcida.

Dois meses depois...

> **Melissa:** Oii, sou eu de novo! Hum... Pra dizer a verdade, já escrevi e apaguei essa mensagem algumas vezes e me prometi que não faria isso de novo, então me desculpe por qualquer que seja o resultado do que virá a seguir.

> **Sr. Concurseiro:** Olá, Melissa, há quanto tempo! O que houve? Fique à vontade.

> **Melissa:** Ah, você está online? Certo, lá vai (peço desculpas de antemão por estar me metendo, mas...). O que aconteceu é que, hoje mais cedo, li seu texto dizendo que não vai mais prestar a prova do MP em dois meses e eu queria que você... hum... reconsiderasse.

> **Melissa:** Eu entendo que o resultado no último concurso não foi o que você esperava (nem o que eu esperava também, estava torcendo por você!), mas... Bom, pelo menos de onde vejo, me parece que essas coisas são assim mesmo e que até os mais bem preparados candidatos podem ter um ou outro resultado insatisfatório no meio do caminho.

> **Melissa:** A verdade é que eu queria que você não desistisse assim tão perto. Alguma coisa me diz que dessa vez você vai conseguir, sabe? Já te acompanho há tempo o suficiente para saber que você já está quase lá! Não conheço (apesar de, na verdade, não te conhecer também) ninguém que seja tão dedicado, disciplinado e comprometido como você.

Sr. Concurseiro: Tudo bem, você não está se metendo, até porque quem compartilha tudo aqui sou eu, não é? Agradeço a preocupação e a confiança em mim. Eu realmente fiquei desapontado com a última prova e... não sei. Vou pensar, tudo bem?

Melissa: Jura? Olha, é sério! Todas as vezes que você compartilha seu controle de horas, de aulas e de questões, conseguimos ver que você está fazendo a sua parte. Estamos todos torcendo por você, mesmo que de longe, e não acho que desistir por conta de um mau resultado seja a resposta. Você tem ido bem nas questões e acho que essa prova foi um ponto fora da curva. Na próxima, com certeza se sairá bem!

Sr. Concurseiro: Eu queria ter pelo menos metade dessa sua confiança.

Melissa: Eu te passo por aqui! Toma! *confiança*

Sr. Concurseiro: Ah, obrigado, estou pronto para outra agora :)

Melissa: Promete que vai pensar, então? Só não vale pensar demais, porque senão você fica sem tempo de estudar!

Sr. Concurseiro: Pode deixar, Melissa. Obrigado.

Dez meses depois...

Melissa: Acredito que você esteja merecendo os parabéns hoje, não é? (P.S.: adorei o novo pseudônimo!)

Sr. Concursado: Obrigado, Melissa. Gostaria de aproveitar e agradecer o apoio que me deu na véspera da prova.

Melissa: Ah, que isso, imagina! Tenho certeza de que você cairia na real de um jeito ou de outro, mesmo sem eu me meter. De toda forma, estou muito feliz por você! Espero que logo seja minha vez!

Sr. Concursado: Já está firme nos estudos?

Melissa: Sim! Estou ainda tentando pegar o ritmo, conciliando com o trabalho e tudo o mais, mas estou dando o meu melhor.

Sr. Concursado: Tenho certeza de que sim. Sempre que precisar de alguma coisa, não hesite em me chamar por aqui, tá?

Melissa: Combinado, obrigada! Quando for aprovada (espero que logo), vou te mandar minha mensagem de agradecimento!

Sr. Concursado: Vou esperar :)

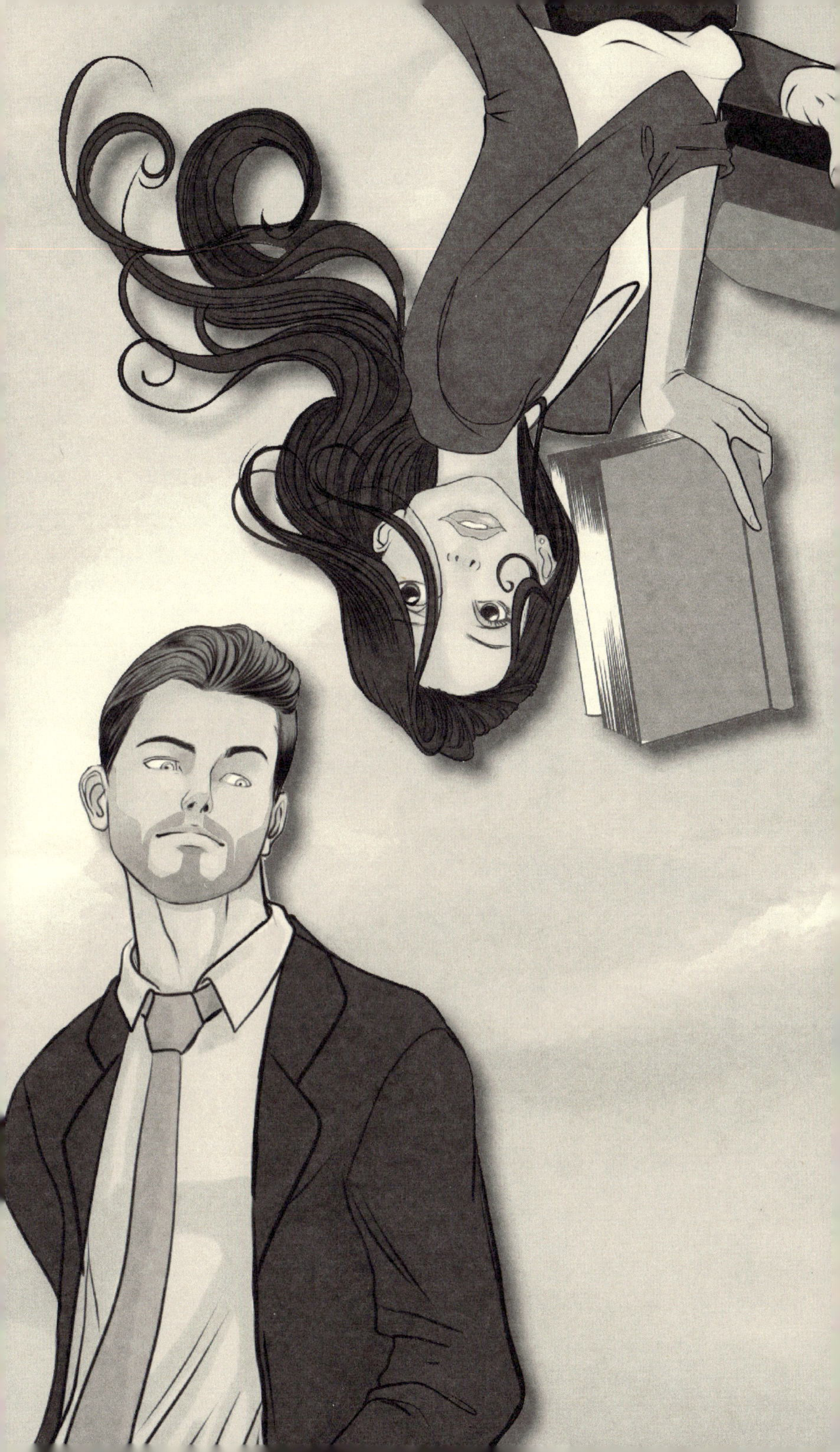

QUESTÃO 1

A investidura em cargo público depende de aprovação prévia em concurso, sempre aberto no momento mais inoportuno para os candidatos.

(Certo)

(Errado)

DOIS ANOS DEPOIS...

Se tem uma coisa que percebi nessa minha jornada como concurseira, é que as bancas organizadoras não têm nenhuma compaixão pelos candidatos. E pior, elas não param por aí: parecem encontrar verdadeiro prazer em atormentar cada um dos guerreiros anônimos que encontram a coragem para enfrentar essa batalha — com probabilidades de sucesso *muito* inferiores às dos *Jogos Vorazes*, diga-se de passagem.

Dentre os meios de tortura preferidos das bancas, e que acho particularmente cruéis, está a divulgação dos documentos mais esperados pelos infelizes à meia-noite. Vários são os concurseiros que quase quebram o botão F5 atualizando sites oficiais no meio da madrugada, ansiosos pelo resultado de uma prova que pode mudar suas vidas.

Outro instrumento muito utilizado para tirar o escasso sossego dos candidatos, conspirando com o próprio órgão público, é a abertura de um novo concurso do verdadeiro *nada*. Por que dar alguma previsibilidade às pobres almas quando pegá-las de surpresa é muito mais divertido?

Pois é.

É isso o que me pergunto quando, ao desligar o despertador às seis da manhã do que seria uma quinta-feira inofensiva, corro os olhos pelas dezenas de mensagens no grupo do concurso da Polícia Civil de Minas Gerais. Meu estômago gela com a compreensão.

Saiu o edital.

Minha mão treme ao segurar o celular.

Droga. É cedo demais, eu precisava de mais tempo.

Chuto as cobertas sem me preocupar em arrumar a cama e corro para o banheiro para tomar uma ducha e me arrumar em tempo recorde.

É, a corrida matinal vai ficar para amanhã.

Antes de sair do apartamento com uma banana na mão para substituir o café da manhã, imprimo o edital. Preciso analisar tudo com calma e me planejar: se terei pouco tempo, devo usá-lo da melhor maneira possível.

E assim, em menos de 30 minutos depois de acordar, estou no meu bom e velho Gol prata, a caminho do escritório, com os cabelos longos presos no rabo de cavalo de sempre e o *blush* cobre nas bochechas bronzeadas. Depois de alguns anos trabalhando como advogada, estou treinada em me maquiar depressa quando necessário. Só não me peça para fazer nada muito elaborado, principalmente depois do desastre com o delineado gatinho de alguns meses atrás — não queira saber.

Ajeito meus óculos, que escorregava pela base do nariz. Já me conformei que é impossível colocar as lentes de contato quando estou com pressa. Como meu problema de vista é recente, ainda levo minutos inteiros para tentar manter o olho aberto com meu dedo se aproximando tanto. Não é bonito.

Ao meu lado, sobre o banco do passageiro, estão as poucas folhas recém-impressas com todas as regras da batalha da minha vida, que não deveria acontecer tão cedo. Segundo os boatos, a prova seria somente daqui a uns seis meses, e eu estava contando com cada um deles para fechar o estudo de algumas disciplinas e consolidar os conhecimentos naquelas em que tinha dificuldade — sério, amo Direito Penal, mas tem algumas coisas que não entram na minha cabeça por nada. Se, em vez de advogar em um escritório especializado em matérias tributárias, eu tivesse conseguido entrar em algum criminal, a história talvez fosse outra.

Imagens dos últimos dois anos passam na minha mente enquanto dirijo. Tanto esforço, tantas renúncias... Dia após dia, acho que estou dando o meu melhor, mas será que foi o suficiente? Será que eu não poderia ter feito mais?

O trabalho no escritório é bem puxado, mas preciso dos três anos de prática jurídica — e do dinheiro, por favor — para assumir o cargo de delegada um dia. E, nossa, como quero aquele distintivo.

Mas será que este é mesmo meu momento?

Aliso meu casaco de linho bege, do conjuntinho monocromático da vez, uma escolha rápida e certeira para momentos de desespero. O dia já não começou fácil e, enquanto dirijo imersa em meus pensamentos, uma luz se acende no painel, chamando minha atenção. Coisa boa não é, mas não vou me preocupar com isso agora: depois da prova, terei tempo de sobra para resolver qualquer pepino. E chorar por causa da minha reprovação.

— "Não, não, não. Mel, não começa", murmuro para mim mesma.

Vamos lá, vai dar certo.

Tem de dar certo.

As enormes portas de vidro do Escritório JHR se abrem preguiçosamente diante de mim quando posiciono meu indicador no sensor, e agradeço por minha digital ter sido reconhecida na primeira tentativa. Assim que possível, eu me esgueiro entre elas e vou direto para a minha mesa, na porção central da sala ainda vazia, onde as outras escrivaninhas aguardam em silêncio pela chegada de seus donos. O início do expediente é só às oito, o que me dá um tempinho para analisar o edital e saber mais sobre a prova que me espera.

Tiro o *notebook*, ou melhor, minha carroça, da bolsa — preciso comprar um novo, urgente — e, enquanto ele acorda, espalho as folhas do edital impresso sobre a mesa. Preciso entender onde estou, aonde preciso chegar e, a partir daí, traçar um plano para as próximas semanas.

Pego meus marca-textos do suporte sobre a mesa e corro os olhos pelas primeiras páginas, em busca, primeiro, do que realmente importa agora: informações sobre a prova em si. E ali está, na seção quatro. Fazendo um pequeno cálculo com a ajuda do calendário sobre a mesa, descubro que, a contar de hoje, terei 87 dias até a primeira etapa, a prova objetiva.

Respiro fundo e pego minha agenda verde-água na bolsa para destacar algumas datas-chave: 60, 45, 30, 15, 10 dias e, por fim, a data da prova. Dou um tapinha encorajador nas costas do meu eu do futuro, que marcha rumo à batalha final com as pernas tremendo e um frio na barriga daqueles de dar enjoo.

Volto algumas páginas, tomando cuidado para minhas mãos suadas não molharem o papel, e confiro também o período de inscrições. Anoto o primeiro e o último dia na agenda, além de colocar um lembrete no celular na última semana.

Folheio até o anexo do edital, de onde me encara o conteúdo programático de cada disciplina. Direito Constitucional, Administrativo, Penal, Processo Penal... Ok. Já finalizei o estudo de várias dessas; talvez, se seguir firme com as revisões e as questões, vai dar tudo certo. Ou não. A matéria Criminologia chama minha atenção: ainda nem comecei. Se eu tivesse me organizado melhor, descansado menos, trabalhado menos...

— Caiu da cama? — pergunta uma voz divertida atrás de mim, e dou um pulo de susto.

Fecho os olhos logo que identifico seu dono. *Droga*. É claro que, de todos os meus colegas, *ele* seria o primeiro a chegar. O calor de uma mão pousa em meu ombro e faz um nó se instalar em minha garganta com a intromissão.

— Bom dia para você também, Matheus. Tudo bem? — respondo ao me virar com uma expressão indiferente. Encontro o advogado sorrindo para mim, os cabelos louros penteados no topete de sempre contornando sua cara de pau.

— Tudo certo! — ele ergue uma sobrancelha ao xeretar sobre meu ombro. — O que é toda essa papelada? Ainda não deu a hora de... Ah, saiu a tal da prova? Vai prestar para qual cargo?

Eu poderia tentar, dessa vez, prestar as provas para investigador ou escrivão: têm menos etapas e cobram menos matérias. Se fosse aprovada, pelo menos entraria na polícia. Meu peito se aperta com o mero pensamento. Nada disso soa certo quando comparado ao meu sonho de ser delegada.

— Para delegado mesmo — minha boca responde sem querer.

Pelo jeito, minha vontade de parecer forte na frente dele é maior do que toda a incerteza que me ronda. Não quero deixá-lo ver o quanto me machucou.

Mas depois ele vai saber que não consegui passar.

Argh.

— Hum. Tem que estudar muito, então, né? — ele leva as mãos ao bolso da calça cinza-escura. — Não sei como você consegue. Com todo o trabalho que temos aqui, chego em casa e não quero mais ler uma palavra.

Dou um meio-sorriso forçado.

— Faz parte.

— Bom, pode continuar aí enquanto o restante do pessoal não chega. — ele segue em direção à sua mesa, cerca de três metros à frente da minha, bem mais perto do que eu gostaria. — Também me adiantei hoje para preparar tudo para uma audiência às dez; o caso é complicado, mas os honorários vão valer a pena.

Não respondo.

Depois de apoiar sua pasta sobre o móvel, Matheus tira o paletó, o coloca sobre o encosto da cadeira e ajeita sua gravata cinza-clara, como sempre faz quando se senta. Nossos olhares se cruzam uma última vez e ele dá uma piscadela com um de seus olhos caramelo.

Ugh.

Ignoro-o e volto aos papéis, o sangue borbulhando. Apesar de tudo o que se passou, ainda não consigo deixar de me sentir afetada por ele, mas de um jeito bem diferente de como era antes. Levo as mãos às têmporas e me pergunto o que deu errado. A culpa foi mesmo toda minha? Será mesmo impossível acompanhar alguém na busca por um sonho? Interrompo minha linha de raciocínio antes que ela saia de controle.

De novo.

Meu computador, sentindo minha impaciência, termina de se ligar, e vou direto para o *blog* De Concurseiro a Concursado, que sempre visito para recarregar minha motivação quando tenho recaídas.

Antes que eu possa ler o *post* do dia, no entanto, um anúncio no site chama minha atenção: é de um espaço para estudo individual chamado Focus Salas de Estudos, aqui mesmo, em Belo Horizonte. Pelo que vejo, lembra aqueles *coworkings* que vêm pipocando a cada esquina, mas direcionado a "estudantes que buscam um local silencioso e confortável para estudar" — palavras do anunciante.

Hum. Interessante.

A imagem de Jéssica, minha colega de apartamento, invadindo meu quarto de cinco em cinco minutos, vem à minha mente. Render bem nos estudos em casa é um desafio. Já é difícil ter a força de vontade e a concentração para estudar em situações normais; sendo tentada e interrompida o dia inteiro, então, nem se fala.

Se eu pudesse ir a um lugar blindado de distrações, conseguiria avançar bem mais rápido, e velocidade é essencial neste momento. Os próximos dias podem ser o fator que vai separar o aprovado daquele que vai bater na trave, e quero estar no primeiro grupo.

Não, *preciso* estar no primeiro grupo.

No site da Focus, algumas fotos se abrem: a sala de estudos é dividida em cabines individuais, talvez umas vinte; há uma copa bem equipada e alguns armários externos, como naquelas escolas americanas que sempre vejo em filmes. Gostei.

Descendo mais um pouco, eu me espanto ao ver que é bem próxima ao meu apartamento — apenas sete quarteirões — e que fica quase no caminho de volta do escritório. Seria perfeito para ir depois do trabalho e aos finais de semana. Com o cupom de desconto do *blog*, o plano mensal não ficaria tão caro e, bom, estou topando qualquer coisa para conseguir estudar melhor nesse pós-edital.

O botão "Experimente de graça por um dia!" pisca na tela.

Por que não?

Preencho um formulário com os meus dados e agendo uma visita para hoje mesmo, na hora do almoço — se comer correndo, conseguirei passar lá e chegar a tempo para a primeira reunião da tarde. Com a prova marcada, não há tempo a perder; os minutos escorrem pelas minhas mãos enquanto tento segurá-los.

QUESTÃO 2

Não há implicações jurídicas relevantes em falar ao telefone em locais públicos, salvo se na presença de desconhecidos de olhos azuis.

(Certo)

(Errado)

— Onde você se meteu hoje cedo?! — Jéssica grita pelo telefone. — Fiz meus ovos mexidos especiais para o café da manhã, e você nunca voltou da sua corrida para comer comigo.

Quase posso ver seu muxoxo através do fone de ouvido.

— Saiu o edital. — suspiro e coloco mais uma garfada do frango grelhado na boca. Cheguei alguns minutos antes do horário combinado para visitar a salinha e aproveitei para experimentar o restaurante *self-service* que encontrei logo ao lado. Apesar de ele estar cheio e eu precisar dividir a mesa com outros clientes solitários, não precisei esperar tanto tempo na fila do bufê, e a comida está bem melhor do que a das minhas marmitas.

— Calma. Do concurso para delegado que você queria? — pergunta a voz agora ainda mais estridente. Se ela não fosse tão apaixonada pela arquitetura, poderia ganhar a vida como dubladora de desenhos infantis.

— Esse mesmo. A prova será em 87 dias — digo, espetando meu frango com mais força que o necessário.

Olho para o homem sentado na cadeira à minha frente. Na verdade, já é a quarta vez que faço isso, mas quem está contando?

Cabelos lisos e loiro-escuros emolduram seu rosto, destacando ainda mais os olhos azuis e a pele clara — diferente da minha, castanho-dourada, ainda mais bronzeada depois que passei a correr na rua — que contrastam com a barba que cobre seu maxilar marcado. Espera, é uma cicatriz ali sobre a sobrancelha?

Controle-se, mulher.

— Ai. Meu Deus! — continua Jéssica, soando tão chocada quanto fiquei mais cedo. — Mas você não disse que seu concurso não ia sair em uns... O que, uns seis meses?

Não me culpo por encarar tanto o estranho à minha frente a ponto de não escutar nada que minha amiga diz. Acho que nunca vi um homem tão bonito assim — talvez na televisão, mas pessoalmente? Nunquinha.

Sério, deve ser um crime, ou no mínimo uma contravenção, sair na rua assim, atrapalhando as outras pessoas a se concentrarem em suas tarefas rotineiras e fingindo que nada está acontecendo. Ele, ainda bem, parece não prestar atenção em mim, e seus olhos permanecem fixos no *tablet*, que mais lembra um celular, na sua mão enorme.

— Mel? — Jéssica chama.

— Hum... Sim. Pois é, e eu estava contando com esse tempo extra. Agora, não sei se vou conseguir estudar tudo a tempo.

— Não vem com essa! Se tem alguém que vai conseguir, é você!

Dou uma risada baixa.

— Minha mãe falou a mesma coisa quando mandei mensagem pra ela mais cedo.

— Tá vendo? Não sou só eu.

Sem aviso prévio, o desconhecido me olha por entre os cílios escuros e longos. Outra injustiça: o que é isso de homens com cílios longos? E eu aqui, custando para dar um mínimo destaque aos meus com uma camada tripla de rímel preto.

Desvio o olhar e, buscando ocupar minhas mãos, pego um

adoçante da caixinha e o jogo na limonada. Enquanto mexo a bebida com o canudo, ergo a cabeça só para constatar que minha operação teve efeito inverso: agora ele, que mal havia me notado, é quem está me encarando. Por algum motivo, sustento seu olhar.

Um. Dois... Ele arqueia uma sobrancelha. Três. Quatro...

Droga.

Do telefone, Jéssica me tira do transe, resmungando algo sobre a injustiça de o concurso não ter um cronograma prévio ou algo do tipo. Então, derrotada, desvio o olhar, voltando-me para o prato, e tento continuar a conversa:

— Mas adivinha quem chegou logo quando eu estava lendo o edital lá no escritório?

— Ah, não. — posso ouvir sua respiração forte. — O Zé Ruela?

Quase cuspo minha golada de limonada, mas consigo segurar o riso. Ainda não me acostumei com o novo apelido que Jéssica deu ao Matheus.

— O próprio. — balanço as pedras de gelo no copo, sorrindo. — Jéssica, você tem que parar de chamá-lo assim. Ainda tenho que trabalhar com ele, não dá pra ficar segurando o riso sempre que o vejo.

— Nah. Você merece umas risadas. Além do que, para mim, ele vai ser para sempre o Zé Ruela depois de toda aquela confusão cem por cento desnecessária que ele arrumou com você.

— É, disso, não posso discordar. — pego um pouco da alface, que sempre acaba ficando por último no meu prato. — Mas, mesmo assim, eu ainda...

— "Você ainda" nada, Mel! — Jéssica dispara, impaciente. — É sério, tire esse cara da cabeça, ele não te merece. Você não fez nada de errado, pelo contrário, está dando tudo de si para tentar realizar o seu sonho e o cara brincando com você desse jeito. Repita comigo: "Ele não me merece".

— Jéssica Maia, eu estou em público — sussurro.

— Não importa. — o som de talheres e conversas do outro

lado da linha se abafa depois da batida de uma porta. — Repita comigo: "Ele não me merece".

Já sei que ela não vai desistir.

— Tá bom, Jeh — baixinho, passando a mão pelo rosto, digo: — Ele não me merece.

Ainda não acredito nessas palavras, mas dizê-las me dá um alívio inesperado.

— Agora repita comigo: "E ele tem o pau pequeno".

— Jéssica! — exclamo. Dessa vez, não consigo segurar o riso.

— Eu definitivamente *não* vou repetir isso em público.

Dou minha última garfada e mastigo, resignada, a alface restante. Engraçado como meu "eu" que come a comida nunca concorda com as escolhas do que o serve.

— Jeh, tenho que desligar agora. Preciso passar em um lugar antes de voltar ao trabalho e não tenho muito tempo.

— Tá joia! Também tenho que retomar aqui. Boletos para pagar, sabe como é.

Nós nos despedimos e desligo o telefone me sentindo um pouco mais leve. Desde quando a conheci, na sexta série do fundamental, Jéssica tem esse dom de me animar.

Enquanto sugo o restinho da limonada pelo canudo, permito-me olhar mais uma vez para o homem à minha frente. Opa. Péssima ideia. Ele está me encarando, apertando os olhos, e parece estar... se divertindo?

Limpo a garganta, junto todas as coisas e me levanto, carregando a bandeja até o balcão. Sigo para a fila do caixa e vejo que o estranho está me seguindo — ou melhor, também está indo embora pelo único percurso possível.

Finjo que não sinto sua presença atrás de mim e olho para o relógio na parede à minha frente: 12h45. Certo, tenho 25 minutos para completar o *tour* pela salinha e, de lá, volto direto para o escritório para a reunião de 13h30.

Ainda com uma pessoa à frente, pego no bolso a comanda do almoço: comi 375 g, totalizando R$ 17,95. Até que o preço aqui é bom. E a limonada? Hum... Não colocaram a limonada aqui, vou precisar falar com a moça do caixa. Onde peguei essa limonada mesmo?

Você não pegou.

Espera. Então de onde era...?

Ai. Meu Deus.

Eu tomei a limonada do bonitão de olhos azuis?

Fecho os olhos e respiro fundo, sentindo meu rosto esquentar. Na verdade, ele só começou a me olhar depois que adocei a bebida.

Vergonha alheia, só que própria, um; Mel, zero.

Devo falar com ele? Ele vai me achar muito doida? No mínimo, lerda. Como pode uma pessoa não perceber que está tomando o suco de um completo estranho? Tá, mereço um desconto pelo dia que estou tendo, mas, ainda assim.

A pessoa à minha frente vai embora. Agora tenho duas opções: me fingir de (mais) lerda e falar com a caixa que se esqueceram de cobrar a bebida, ou me virar para trás, pedir desculpas e admitir meu erro. Não é nada tão grave assim, afinal, eu vou pagar pelo tal do suco.

Entrego minha ficha para a moça do caixa.

— Não cobraram a minha limonada, poderia adicionar, por favor?

Primeira opção, será.

— É por minha conta, já está aqui na comanda, mesmo. — Uma voz masculina grave e rouca vem de trás de mim.

Preciso dizer: se essa fosse a voz que narra minhas leis em áudio, eu saberia toda a legislação de cor — sinto muito, Mike Ross e sua memória fotográfica.

Engulo em seco e me viro, quase me trombando com o possível ator da Globo. Ele ostenta um meio-sorriso no rosto, o oposto da carranca que deve estar no meu agora.

— Como? — É a única palavra que consigo formular. Lamentável, para alguém que ganha a vida argumentando.

— Você tomou minha limonada por engano — ele diz, como quem troca conversa fiada sobre o tempo em um elevador. – Mas está tudo bem, você parece estar precisando.

— Precisando? — ergo uma sobrancelha em desafio.

— Sim, de uma gentileza — ele completa. Seu terno azul-marinho, alinhado e formal, contrasta com a expressão divertida no olhar. — Não parece estar em um bom dia. É sério, não se preocupe, é por minha conta.

Aperto os olhos. Não sou nenhuma coitadinha e posso muito bem pagar por uma limonada.

— Não — respondo firme. – Está tudo bem, obrigada. Desculpa a confusão. — e, ao me virar para a moça do caixa, digo: — Pode cobrar a limonada dele aqui, por favor, houve um engano.

Pago pelo almoço — e pela maldita limonada — e vou embora sem olhar para trás.

Remoendo o acontecido, caminho em direção ao meu carro, estacionado no fim do quarteirão, mas me lembro do que tinha ido fazer ali e dou meia-volta. Com alguns passos, chego à salinha, que de pequena não tem nada: é uma casa bem espaçosa, de dois andares.

Ao tocar a campainha, sou recebida por um homem de cabelos lisos e escuros, aparentando cerca de cinquenta anos, que se apresenta como Carlos, um dos fundadores do lugar. Ele me cumprimenta animado, com um sorriso gentil que faz brilharem os olhos finos, e me leva para um pequeno *tour*.

Há uma sala de estudos com 24 cabines individuais e uma sala de aula onde, segundo ele, são ministrados alguns cursos especiais. Também passamos pela copa e pelos armários externos que eu havia visto pelo site. Chegamos próximo a uma janela e ele aponta para um grande jardim do lado de fora.

— Todo sábado à tarde, temos um lanche aqui fora com os alunos. Em cada fim de semana, dois deles são responsáveis pela organização, trazendo os comes e bebes. É uma experiência muito legal. Você sabe como é difícil encontrar amigos por aí que entendam essa fase, não é?

Faço que sim com a cabeça.

— Venha participar neste sábado — ele convida, simpático. – Assim, você pode aproveitar um dia inteiro de estudos e te apresento para o resto do pessoal.

Concordo outra vez. Apesar de não ser uma pessoa extrovertida ou excessivamente social, venho sentindo falta de ter alguém com quem trocar figurinhas sobre a preparação para concursos. Como sempre morei muito longe — dois ônibus de ida e de volta todos os dias — e precisava trabalhar, quase não ia a festas e encontros, então não me enturmei muito com o pessoal da faculdade. Já no escritório, não se conversa muito sobre concursos e, à exceção de Matheus, ninguém mais sabe que estou estudando. De todo modo, meus colegas parecem bem focados na advocacia mesmo. Devo ser a única ovelha negra.

Voltamos à recepção e ele me entrega o folheto com os planos disponíveis e o contrato com todos os termos. Fico de voltar no dia seguinte, pela manhã, para experimentar como é estudar em uma cabine e ver se me adapto.

Tenho um bom pressentimento disso.

— Mel, vem ver. *Ele não está tão a fim de você* comigo! Ainda está no inicinho.

Mal passo pela porta da frente do nosso apartamento, no topo de um dos muitos morros de BH, quando a voz de Jéssica me chama do sofá da sala de TV.

É claro que qualquer divisão de cômodos no nosso apartamento de 68 m² — que não seja em nossas duas suítes — é meramente imaginária, mas decidimos, quando nos mudamos, que aquele canto específico do cômodo conjugado com a cozinha seria nossa "sala de TV", onde Jeh instalou a televisão que trouxe do seu quarto na casa dos pais.

— Ah, claro. Arrasou na escolha — respondo enquanto coloco as chaves no aparador de madeira escura ao lado da porta. Apontando para meu rosto com minha melhor expressão de "é sério isso?", completo: — Bem adequada à situação atual.

— Ah, você sabe que no final todo mundo fica bem, né? — ela morde a bochecha. — Ou quase.

Sim, eu sei. Já assistimos àquele filme umas três ou quatro vezes ao longo dos anos.

— Vou passar. Estou toda atrasada com os estudos hoje.

Jeh aperta os olhos na minha direção.

— Você está *sempre* atrasada com os estudos — ela me acusa, a colher de sorvete apontando para mim. — Essa desculpa não cola mais.

Dou de ombros.

É verdade que tenho rejeitado muito seus convites ultimamente. Entretanto, também é verdade que ela só me chama para assistir a filmes durante a semana, pois de sexta em diante ela sempre tem a companhia garantida do Paulo Henrique, seu namorado.

Jeh balança a cabeça, e seus cabelos negros, curtos e escorridos acompanham o movimento, roçando seus ombros. Sempre tive curiosidade de saber se esse corte *long bob* combinaria comigo também, mas nunca consegui juntar a coragem necessária para me despedir das minhas madeixas compridas, que até hoje não se decidiram se são lisas ou onduladas — o máximo que me arrisquei foi a fazer algumas mechas californianas nas pontas dos meus fios castanhos, mas elas sumiram há alguns anos.

— Não entendo. Só um dia não vai atrapalhar tanto — continua. — Você está claramente estressada por causa desse edital, dar uma relaxada vai ser bom.

— Eu sei que um dia só, na teoria, não faz tanta diferença. Mas, na prática, é outra história. — *Lá vamos nós com essa conversa de novo.* — Se toda vez eu pensar "só hoje", nunca vou conseguir avançar direito nos estudos.

Jeh revira os olhos acinzentados.

Amo minha melhor amiga, mas ela não é das maiores apoiadoras do meu sonho de ser servidora pública. Ou melhor, ela não tem nada contra eu querer ser delegada, mas tudo contra eu ter de trilhar o caminho que leva até lá — ou mesmo qualquer caminho que envolva renúncia, disciplina ou trabalho duro, já que vai contra seus princípios de "temos que aproveitar a vida".

— Tá bom, tá bom... — ela cede, ainda a contragosto. — Sério. Quando passar nessa prova, acho que vou comemorar mais que você. Quero minha amiga de volta.

— Sem drama, Jeh — digo, enquanto roubo uma colherada do seu sorvete. — Você não me perdeu hora nenhuma, só não estou mais tão livre como antes.

Jeh faz um beicinho, como última tentativa.

— Não adianta, eu estou lu...

— "Lutando pelo sonho", né? — ela faz um gesto resignado com a mão. — Já sei, Mel, já sei.

Dou uma risada e concordo com a cabeça, indo em direção ao quarto.

Depois de um banho rápido e de um lanche ainda mais rápido — uma maçã com uma colher de sobremesa de Tahine, sério, experimente —, pego meu *notebook* da bolsa e o coloco sobre a mesa limpa e organizada. Sempre, antes de dormir, deixo tudo preparado para o estudo do dia seguinte. Precisamos diminuir a dificuldade e as desculpas, não é?

E são nessas pequenas ações que vejo quanto tenho melhorado em meus métodos. Há dois anos e meio, quando embarquei no estudo para concursos, eu fazia *muita* coisa errada; tanto no que diz respeito aos métodos de estudo em si, quanto na minha mentalidade e na forma de encarar as sessões.

Nunca será fácil conciliar os estudos com o trabalho no escritório — e todas as horas extras —, mas, com um bom planejamento e disciplina para segui-lo, tenho conseguido me manter firme em um ritmo desafiador e, pelo menos, sustentável.

Já não me pego mais com tanta frequência chorando no banho e me questionando se todas as minhas renúncias valem mesmo a pena; todos os almoços com meus pais e churrascos com os amigos perdidos; todas as séries, filmes, livros e passeios que ficam para depois; todas as noites maldormidas... Tenho conseguido lidar melhor com a ansiedade e as dúvidas que surgem no peito sempre que vou mal em uma bateria de questões ou quando vejo o astronômico número de inscritos em uma prova.

Já faz algumas semanas que não me pergunto se não seria melhor deixar tudo isso para lá e voltar a ter uma vida "normal". É um progresso. E isso é outra coisa que aprendi: a importância de reconhecer e comemorar os pequenos passos que damos no caminho e cada pequena conquista. Talvez esse tenha sido o principal ensinamento, o que me impediu de desanimar e desistir no meio do caminho.

E tudo isso aprendi graças a ele, o administrador do *blog* De Concurseiro a Concursado, sob o pseudônimo Sr. Concursado. É engraçado como alguém que você nem conhece pode te ajudar tanto.

O relógio indica oito da noite: passou da hora de começar.

Abro meu planejamento na lesma que chamo de computador; agora é hora de Direito Constitucional. Solto um suspiro resignado. Essa foi a primeira disciplina que estudei quando embarquei nessa jornada. Com quase duzentas horas líquidas acumuladas, não há nada de muito novo a ser visto, apenas revisões e resolução de questões e mais questões — e elas insistem em me lembrar de que, mesmo tendo estudado tudo várias vezes, sempre haverá algum detalhe que não sei.

E que poderá me custar um ponto. E minha aprovação.

E meu futuro.

Ugh.

QUESTÃO 3

Quando da contratação de um serviço, ao encontrar-se com o encarregado do estabelecimento comercial, deve-se:

(a) apresentar-se e solicitar as informações necessárias;
(b) correr na direção contrária.

São quase oito da manhã quando chego à Focus — conforme o folheto, eles abrem às sete horas aos sábados —, já de banho tomado e com a endorfina da corrida matinal circulando no meu sistema. Guardo os fones e fecho o aplicativo no celular assim que "As It Was", do Harry Styles, termina de tocar — não dá para vir a pé sem uma musiquinha, né?

Como vou passar o dia todo estudando, escolhi uma roupa confortável, mas também arrumadinha: uma calça *pantacourt* jeans; uma camisa verde-pastel de algodão, com um discreto decote em "V"; meu sapatênis bege favorito, para não falar "o de sempre"; e, é claro, um cinto marrom para segurar a calça no lugar. Apesar de rir dos memes "Concurseira x Concursada" que costumo ver na internet, gosto de manter um mínimo de dignidade, mesmo ainda estando no lado do "antes" da história.

Quando entro na casa usando a senha do portão eletrônico que Carlos me passou, paro sem jeito frente à recepção vazia. Não combinei um horário certinho com ele, então será que deveria ter vindo mais tarde?

Antes que possa ir embora, no entanto, cruza a porta um rapaz de pele castanho-dourada, com cabelos lisos bagunçados pela cabeça e sardinhas discretas espalhadas pelo rosto bonito. Ele traz uma mochila preta pendurada em um dos ombros, sobre a camisa branca, e dois livros apoiados em seu braço; provavelmente um dos alunos da salinha. Seu olhar salta da mesa vazia para mim.

— Primeiro dia? — pergunta, sua voz amigável como a de um bom veterano, do tipo que te empresta os cadernos antigos para xerocar.

— Sim! — respondo, minha própria animação me surpreendendo. — Conversei ontem com o Carlos, e ele disse para eu vir experimentar estudar aqui hoje. Mas acho que cheguei cedo demais.

— Ah, relaxa. — ele põe uma mecha do cabelo castanho-escuro atrás da orelha e aponta para a plaquinha sobre a mesa, que anuncia uma vaga para recepcionista. — A secretária se mudou da cidade há algumas semanas, mas Carlos e o Maurício costumam descer por volta das 10 da manhã para ver se alguém precisa de ajuda.

— Descer?

— Isso. — ele aponta com o indicador para o teto. — Eles moram aqui mesmo, no andar de cima. Mas não precisa esperar, você pode escolher uma das cabines vazias e começar a estudar. Já fez o *tour*?

Assinto.

— Tirando as cabines com o marcador laranja, que são dos alunos integrais, todas as outras são rotativas mesmo, então você pode pegar qualquer uma que estiver vaga.

— Ah, entendi, farei isso. Obrigada...

— Rafael! — diz e me estende a mão. — Muito prazer. — ele alarga ainda mais seu sorriso. — Pode me chamar de Rafa.

Retribuo o cumprimento e o sorriso.

— Melissa, mas todos me chamam de Mel. Você estuda aqui há muito tempo?

Ele aponta com a cabeça o caminho até a sala e, enquanto andamos, responde:

— Faz quase um ano que venho aqui, acho que qualifica como "muito tempo". Estou estudando para, talvez no ano que vem, prestar a prova do Ministério Público. E você?

— Quero tentar para delegado — respondo e, tentando aliviar um pouco a pressão que eu mesma me coloco, completo: — Mas talvez preste para inspetor ou escrivão neste ano. Está muito em cima.

Ele para e se vira para mim.

— Ah! O edital saiu nessa semana, não foi? Eita! Desespero em 11, na escala de um a 10?

O olhar de Rafa se acende com uma luz divertida.

— Talvez 15. — Eu rio. É reconfortante ser compreendida sem precisar me explicar.

— Te confesso que me deu uma vontade de prestar esse! Estudo há pouco mais de dois anos, e a primeira etapa é semelhante. Quem sabe não tentamos juntos?

Concordo, sorrindo. Em vez de temer mais um concorrente, eu me sinto um pouco melhor por ter alguém com quem trilhar essa jornada.

Seguimos pelo corredor, onde ficam os armários, e paramos logo em frente à sala de estudos, onde há um pequeno bufê com duas garrafas térmicas e um pote de biscoitos, tudo organizado com muito zelo. Rafael enche uma xícara de café, e eu, sem resistir ao cheiro, sirvo-me de uma também. Engraçado, será que os donos vieram mais cedo para preparar as bebidas?

— E tem água quente aqui, caso queira preparar um chá. — Rafael aponta para a segunda garrafa.

— Certo. Acho que vou ficar com minha cafeína, mesmo.

Trocamos um sorriso de cumplicidade e entramos na sala de estudos.

Logo que cruzo o batente da porta, os pelos dos meus braços se arrepiam e me arrependo de não ter trazido uma blusa de frio — ou mesmo um cobertor. Olho em volta e, mesmo sendo sábado de manhã, já tem três alunos estudando em suas respectivas cabines. Dois deles estão concentrados assistindo a videoaulas em seus computadores enquanto tomam notas em seus cadernos, e o terceiro devora um livro. Uma pequena chama aquece meu peito: também quero dar o meu melhor.

Rafael caminha até uma das cabines com o adesivo laranja — então ele é um aluno integral — e destranca seu armário superior, revelando vários livros e cadernos empilhados. Ele indica com a cabeça uma mesa vazia ao seu lado, e lá me sento.

Tentando fazer o mínimo de barulho possível, apoio meu café na superfície branca da mesa e tiro meu *notebook*, o estojo, caderno e dois livros da mochila vermelha, assim como minha garrafa de água. Guardo o que ainda não vou usar no armário superior, com cuidado para não sacudir demais minha marmita na bolsinha térmica.

Sento-me na cadeira estilo escritório e a acho bem ergonômica e confortável, mas não aconchegante demais a ponto de me dar sono. Sem dúvida, é superior à que uso em casa, que vem me causando dores lombares, mesmo com minha rotina rigorosa de alongamentos e fortalecimento muscular. Mais um ponto a favor da salinha.

Depois de checar o cronograma do dia, abro o livro de Criminologia e, com caneta em mãos, dou a largada no tempo.

Meu cronômetro marca uma hora e meia de estudos quando Rafael, aparentemente voltando de um intervalo, me cutuca no ombro e faz um sinal com a mão para que eu saia da sala com ele. Satisfeita com meu rendimento nesse tempo — juro ter passado umas três horas —, eu me levanto e saio com a garrafinha de água quase vazia em mãos.

— O Leonardo já está na recepção — sussurra. — Se quiser, pode ir lá para conversar com ele mesmo.
— Leonardo? — pergunto, franzindo as sobrancelhas.
— Sim, é o sobrinho dos donos. Ele dá algumas aulas por aqui e ajuda a tocar o lugar.
— Ah, certo. Vou encher minha garrafinha e vou passar lá, então.
Sorrio e faço menção de sair, mas sua voz me detém:
— E o que está achando, rendeu bem?
— Nossa, demais! — respondo, mal contendo a empolgação em minha voz. — Não sei dizer se acho que aqui o tempo passa depressa, porque voou, ou devagar, porque consegui avançar bem mais do que normalmente faço.
— Sei bem, é essa a mágica do lugar. — ele ri e coloca, mais uma vez, a mecha insistente atrás da orelha. — Bom, estou voltando do meu intervalo agora, até!

Eu me despeço e sigo para a copa. Enquanto o filtro despeja a água, deixo meus olhos vagarem pelo lugar. O cômodo é um pouco menor que meu quarto, porém é quase tão equipado quanto minha cozinha: tem uma geladeira branca enfeitada por ímãs das mais diversas cores e formatos, e um micro-ondas embutido sobre um pequeno forno, compondo um mesmo conjunto.

Ao lado do micro-ondas, há um painel dividido em dois nichos. No primeiro, mais alto, fica uma bandeja com dois potes de vidro cheios de biscoitos; no de baixo, duas garrafas como as que vi mais cedo, de café e água quente, uma caixinha com açúcar e adoçantes em saquinhos, e uma pequena pilha de copos descartáveis.

Do lado oposto da sala, o pufe azul-turquesa, com cerca de três lugares, me faz querer tirar uma soneca aqui e agora. Ele faz esquina com um balcão sob o qual descansam quatro banquetas. As duas de fora têm os pés amarelos, e as do meio, o mesmo azul do largo pufe.

Sorrio, aqui vai ser ótimo para passar minhas pausas e almoçar ou jantar. Hoje mesmo, trouxe uma marmita que preparei na noite anterior: legumes cozidos, arroz vermelho e um filé de frango.

Com a garrafa reabastecida, caminho até a recepção para procurar o tal do Leonardo. Paro de repente, meu pé ainda entre um passo e outro.

Droga.

Sem parar para raciocinar, eu me viro de uma vez e, antes mesmo de tomar fôlego, já estou correndo — nas pontas dos pés, claro. Refaço meu caminho até a sala de estudos em tempo recorde, torcendo para meus olhos estarem me pregando uma peça.

É isso ou o sr. Você-tomou-minha-limonada está ali, atrás da mesa da recepção, guardando alguns papéis na gaveta.

Chego à minha cabine e, ignorando o olhar questionador do Rafa, tento retomar os estudos. Não é tarefa fácil: só para acalmar meus batimentos e voltar minha respiração ao normal, gasto vários minutos. E mesmo enquanto leio sobre Licitações, minha mente teima em me transportar de volta para nosso fatídico encontro no restaurante na quinta-feira.

Não cheguei a ser grosseira, mas também não fui nenhuma donzela cordial. Talvez, se fosse em um outro dia, eu até teria aceitado aquela "gentileza", como ele disse, de um estranho. No entanto, quinta foi tudo, *menos* um dia tranquilo. Além do que, achei desnecessária a forma como ele disse que eu parecia estar *precisando* de algo.

Eu sei o que é uma gentileza, mas, desde que me entendo por gente, cuido de mim mesma. Dou o meu melhor no trabalho no escritório, ao mesmo tempo que estudo não só para realizar meu sonho, mas também para conquistar uma carreira de sucesso e poder cuidar tanto de mim como daqueles que amo.

Nunca vou me permitir passar pelo que minha mãe passou e muito menos deixá-la viver algo parecido de novo. Já dependi de alguém antes, mas senti o gosto amargo de ser abandonada.

Então, não, sr. Limonada, não estou precisando de nada. Estou muito bem, obrigada.

Ainda assim, talvez eu pudesse ter sido um pouco mais... delicada? Ou não. Não sei. De toda forma, *não* esperava vê-lo outra vez — ou melhor, nunca! Torço os lábios. Será que ele é o tal do Leonardo, sobrinho dos donos da Focus? Ele fica aqui todos os dias? Ele está sempre tão lindo assim?

Opa.

Certo, preciso me concentrar.

Forço-me a prestar atenção na leitura, e a mágica da sala tem efeito sobre mim: quando vejo, já é meio-dia e meia e meu estômago reclama. Pego minha marmita e gesticulo para Rafael, indicando que vou almoçar. Ele, sem emitir qualquer som, gira um indicador sobre o outro e entendo que irá mais tarde.

Eu me esgueiro pelo corredor, olhando para os dois lados para me certificar de que não vou mais me encontrar com certas pessoas. Graças a Deus, o caminho está limpo e chego sã e salva à copa.

Sentada em um dos bancos amarelos do balcão e de costas para a entrada, está uma garota de cabelos castanhos e encaracolados, que caem até a cintura, mas ainda me permitem ver seu lindo vestido longo, estampado com folhas e flores. Em silêncio, coloco minha comida no micro-ondas, o que atrai sua atenção. Um par de olhos negros se vira para mim e, mesmo não me reconhecendo, sua dona se abre em um largo sorriso.

— Ei — digo, meu incrível tato social com estranhos dando as caras. Não entendo como posso agir tão naturalmente com meus clientes do escritório, mas ser tão desajeitada em situações do dia a dia.

— Boa tarde! Ainda não nos conhecemos, não é? — pergunta a garota e, sem esperar minha confirmação, diz: — Meu nome é Amanda, muito prazer!

— O prazer é meu. Sou Melissa, mas pode me chamar de Mel. — sorrimos enquanto minha comida gira no micro-ondas. — É meu primeiro dia aqui. Você também estuda para concursos?

— Sim, sim! Quero muito trabalhar em um tribunal! — responde. Ela roda seu banco para se virar em minha direção, e o lindo tom marrom-escuro de sua pele faz a minha parecer pálida. — Seria feliz em qualquer um, é claro, mas meu sonho mesmo é ser analista em um TRT, eu *amo* Direito do Trabalho. E você?

O brilho de seus olhos é contagiante, mas não consigo deixar de pensar que tem doido para tudo mesmo. Eu *detestava* Direito do Trabalho na época da faculdade.

— Meu objetivo final é ser delegada — digo. – Mas seria feliz com qualquer cargo dentro da polícia.

O micro-ondas apita e pego minha marmita. Amanda bate duas vezes com a mão no banquinho ao seu lado, no balcão, onde me sento.

Enquanto comemos, não nos falta assunto. Descubro que Amanda, ou Mandi, segundo ela, formou-se em odontologia no final do ano passado — o que explica o sorriso impecável — e trabalha no consultório dos pais. Ela escolheu o curso muito devido à pressão dos dois, porém nunca conseguiu se enxergar como dentista.

Apaixonou-se mesmo quando descobriu o Direito e, ao ver que poderia trabalhar na área sem cursar mais cinco anos de faculdade, convenceu-se a estudar por conta própria para concursos de tribunais, o que faz há cerca de seis meses.

— Você já fechou um horário? — pergunta, terminando de tomar sua Coca-Cola.

Antes de responder, engulo meu último pedaço de frango e um gole de água. Com a aproximação do meu teste físico no concurso para delegado, venho evitando refrigerantes e, por incrível que pareça, tem sido mais fácil do que imaginei.

— Ainda preciso fechar um pacote, mas pretendo estudar aqui de segunda a sexta no turno da noite e aos finais de semana.

— Ah, que ótimo! São os mesmos horários que tô por aqui! — Mandi me sacode pelo ombro, animada. — Saio do consultório por volta das cinco e venho direto pra cá.

Sorrimos outra vez. É incrível como ter um sonho em comum aproxima tão rápido as pessoas: fica a impressão de que nos conhecemos há muito tempo — e não há pouquíssimos minutos.

— Me passe seu telefone — pede, tirando o celular do bolso de trás da calça.

Trocamos os números e Mandi continua:

— Aproveitando, você está no grupo da Focus? — faço que não com a cabeça e ela puxa o ar se fazendo de ofendida. — Pois vou te colocar agora mesmo, vale muito a pena. Não é daqueles grupos sem noção com figurinhas de bom-dia, vídeos chatos de correntes ou conversas vazias infinitas, muito pelo contrário! Sempre nos ajudamos quando alguém precisa de algo; compartilhamos informações sobre as provas, indicações de livros e professores etc.

Em alguns segundos, surge a notificação na tela do meu celular. Destravo o aparelho para ver mais detalhes sobre o grupo, mas um vulto entra na copa e chama minha atenção. Meu almoço resolve dançar chá-chá-chá no meu estômago quando vejo quem é, e prendo o ar na inútil tentativa de ficar invisível.

Sr. Limonada parece indiferente. No entanto, é ele o primeiro a falar enquanto caminha até os nichos do café, sem se dar ao trabalho de olhar em nossa direção:

— Ah, então resolveu ficar?

Engulo em seco.

Amanda me encara, inclinando a cabeça, mas não sei como reagir. Quer dizer que ele me viu quando fui à recepção?

Vergonha alheia, só que própria, dois; Mel, zero.

De costas para nós duas, ele enche sua xícara com água quente e coloca um saquinho de chá — tá, por essa eu não esperava, ele tem essa cara de quem vive de café preto sem açúcar —, o que me dá algum tempo para analisá-lo.

Sem a roupa social, não tem mais a aura de advogado — será ele um? —, mas continua alinhado usando um sapatênis cor de café, sem cadarços; uma calça jeans escura, abraçada por um cinto marrom; e uma camisa acinzentada de manga curta abotoada até o peito, com um caimento que delineia bem sua silhueta. Não bastam os cílios longos para me fazerem inveja, precisa ter uma bunda dessas? É, preciso fazer mais agachamentos.

Sacudindo o saquinho de chá na xícara, o intruso, agora de lado, nos ignora, como se não esperasse uma resposta. Um silêncio constrangedor toma conta da copa, antes animada. Amanda, no entanto, se diverte, o olhar saltando entre mim e ele. Fico com vontade de perguntar a ela se havia ouvido a pergunta também, mas me contenho.

Sr. Limonada apoia sua bebida próximo aos potes de biscoitos e, mal esticando o braço, abre o armário mais alto — do tipo que eu precisaria de um banco para abrir. Ele desce com algumas xícaras e reabastece o nicho de café e chás, onde havia apenas copos descartáveis.

Tá, isso foi algo que o sobrinho dos donos do lugar faria.

Depois de conferir os demais itens com olhos atentos, o sr. Limonada — já com 99% de chance de se chamar Leonardo — pega outra vez sua xícara e finalmente se vira para nós. A luz da copa se reflete na correntinha dourada em seu pescoço enquanto me encara com a cabeça inclinada de leve para baixo e uma das sobrancelhas erguida em desafio.

Sustento seus olhos azuis.

Um. Dois. Três. Quatro... *Droga.*

Ele desvia o olhar para tomar um gole demorado da bebida quente, mas logo me encontra outra vez.

— Sim — enfim respondo, precisando acabar com o que quer que isso seja logo. — Vou ficar.

Os cantos dos seus lábios desenham uma mínima curva para cima, e ele faz um leve aceno com a cabeça antes de sair. E só então consigo soltar o ar que estava segurando.

— Uau. O que foi isso? — Amanda pergunta.

— Hum... Você conhece ele?

Mesmo insatisfeita com minha evasão, Amanda responde:
— Claro! É o sobrinho do Maurício e do Carlos, os donos daqui. — e, olhando-me desconfiada, ao mesmo tempo que luta contra um sorriso, acrescenta: — Espere aí, está dizendo que você *não* conhece ele? O que raios foi isso, então?
— Não é que eu não o conheça, mas... conhecer mesmo, não conheço. — Tento. Ciente de que falhei miseravelmente, continuo: — Digamos que houve um... incidente anteontem. — mordo a bochecha. — E talvez um hoje.
— Calma, que tipo de *incidente*? — os olhos de Amanda brilham, ela deve estar imaginando algo muito pior do que o que de fato aconteceu.
Para evitar que as coisas pareçam ainda piores, conto sobre o episódio da limonada e sobre nosso quase encontro de hoje cedo. Mesmo com todo o aparente esforço que ela faz para segurar sua risada, no fim, Mandi se rende e solta uma gargalhada.
Justo. Se fosse com outra pessoa, acho que eu riria também.
— Sério, Mel — ela diz entre uma risada e outra. – Isso parece ter saído direto de um filme da sessão da tarde. — E, imitando uma voz de locutor, Amanda anuncia o que poderia ser o pior filme do mundo: — "Promotor de Justiça, mestrando e professor nas horas vagas, além de sonho de consumo de todos que cruzam seu caminho, Leonardo Almeida vê seu mundo virar de cabeça para baixo quando Melissa Não-sei-seu-sobrenome, uma linda advogada e futura delegada de polícia, toma sua limonada sem seu consentimento em um...".
— Calma, o quê?! — a pergunta escapa de minha boca. Sinto meus olhos mais arregalados do que eu gostaria e agradeço por estarmos só nós duas na copa.
— "O que" o quê?
— O que você disse sobre ele ser *promotor*? — pergunto, incrédula. — Do tipo que conseguiu passar no concurso para o Ministério Público? E, calma, professor de onde? Quantos anos ele tem?
O estranho, ou melhor, Leonardo, ganha cada vez mais e

mais camadas. Não consigo conter minha surpresa e... tá bom, um pouquinho de admiração: como alguém tão novo conseguiu ser aprovado em um concurso desses?

Amanda levanta as mãos de unhas curtas e bem cuidadas, rendendo-se e, em meio às risadas que não param, consegue dizer:

— Calma você, Mel. Vamos por partes. — ela levanta o indicador. — Primeiro, sim, ele é promotor de justiça e, logicamente, foi aprovado em todas as intermináveis etapas do concurso para membro do MP. Segundo — ela levanta o dedo médio, criando um "dois" com a mão. — Ele é professor aqui na salinha mesmo: aos fins de semana, dá aulas preparatórias para questões discursivas e para a prova oral, para alunos de carreiras jurídicas. E — ergue o anelar —, sobre sua idade, não faço ideia, mas deve ser uns 29 ou 30 anos. — ela estica o mindinho. — E você não perguntou, mas não me custa acrescentar: ele está concluindo seu mestrado em Direito Penal na Federal — por fim, Mandi recolhe todos os dedos e faz um "joinha" com o polegar: — E uma informação bônus para você: é solteiro!

O tique-taque do relógio preenche o silêncio que tomou o cômodo enquanto processo as informações. Alguns segundos depois, não consigo conter um "uau!".

— É, eu sei. — Mandi me dá três tapinhas nas costas. — Não é à toa que 99% das meninas e alguns meninos aqui da Focus são loucos por ele, mas é muito raro alguém tentar alguma coisa: todos têm um certo medo dele.

— Medo?

— Sim, ele não dá abertura alguma. O Leonardo é sempre bem sério e extremamente rígido em suas aulas. Ah, e quem faz os cursos com ele sempre vai bem nas provas, aí eles acabam sendo superconcorridos.

— Hum... Entendi.

Eu me seguro para não perguntar mais, mas não preciso, pois Amanda, depois de olhar para os dois lados, certificando-se da nossa privacidade, acrescenta:

— Há uns dois meses, uma ex-aluna, após conseguir sua aprovação na magistratura, veio agradecer a ele e aproveitou o embalo para convidá-lo para saírem e tomar uma bebida para comemorar. — e, quicando as sobrancelhas, completa: — Se você sabe o que quero dizer.

Sei bem.

— E aí? — não resisto.

— Foi durante um dos lanches de sábado à tarde. Não consegui ver exatamente o que ele respondeu, mas sei que foi uma negativa, pois ela foi embora na hora com uma cara de poucos amigos e nunca mais voltou para visitar.

Uma sensação inesperada de alívio toma conta de mim, mas é logo substituída por um susto daqueles quando toca meu despertador, indicando o fim do intervalo de almoço. Evito fazer pausas sem programar um alarme para não correr o risco de me prolongar demais e acabar ficando sobrecarregada no fim do dia ou da semana. Amanda parece entender a prática, pois, sem nem perguntar do que se trata, também junta suas coisas e se levanta comigo.

— Falando nisso, você vai ficar para o lanche hoje, né?

— Vou, sim! — respondo de pronto. Juntar-me a esse grupo se mostra, cada vez mais, uma boa ideia. Sorrimos e voltamos juntas à salinha, para encararmos mais um turno de estudos.

Já é noite quando chego em casa e encontro Jéssica deitada no sofá, confortável em um conjunto de moletom vermelho e os pés no colo do namorado. Como de costume, aos sábados à noite em que não saem para algum restaurante ou bar, estão assistindo a algum de seus programas favoritos sobre obras na televisão: reformas de casas, instalações de piscinas incríveis, jardins, demolições, decorações...

Se bem que "assistir" não é a palavra certa. Como arquiteta e engenheiro que são, ficam, na verdade, tirando sarro de cada uma das decisões tomadas pelos apresentadores e oferecendo mil e uma alternativas de como cada etapa do projeto deveria ser tocada.

Gosto muito de vê-los juntos. Durante todo o ensino médio, nós três fomos da mesma sala; e apesar de eu sempre achar que rolava um clima entre eles, os dois negavam com afinco. Depois da formatura, eu e Jeh acabamos perdendo contato com PH, até que, anos depois, ele começou a trabalhar no mesmo escritório de arquitetura que ela. A química, segundo minha colega de apartamento, dessa vez foi imediata e, com poucos meses, estavam namorando. Tenho minhas suspeitas de que, pelo andar da carruagem, neste ano ainda sai um pedido de casamento.

Sortudos.

— Aleluia! — Jeh dá um gritinho animado. PH faz uma minicontinência com a mão, sorrindo. — Como foi na prisão de concurseiros?

— Surpreendentemente bom — respondo. — Nunca rendi tanto em um só dia e nem estou tão cansada assim.

Largo a mochila no pé do sofá e tiro a vasilha da marmita para montar a que vou levar no dia seguinte.

— Que ótimo, Mel! Quer dizer que vai sobrar mais tempo para mim?

— Talvez. — dou uma piscadela e abro a geladeira. — Mas com certeza vou aumentar minhas chances de passar. Pelo menos se conseguir seguir neste ritmo agora, na reta final.

E olha que a parte do estudo foi apenas uma das vantagens de passar o dia na Focus. No final da tarde, no lanche com os demais alunos, Amanda me apresentou a mais alguns dos colegas. Pude conhecer o Maurício, o outro dono da salinha e marido de Carlos, e conversar melhor com eles. Os dois cuidarem da gerência do lugar faz toda a diferença, dando-lhe um ar mais aconchegante e familiar, como o da casa de uma avó querida.

Ah, graças a Deus, o tal do Leonardo não apareceu. Não que eu tenha procurado nem nada.

— Pedimos pizza, Mel — PH diz. — Daqui a pouco, ela chega. Quer uns pedaços?

— Depende — começo, abrindo os potinhos com o que sobrou da comida que fiz na quarta-feira. — Tem...?

— Frango com catupiry? — Jeh completa.

Concordo com a cabeça, rindo.

— Óbvio — ele responde.

— Então é óbvio que quero — brinco. É sábado à noite, afinal, e, apesar de tentar comer bem no dia a dia, não sou de ferro.

— Daqui a pouco estou de volta.

Pego a mochila e sigo para o quarto dando uma última espiada no casal, que já voltou a se concentrar no programa — à sua maneira, pelo menos —, e meu peito se aperta. Como eu queria poder viver um pouco também. Esquecer o mundo, os problemas, os estudos e simplesmente me jogar no sofá para passar o tempo. Ou mesmo dormir até mais tarde. Nem consigo me lembrar da última vez que me deitei para dormir sem colocar um despertador.

Já são dois anos dedicados aos estudos.

É claro que tenho alguns momentos de lazer e descanso, não sou um robô, mas sempre acabo tomada pela culpa ou, no mínimo, fico com a consciência pesada logo em seguida. Mesmo tendo cumprido minhas metas, mesmo sabendo que descansar faz parte do processo... Não adianta, não consigo me desligar.

Logo que saio do banho, a pizza chega e me junto a eles no sofá para comer. O tempo voa enquanto rio de seus comentários bobos sobre como é terrível o papel de parede floral escolhido pelo decorador cafona, ou sobre como a casa ficaria com um aspecto muito maior se demolissem a tal parede.

Pego meu celular e visito o perfil De Concurseiro a Concursado no Instagram: tanto suas várias postagens — nas quais, infelizmente, ele nunca apareceu — como os comentários deixados pelos outros estudantes me dão o combustível necessário para continuar focada. É reconfortante me conectar com outras pessoas que estão passando pelas mesmas dificuldades que eu, nós nos entendemos e nos ajudamos a seguir em frente.

Conheci a conta por acaso quando ainda estava terminando a faculdade. Sabia que, quando me formasse, começaria a estudar para concursos, então segui alguns perfis e *blogs* de concurseiros, professores e *coaches* que davam dicas de estudos pela internet. A ideia era ir me ambientando para ter alguma noção do que esperar ao embarcar na minha própria jornada.

E o perfil do Sr. Concurseiro era perfeito para isso.

À época, suas postagens se pareciam mais com um diário de estudos do que com as orientações, mais diretas e assertivas, que ele dá hoje em dia. Lembro-me claramente das mensagens de bom-dia, muitas vezes antes mesmo das cinco da manhã; dos prints com suas planilhas de controle de horas líquidas estudadas e de acompanhamento do desempenho nas questões; de suas fotos de livros espalhados pela mesa, resumos empilhados, professores dando aulas pelo computador...

Hoje em dia, já aprovado, ele ajuda outros concurseiros a conquistarem sua própria aprovação. E, como em todas as noites, ele posta a pergunta que me mantém firme dia após dia: "Já deu o seu passo hoje?". Um sorriso se abre em meu rosto.

Segundo o autor do meu *blog* favorito, a jornada até a aprovação é longa e demorada. A estrada se perde no horizonte e, por muito tempo, nem mesmo conseguimos ver nosso destino. Será que ainda está longe? Será que está mesmo ali?

No entanto, se dividirmos essa caminhada em pequenos passos, ela não será tão intimidadora assim. Individualmente, eles parecem quase inúteis mas, quando os agrupamos, temos um poder enorme em nossas mãos. Cada passo importa, por menor que seja. E cada dia conta se conseguirmos dar pelo menos um passo na direção dos nossos sonhos.

Então, toda noite, ele nos faz essa mesma pergunta, para nos lembrar disso. E é engraçado mas, sempre que o respondo com um "sim!", sou abraçada por uma sensação de dever cumprido, de que dei o meu melhor.

E consigo mais energia para seguir firme no dia seguinte, na estrada rumo ao meu distintivo.

QUESTÃO 4

Ao receber conselhos profissionais de terceiros qualificados e intercambiar experiências, deve-se:
(a) ouvir com atenção e acatar o que for pertinente;
(b) questionar e retrucar as orientações recebidas.

Meu coração ameaça sair pela boca no último tiro de corrida do treino: 400 metros em velocidade máxima. Ao cruzar a linha de chegada imaginária, volto a caminhar. O suor escorre pela nuca, em uma tentativa de vencer a batalha contra o calor gerado pela corrida. Olho para o relógio: sete e dez da manhã, os primeiros 40 minutos de treino estão finalizados.

Ainda devagar, ando até os aparelhos no centro da praça. "Good 4 U", da Olivia Rodrigo, toca a toda altura nos meus fones. Permito-me recuperar o ritmo da respiração antes de me pendurar na barra de metal. O teste físico da prova da polícia exige "apenas" que a candidata se mantenha erguida com o queixo acima da barra, mas tento me fortalecer em um nível acima. Como diz o ditado, treino difícil, jogo fácil.

Começo a puxar, e os calos das mãos reclamam a cada repetição. Três, quatro, cinco... Meus músculos falham e não me erguem o suficiente para finalizar a sexta repetição. Xingo baixinho e disparo o cronômetro do intervalo.

Há uns seis meses, venho treinando para conseguir fazer barras. No início, chegava a ser cômico: eu ficava pendurada ali e mal saía do lugar ao tentar subir. Mas não desisti.

Aprendi no *blog* De Concurseiro a Concursado que o imediatismo é nosso maior inimigo: ele só nos leva a frustrações. Coisas verdadeiramente boas requerem tempo e muita paciência para serem construídas; requerem a humildade de ser iniciante, de falhar em várias tentativas; requerem renúncias, disciplina e persistência. Elas são caras, e poucos são os que estão dispostos a pagar o preço.

Decidi que seria um deles.

O *bip-bip* do relógio me avisa que é hora da segunda série. Dessa vez, consigo apenas quatro repetições, os músculos das costas reclamando.

Esfrego as mãos e, apesar de saber que já é mais do que o necessário para conseguir a aprovação no TAF, não consigo deixar de me frustrar por ainda não completar as oito repetições como gostaria. Lembro-me, no entanto, de que há poucos meses eu não fazia nenhuma, e progresso é sempre progresso.

Um passo de cada vez.

Algumas horas depois, já no final da manhã de domingo, pego o contrato de adesão à Focus, já preenchido e, depois de acomodar meu casaco de lã branco sobre o encosto da cadeira, deixo minha cabine e marcho para a recepção. Quase tenho dó dos meus materiais, que ficam o dia todo na sala congelante — sem minhas pausas a cada uma ou duas horas, "Let It Go", à la Frozen, seria minha trilha sonora oficial.

Ao fechar a porta atrás de mim, sou abraçada pelo ar quente do final da manhã de domingo e esfrego as mãos. É, com a prova se aproximando, mais do que nunca não tenho tempo a perder: o último dia da semana se tornou mais um dia oficial de estudos. O mesmo vale para outros três alunos, ainda desconhecidos, que passaram as últimas horas debruçados sobre os livros ao meu lado. Tê-los ali me ajuda a não me sentir tão isolada por estudar no dia oficial do descanso.

Encosto-me na parede ao lado da mesinha de café do corredor para dar uma olhada nas notificações do telefone. Vejo uma mensagem de Amanda, que não virá hoje, mas me deseja bons estudos; uma de Jéssica, que pergunta se quero que ela faça estrogonofe a mais no almoço para eu comer na janta, o que aceito de cara; e, por fim, uma da minha mãe, que pergunta sobre os estudos e o que tenho achado da salinha.

Assim que termino de respondê-las, uma notificação do Instagram faz meu sangue circular mais rápido: o Sr. Concursado respondeu minha mensagem do dia anterior, quando contei que meu edital havia saído.

Eu sei que já conversamos várias vezes mas, ainda assim, cada nova interação é como um pequeno milagre. Não sei se por ele ser uma quase celebridade — afinal, conquistar mais de 200 mil seguidores não é um feito qualquer — ou simplesmente por ser... ele. Alguma coisa em suas palavras, em seu jeito de ver e retratar o mundo, conversa comigo.

Entro em nossa conversa pelo aplicativo me sentindo muito autoconsciente em relação à minha foto do perfil: nela, estou de costas, com os cabelos presos em um rabo alto e vestindo o equipamento de proteção sobre minha roupa de ginástica toda preta em uma escalada *indoors* de uns três anos atrás. Sempre gostei dessa foto, mas, além de antiga, talvez eu devesse colocar alguma que mostre meu rosto — ou pelo menos alguma mais de frente? Assim, ele poderia pelo menos me identificar.

Ah, pronto. Estou mesmo preocupada em tentar seduzir um blogueiro que nem mesmo conheço?

Largo de bobeira e volto à mensagem:

> **Sr. Concursado:** Estou torcendo por você nessa reta final! Caso precise de algo, não hesite em me chamar.

Volto a caminhar até recepção, para entregar o contrato, escrevendo minha resposta:

> **Melissa:** Obrigada! Saiu bem antes do previsto, mas não quero desistir ainda. Fiz alguns ajustes no cronograma e até comecei a estudar na Focus Salas de Estudos, que indicou no blog. Estou adorando a experiência. Obrigada, mais uma vez, pelas dicas valiosas. :)

Sorrio para o aparelho e aperto "Enviar".
— Posso ajudar? — Uma voz masculina, infelizmente conhecida, vem da minha frente. — Ou você vai sair correndo de novo?

Meu sorriso some, e ergo a cabeça devagar. Leonardo está sentado na recepção, os antebraços apoiados sobre uma pilha de papéis sobre a mesa enquanto segura o próprio celular: o iPhone mais recente e no maior tamanho, claro. A mesma expressão indecifrável habita seu rosto, e é impossível dizer se está brincando comigo ou falando sério.

A fuga de ontem não vai mais funcionar e, se ele ajuda os tios a tocar o lugar, não é possível continuarmos com esse clima... estranho.

Vamos lá.
— Olha, desculpa pela coisa toda com a limonada, tá bom? Foi mesmo sem querer, e eu não estava em um bom dia.
— Como eu havia dito. — Seus lábios se curvam de leve para cima.

Brincando. Ele está definitivamente brincando com a minha cara.

— Como você havia dito — repito, inexpressiva.

Leonardo ergue uma das mãos em direção aos papéis que seguro.

— É o contrato de adesão? — sua voz soa um pouco mais gentil, ainda que com um fundo de humor ácido.

Assinto e o entrego a ele. Ele folheia o documento e corre os olhos pelas páginas, parecendo conferir se estava tudo preenchido e assinado. Por fim, retorna para a primeira, onde estão meus dados pessoais e, de repente, ele fica rígido.

Será que preenchi algo errado?

Em um movimento único, ele levanta a cabeça e me encara, estudando meu rosto como se me enxergasse pela primeira vez.

— Seu nome é Melissa Rocha — afirma.

— Desde que nasci — respondo, satisfeita por meu progenitor ter feito pelo menos alguma coisa boa ao escolher um nome bonito para mim.

Ele continua imóvel, nossos olhos tendo uma conversa da qual eu aparentemente não faço parte.

Um. Dois. Três... *Certo, vamos lá de novo.*

— Pode me chamar de Mel — quebro o silêncio.

Leonardo abaixa os olhos e balança a cabeça para os lados. Em seguida, ele se levanta, colocando as mãos nos bolsos da calça jeans, e sou forçada a virar o pescoço para cima — caramba, quanto esse cara mede?

Seu olhar encontra o meu, mas dessa vez suas linhas estão suavizadas e as sobrancelhas relaxadas enquanto um sorriso ameaça surgir em seus lábios.

— Seja muito bem-vinda, Melissa.

O micro-ondas apita e o cheiro do almoço, um filé com chuchu, brócolis e aspargos no vapor — é, eu sei —, preenche a copa enquanto sigo para o balcão. Depois de me despedir de uma aluna que acabou de almoçar, eu me sento no banquinho do meio, apoio o telefone na parede e abro uma videoaula. Como estava tendo dificuldades em absorver todos os detalhes e procedimentos da nova Lei de Licitações, procurei por uma aula completa sobre ela na internet. O vídeo que encontrei tinha mais de cinco horas, de modo que resolvi dividi-lo e assistir durante minhas refeições.

Uma medida desesperada? Talvez. No entanto, estou mesmo em um momento delicado da minha preparação e quero usar cada minuto disponível a meu favor.

Xingo ao perceber que esqueci de trazer meus fones da salinha, mas aproveito a copa agora vazia e coloco o volume bem baixo antes de dar o *play*.

Estou no meio da refeição quando a porta da geladeira bate atrás de mim. Quase me engasgo com o susto, mas consigo me recompor antes de me virar. Ali, com uma bandeja de isopor de sushi na mão, encontro Leonardo. Seus olhos pulam de mim para meu celular e, com uma leve preocupação em sua voz, ele diz:

— Os intervalos também são importantes. — Ele se deixa cair no pufe. — Você deveria aproveitar esse momento para relaxar ou mesmo se concentrar na sua refeição.

Ótimo, agora ele está me dando conselhos não solicitados.

— Para você, que já é inteligente, talvez — respondo. — No meu caso, realmente preciso dessas horas extras.

Ele respira fundo, tentando ser... paciente?

— É sério — explica enquanto abre meticulosamente o plástico filme que embrulha seu almoço. — O seu cérebro precisa de um tempo para "digerir" as informações nos bastidores e fixar aquilo que você estudou e, pra ele conseguir fazer isso, os intervalos são essenciais. — ele separa os palitinhos, minúsculos em suas mãos, cruza as pernas e apoia a bandeja sobre o joelho. — O descanso não é só uma recompensa de quem bateu a meta de estudos, ele faz parte do processo de aprendizado em si.

Leonardo põe um sushi na boca enquanto me observa, e me vem uma vontade louca de comer comida japonesa. Com toda a certeza, está bem melhor que esse cardápio *fitness* que tento seguir para me manter em forma para o teste físico. E se estou encarando, meu interesse está no sushi, e *não* no homem.

Pisco e me forço a focar na conversa.

— Hum... Certo. E você sabe disso porque...

Se ele estiver certo, precisarei dar uma repensada no meu cronograma de estudos: pausas e descansos não estão entre minhas prioridades.

— Estudei muito sobre como o cérebro aprende na minha época de concurseiro — responde pegando outra peça da bandeja.

Torço os lábios. Bom, se ele conseguiu passar em uma das provas mais difíceis do país — e sei lá em quais outras —, deve saber pelo menos um pouco do que está falando. Solto um "humm" resignado e resolvo pausar minha videoaula.

Virando de costas para Leonardo, volto para minha refeição e comemos em silêncio por alguns minutos. No entanto, como fico desconfortável em silêncios constrangedores, resolvo puxar assunto:

— E por quanto tempo você estudou? — pergunto, olhando-o por cima do ombro.

— Desde que entrei na faculdade, meu foco foi estudar para concursos. Fiz estágio no Tribunal de Justiça e, quando cheguei ao 8º período, passei no processo seletivo para assistente, na 7ª câmara criminal. A partir daí, direcionei os estudos para o MP.

Giro o banquinho para ficar de frente para ele outra vez enquanto diz:

— Quando me formei, continuei como assistente para completar os três anos de prática jurídica enquanto estudava, até ser aprovado um pouco depois. Então, deixa eu ver... — ele olha para cima, apertando os olhos. — Se contar tudo, foram quase cinco anos de estudos especificamente para o MP.

Encrespo a testa. Na minha cabeça, tinha a impressão de que Leonardo tinha nascido sabendo tudo. Nunca imaginei que ele pudesse ter precisado se dedicar por tanto tempo assim para ser aprovado.

Lembro-me do que o Sr. Concursado disse uma vez, sobre não podermos comparar nossos bastidores ao palco do outro. Por mais que não tenhamos presenciado o processo, quem conseguiu conquistar aquilo que hoje queremos também teve de passar por suas próprias — e árduas — provações.

Pensando nisso, minha fala de alguns minutos atrás me assombra: *Para você, que já é inteligente, talvez. No meu caso, realmente preciso dessas horas extras.* No fim, essa defensiva não passou de uma desculpa. Eu o rotulei de "inteligente" — ficando convenientemente de fora do grupo — em vez de reconhecer o esforço investido em sua própria transformação.

Ele pega mais uma peça de sushi, e é minha vez de falar:

— E quando você passou?

— O concurso foi há 3 anos — responde, cobrindo a boca com a mão. Quando engole, continua: — Desde que tomei posse, se passaram dois.

— E você tem quantos anos?

Arrependo-me da pergunta assim que ela deixa minha boca — deve ser falta de educação perguntar a idade de semidesconhecidos assim. Sua típica carranca me encara, mas, por fim, responde:

— Tenho 30. — Ele coça o queixo. — Você?

Quase me afogo naqueles olhos azuis — lembrete: não ficar encarando —, mas consigo recuperar o fôlego o suficiente para dizer:

— Tenho 26.

Leonardo assente, levando mais uma peça à boca. Posso jurar que o salmão está me chamando, vou ser obrigada a pedir um sushi hoje à noite e deixar o estrogonofe da Jeh para amanhã.

Silêncio.

Viro-me para o balcão e dou mais uma garfada, tentando acabar logo a refeição, mas ele me chama:

— Você vai prestar a prova da polícia que saiu nessa semana? — a pergunta vem de trás de mim, seguida por um sussurro: — Ouvi você conversando no telefone aquele dia.

Então ele estava prestando atenção? Passo as mãos pelo rosto, envergonhada pelo que mais ele pode ter escutado e, depois de me recompor, volto-me para ele.

— Vou. Mas ainda não consegui me decidir sobre para qual cargo prestar.

— O que você quer mesmo é o de delegado, não é?

— Sim — falo. — Mas... não sei se já é a hora. Ainda estou muito crua em algumas matérias, então... — faço um leve movimento com os ombros. Sei que não pareço das mais otimistas, mas é preciso manter os pés no chão.

— Nunca é "a hora" — ele me interrompe, seus olhos buscando os meus. — É você quem faz a sua hora.

Onde já ouvi isso antes?

Concordo com a cabeça, mais por educação do que por acreditar mesmo que minha vez chegou.

— Vou seguir o plano pelos primeiros dois meses — digo. — Caso veja que ainda estou muito distante, usarei as últimas semanas para me inteirar das demais disciplinas do cargo de escrivão ou de investigador, ainda não consegui me decidir.

— É uma boa ideia — concorda. — Só tome cuidado com indicadores subjetivos demais na hora de se decidir. Muitas vezes, as impressões enganam. — Leonardo parece notar meu olhar curioso, e explica: — Você pode não se sentir pronta, mas estar. Ou o contrário. É bom fazer um simulado ou alguma bateria bem completa de questões antes de se decidir, assim fará uma escolha mais bem informada.

Olha só. Essa foi uma boa sugestão. Dou mais uma garfada e, enquanto ainda mastigo, ele pergunta:

— E por que você escolheu ser delegada?

Preciso de alguns segundos para engolir e escolher minhas palavras. Os motivos são tantos que preciso filtrar alguns deles em conversas casuais.

— Hum... Primeiro, tem o óbvio: minha identificação com a carreira. Meu padrasto era policial militar e, quando eu era pequena, me contava histórias sobre como ele e sua equipe investigavam as pistas e prendiam os vilões para que a cidade fosse mais segura para mim. — rio baixinho. — Hoje eu sei que ele inventava grande parte dos acontecimentos e reviravoltas para tornar tudo mais interessante, e escondia detalhes potencialmente traumáticos; mas, no fim, o resultado era apaixonante. Em suas histórias, o delegado era um dos super-heróis, forte, corajoso e inteligente. Resolver mistérios se tornou uma paixão, ao passo que ficar o tempo todo atrás de uma mesa de escritório, não muito.

Tomo um gole da minha água e continuo:

— E, é claro, tem o ótimo salário e a estabilidade que fariam toda a diferença na minha vida. E... Bom, quero muito poder ser o primeiro contato da vítima com o Estado, sabe? É um momento de tanta vulnerabilidade...

Os olhos de Leonardo fixos em mim me passam a estranha sensação de que ele, de alguma forma, me entende antes mesmo de eu me explicar.

— Infelizmente — digo — as pessoas nem sempre veem a polícia como uma aliada, e quero tentar mudar isso. Mesmo que não faça muita diferença em um sistema tão grande, quero que pelo menos aqueles que eu atender se sintam mais amparados — explico, desejando estar de óculos hoje, em vez de lentes, para ter o que fazer com as mãos.

Leonardo se encosta no pufe e cruza os braços, a bandeja vazia na mesinha à sua frente.

— Você vai — diz com a voz firme.

— Vou o quê?

— Fazer a diferença.

Abro a boca para responder, mas sou atropelada por uma voz estridente vinda da entrada do cômodo:

— Então era aqui que você estava, Léo! Passei pela recepção, mas não te encontrei.

Reconheço Daniela, uma aluna da salinha que está estudando para o concurso de magistratura, a quem fui apresentada no lanche de ontem. Ela parece ter saído diretamente de um episódio de *Gossip Girl*, com suas roupas de grife e o cabelo castanho-caramelo caprichosamente arrumado, preso por um arco de pano. Talvez uma prima distante da Blair Waldorf?

— Fiquei com uma dúvida na última questão que vimos na aula de ontem. — ela segue na direção de Leonardo, ignorando minha existência. — Será que poderia me ajudar?

Os ombros dele ficam tensos quando ela se senta no pufe, talvez perto demais, mas sua voz é calma e profissional ao responder:

— Não se preocupe, Daniela. Farei todas as correções das questões que me entregaram e, no próximo sábado, passaremos por todas elas com calma.

Leonardo se levanta e caminha até a lixeira com sua bandeja em mãos. Ela fica imóvel, encarando-o, e quase posso ver um beicinho se formando em seus lábios.

— Claro, claro. Combinado! — dando um pulo, Daniela também se levanta e enfim reconhece minha presença. — Ah, oi! Você é a novata. Bel, não é?

— "Mel" — respondo, sorrindo por educação. — De "Melissa".

— Ah, sim, desculpe! — E, soando sincera, diz: — Sou péssima com nomes.

Daniela vai em direção ao filtro e enche sua garrafa de água, uma daquelas bonitas de vidro, com uma proteção branca de borracha. Aproveito o silêncio para juntar minhas coisas, e Leonardo se despede com um frio "até logo, meninas" e um leve aceno de mão.

Surpreendo-me desejando que tivéssemos tido um pouco

mais de tempo para conversar. Ele talvez seja a pessoa que conheço — posso dizer que o conheço? — que mais entende de concursos. Querendo ou não, teria muito a aprender com ele. E não é exatamente ruim ter aquele homem no meu campo de visão.

É, pelo visto, não quero *mesmo* retomar os estudos.

Mas não adianta. Querendo ou não, é o que preciso priorizar agora para, quem sabe, minha hora chegar.

QUESTÃO 5

É desaconselhável atender ligações de ex-namorados(as) a qualquer tempo.

(Certo)

(Errado)

A vibração do meu telefone sobre a mesa me faz dar um pulo na cadeira, por pouco não soltando um gritinho que atrapalharia — ou mataria de susto — os outros quase dez alunos que estudam nesta terça-feira à noite. Na tela, aparece "Matheus JHR" ao lado de um emoji sorridente que me esqueci de apagar.

Droga.

A curiosidade vence minha vontade de ignorá-lo e saio da sala para atender à ligação.

— Alô? — falo baixinho enquanto caminho em direção à copa.

— Ei, Mel, tudo bem? — diz, com a voz brincalhona de sempre. Sem esperar minha resposta, acrescenta: — Então... Sobre a festa da firma...

Oi? Esperava tudo, menos isso. O que diabos ele pode querer falar comigo sobre o baile de aniversário do escritório? Depois de uma pequena pausa, ele continua, a voz um pouco hesitante:

— Queria te contar primeiro, antes que você descubra de outra forma e, sei lá, fique chateada ou algo assim. — *Uh-oh.* — Mas, na festa da firma, vou levar a Natasha.

— Natasha?

Entro na copa escura e não me dou ao trabalho de acender a luz.

— Isso. Com quem eu estava naquele dia. — ele retoma sua fluidez normal. É, ou se faz de bobo muito bem, ou o que aconteceu realmente não significou nada para ele.

— Hum...

Flashes da última festa a que fui passam na minha cabeça. Isso foi há o quê? Um mês e meio?

— É... — ele mais uma vez. — Só queria saber se estamos bem. Sem ressentimentos?

O chão da copa vira *marshmallow* sob meus pés e me jogo no pufe, fechando os olhos. É sério, isso? Quão cara de pau tem de ser alguém para fazer o que fez comigo e ainda vir com essa de "sem ressentimentos"? É claro que tenho ressentimentos. Qualquer pessoa teria. Qualquer pessoa sã, pelo menos.

— Mel? — ele chama.

Algo se fecha em minha garganta e pigarreio para criar coragem. Quer saber? Ele quer brincar? Então vamos brincar.

— Claro — minto. — Não precisa se preocupar, Matheus, pode levar sua namorada. — e, sem tempo de desistir, completo: — Eu também vou levar um acompanhante.

Silêncio.

Merda. Eu disse mesmo isso?

— Ah... — Ele procura as palavras. — Que bom, Mel. Tudo certo, então.

— Sim. Tenho que ir — invento, tentando evitar que eu piore ainda mais a situação. Para onde foi minha sanidade? "Acompanhante", alguém ainda usa essa palavra? — A gente se vê no trabalho.

Desligo o telefone sem esperar uma resposta, apertando o aparelho entre os dedos.

Tá, não é o fim do mundo. Só preciso encontrar alguém para ir comigo na festa em... duas semanas. Pessoas gostam de festa, não é? Talvez Jéssica saiba de alguém que...

— Parece que vai ser divertido. — a voz de Leonardo invade o cômodo.

A luz se acende, e meus olhos reclamam da claridade inesperada. Ainda sem vontade de me levantar, eu me contento em fechá-los por alguns instantes.

— Vai, sim — minto. Ótimo, sou quase uma profissional.

Quando minha vista se acostuma, vejo o intruso de pé, apoiado no vão da porta. Ele está usando uma roupa social como a que vestia no restaurante. No entanto, as mangas da camisa dobradas — como é de se esperar ao final do dia — dão-lhe um ar um pouco mais despojado. O cabelo também está diferente, e o topete usual dá lugar a uma franja lisa caindo de lado sobre o rosto.

— Era o cara que "não te merece"? — pergunta, desenhando o sinal de aspas com os dedos.

É isso. Preciso, para ontem, parar de conversar com a Jéssica em público.

Eu me limito a concordar com a cabeça, sem energia.

— E quem é esse "acompanhante"? — as aspas retornam, indicando que ele já sacou a situação. Ótimo, como se o lance com a limonada não tivesse sido vergonhoso o suficiente.

— É... — levanto-me devagar, tentando ganhar algum tempo. — Meu namorado.

Leonardo arqueia uma sobrancelha.

— E ele tem um nome?

Todos os nomes resolvem fugir da minha cabeça. Exceto um, o do homem de pé bem na minha frente, que não me serviria de nada.

— Imaginei — diz.

Leonardo põe as mãos nos bolsos da calça e estuda meu rosto. Meu estômago dá uma cambalhota em resposta. Deve ser fome.

Por favor, seja fome.

— Eu vou com você à festa, se quiser.

Oi?

— Você vai comigo — repito, baixo, tentando assimilar as palavras.

Ele belisca a base do nariz e respira fundo.

— Como eu disse.

— Como você disse — sussurro.

Alô? Terra para Mel.

Alguns segundos se passam, seu olhar indecifrável ainda prendendo o meu, até que termino de digerir suas palavras. Então não consigo segurar o riso. Leonardo cerra os lábios e encrespa a testa.

— Falei algo engraçado? — pergunta, cruzando os braços.

Faço que "sim" com a cabeça, ainda tentando conter a risada. O promotor continua me encarando e, quando as palavras me reencontram, respondo à sua sugestão com um simples:

— De jeito nenhum.

— E posso perguntar por quê?

— Não imagino por que precise de uma explicação, não é óbvio? — ele fica em silêncio, então elaboro: — Primeiro, eu mal te conheço. Segundo... Você é você. — *Parabéns, Mel, por dominar a arte da argumentação.*

Leonardo ergue uma sobrancelha.

— Estou tentando não me sentir ofendido.

Ignoro o comentário.

— Terceiro... — Mordo meu lábio inferior. — Por que diabos você iria comigo a uma festa?

Ele dá de ombros ao dizer:

— Não que você esteja *precisando*, mas não me importo em ajudar, caso queira. Além disso, nem lembro a última vez que fui a uma festa. Vai ser divertido.

A audácia desse homem!

— Claro que vai — murmuro a caminho da saída. — Mas, não, obrigada. Posso muito bem encontrar alguém para ir comigo em duas semanas.

Leonardo, ainda apoiado no vão da porta, não responde, mas

seu olhar acompanha meus movimentos o tempo todo. Quando passo por ele, meu alívio dura pouco, pois uma mão segura meu braço, puxando-me de volta. Eu me viro de súbito e estamos frente a frente, nossos olhos separados apenas por nossa diferença de altura. Quase posso sentir o calor de seu corpo contra o meu, e o cheiro do seu perfume — uma fragrância amadeirada com um toque cítrico e, ao fundo, uma leve... Menta? Canela? — faz minha pulsação disparar.

Coração traidor.

Os olhos de Leonardo passeiam por meu rosto, que queima. Agradeço pela pele bronzeada que não deixa minha muito provável vermelhidão transparecer tanto. Suas pupilas dilatadas se detêm por um segundo em minha boca antes de seguirem seu caminho. Minhas pernas, comparsas do coração, não querem sair dali.

Seu peito sobe e desce depressa, um espelho do meu, e seu maxilar se contrai enquanto se inclina devagar em minha direção. Engulo em seco, em uma tentativa de me livrar da antecipação indesejada que gela meu estômago. Aparentemente, meu corpo inteiro resolveu se amotinar contra mim hoje.

De repente, sua expressão muda, como se tivesse percebido algo, e ele solta meu braço, que reclama pela falta do calor que estava ali.

— Hum... — meus olhos saltam entre o chão e o homem à minha frente e, assim como fugi da ligação, decido fugir dali também. — Vou voltar aos estudos, então.

Ele leva a mão à nuca e diz, virando-se de costas para mim:
— Certo.

Caminho em direção à salinha, mas não rápido o suficiente para deixar de ouvi-lo dizer:
— A oferta continua de pé.

Confundo sobre o dia da semana quando, às dez da noite, eu me arrasto para dentro de casa, exausta, e encontro Jéssica e PH sentados à mesa, um *notebook* aberto entre os dois. Como ele só costuma vir aos finais de semana ou em datas especiais, tento lembrar se perdi alguma data importante, mas hoje não é aniversário de ninguém, nem feriado, nem aniversário de namoro deles.

— Boa noite, gente! — cumprimento, virando-me para PH: — A que devo a honra?

— Ei, Mel! Advinha! Advinha! — Jéssica responde em seu lugar, mal contendo a animação. Ela nem me dá tempo de tentar. — Estamos pensando em abrir um escritório próprio, acredita?

— Ah, é?

— Sim, sim! Acho que já temos experiência o suficiente — diz, trocando olhares empolgados com o namorado. — Não vejo a hora de podermos tocar nossos próprios projetos, com a nossa cara. Quase morro por dentro quando meu chefe me manda fazer algum *design* horrendo que ele tira não sei de onde!

Solto uma risada com o pouco da energia que me resta.

"Dramática" deveria ser o nome do meio da Jeh.

— Gente, que ótimo! Parabéns pela decisão e pela coragem! — dou um abraço apertado na minha amiga e outro em PH. — Tenho certeza de que será um sucesso total.

— Obrigado, Mel — ele agradece e vira a tela do computador para mim. — Estamos dando uma olhada em possíveis locais, para termos uma ideia de preços, etc.

Um sorriso enorme toma conta do meu rosto enquanto trocamos mais algumas palavras sobre seu novo plano — que torço *muito* para que dê certo. Quando minha cabeça lateja com o cansaço, deixo minha mochila no quarto e vou tomar um banho relaxante antes de arrumar os materiais para o dia seguinte.

Já são quase onze da noite quando a porta da frente bate, indicando que PH não vai dormir aqui hoje. Pronto, chegou minha hora de alugar Jéssica.

— Jeh, por acaso você tem algum amigo para me apresentar?

Ela se vira e pisca para mim, os olhos arregalados.

— Você diz apresentar... romanticamente? — confirmo com a cabeça, o que só serve para aumentar seu choque. — Calma, quem é você e o que fez com a Mel?

— Rá, rá, engraçadinha — brinco. Ela se senta no sofá, apoiando os braços no encosto, e faço o mesmo à sua frente. — É sério, Jeh, preciso que alguém vá comigo à festa do escritório.

Minha colega de apartamento pondera, mordiscando a unha do polegar.

— Não consigo pensar em ninguém que preste agora. Meus amigos na faculdade eram todos mulheres ou gays. Os héteros da sala eram uns chatos.

— Pode ser gay, solteiro, pegador, celibatário... — intervenho, fazendo-a rir do meu desespero. — É só para ir na festa comigo e fazer *parecer* que estamos juntos, não vamos namorar de verdade. Comida e bebida liberados, olha que beleza!

Ela me encara, incrédula.

— Você quer dar uma de *muito bem acompanhada*, é isso?

— É claro que, em um mundo ideal, eu preferiria muito mais ter alguém... de verdade. Mas até lá não vai dar tempo. — paro e abraço uma das nossas almofadas floridas, enterrando meu rosto em seguida. Minha voz sai abafada: — O Matheus vai levar a Natasha.

— Ah, não. É a mesma menina daquele dia? — faço que sim com a cabeça. — Gente. Não é possível! — as bochechas de Jéssica ficam vermelhas. — Sério, esse homem merece o prêmio de cara de pau do ano.

Concordo com a cabeça contra o tecido cheiroso. Jéssica e seus *sprays* aromatizadores que ficam pela casa são meu conforto permanente.

— Vocês estavam juntos há meses, e o cara te chama para uma festa só para beijar outra na sua frente? Não tem cabimento. —

Jéssica aperta mais os olhos. — Eles estão juntos agora?

— Não sei. — volto a encará-la. — Mas se ele está disposto a levá-la a uma festa do trabalho... acredito que sim. A carreira é tudo pra ele, aposto que ele dorme abraçado com sua carteirinha da OAB sonhando com o dia em que se tornará sênior no escritório.

Jéssica ainda balança a cabeça, os cabelos escorridos raspando a lateral do rosto a cada virada, como se remoesse os acontecimentos ao mesmo tempo que pensa em uma solução.

— Você precisa aparecer com um cara supergato que deixe ele no chinelo — conclui, em tom de voz sedento por vingança. — Só não te empresto o PH porque o Matheus já viu nós dois juntos.

Só ela para me fazer rir nessas horas.

— Sim — digo – Mas se você ainda não percebeu, caras mais gatos do que o Theus são bem difíceis de... — Um certo par de olhos azuis invade minha mente.

— O quê?

— Nada. — a ideia é tão absurda, que nem deve ser dita em voz alta.

— Melissa Rocha — Jéssica fala, séria, e sei que seus futuros filhos terão problemas se lhe desobedecerem. — Diga agora mesmo.

— Hum... — hesito. — Então...

— Então?

— Sabe o sobrinho dos donos da salinha? — começo, já me arrependendo.

— O cara da limonada?

— Isso. Ele meio que... — enrolo meus cabelos num coque, para ocupar as mãos. — Ele se ofereceu para ir comigo.

O rosto de Jeh se acende.

— Por que não disse isso antes? — ela bate palminhas de felicidade. — Problema resolvido, então, não?

Será que ela não prestou atenção quando contei dos nossos encontros passados?

— Como assim, "resolvido"? Não dá pra eu ir com ele!

— Mas até um segundo atrás, você estava aceitando literalmente qualquer um, não?
— Mas não *ele*. Ele... — paro, sem saber o que argumentar.
— Ele é gato?
Bom, certas coisas não se podem negar, então faço que sim com a cabeça.
— Ora — diz, sorrindo. — Se você estava disposta a ir com um desconhecido qualquer que eu te apresentasse, e que nem mesmo sabemos se toparia ir à festa, não vejo por que não poderia ir com um gato que, inclusive, já se ofereceu para ir.
— Mas...
— "Mas" nada, Mel — ela diz enquanto se levanta, seu bocejo exagerado revelando os planos de ir dormir. — Chega de complicar a sua vida. Você não tem tempo agora de sair caçando acompanhantes. Vá com ele mesmo. — Do seu quarto, ela termina: — Ah, como eu queria poder ver a cara daquele pastelão do Matheus quando você chegar com o gostoso da salinha.
— Jeh! — Uma risada me escapa. Se ela fala assim sem nem ter visto o Leonardo, imagino qual seria sua reação caso o encontrasse pessoalmente.

Ugh. Não acredito que me meti nessa confusão toda por causa do Matheus. Tenho muito mais a fazer do que ficar procurando um acompanhante.

Ainda sentada no sofá, pego meu celular no bolso do moletom para dar uma olhada nas redes antes de ir me deitar. Gosto de acompanhar alguns perfis relacionados a estudo, escalada, corrida, alimentação saudável, atividade policial... Isso não só me ajuda a dar uma relaxada no fim do dia como também abastece meu tanque de inspiração e motivação. E como preciso!

Uma publicação do De Concurseiro a Concursado aparece para mim: algumas dicas sobre como conseguir conciliar o trabalho com os estudos. Uma delas, sobre usar aulas em áudio durante os deslocamentos de e para o trabalho, chama minha atenção, e resolvo que farei isso nessa reta final. Assim, apesar de não poder mais escutar minhas *playlists* favoritas, conseguirei aproveitar melhor os quase cinquenta minutos que passo no carro diariamente e não preciso comprometer os meus intervalos, como Leonardo disse. É, amanhã, começo isso, aproveitando algumas aulas que já tenho no celular.

Vou até a seção de comentários e lhe agradeço por mais essa ajuda. Aproveito e leio as respostas dos outros leitores, que compartilham um pouco de suas próprias estratégias ou pedem algumas sugestões. Respondo a quatro deles, adoro essa interação: poder trocar experiências ou mesmo oferecer um ombro amigo quando alguém precisa; é muito edificante, e todos saímos um pouco mais leves.

Às vezes, só queremos alguém com quem conversar.

— Ficou ótima, a minuta, Diego — elogio um dos três juniores da minha equipe. — Vou enviá-la ao cliente hoje mais tarde para a aprovação final. Quando ele responder, te aviso.

Um sorriso surge no rosto do novato. Diego foi o último a entrar no escritório, está conosco há quatro meses. No início, era bem cru, mas sempre teve potencial e, o principal, muita boa vontade e desejo de crescer. Com o treinamento e algumas poucas orientações, ele já se mostra um ótimo advogado.

— Pessoal, desculpem-me por interromper. — Miguel, coordenador do Escritório JHR, vulgo um dos meus chefes, chega por trás de nossas cadeiras. — Estou fechando o número de convidados para o baile de aniversário do escritório. Vocês todos vão, certo? — Assentimos, e os largos sorrisos dos meus colegas entregam a animação de todos. — Ótimo! — Ele faz algumas marcações no papel que trazia. — E quem vai trazer um acompanhante?

Bom, entrou na chuva, é para se molhar.

— Eu vou — respondo, despertando olhares curiosos da minha equipe.

— Eu também — diz Jorge, outro dos meus juniores. Ele namora a mesma garota desde a faculdade e, sempre que volta de algum recesso, passa mais de quinze minutos nos mostrando fotos dos dois em algum destino curioso.

Priscila, a terceira da minha equipe, e Diego negam com a cabeça, e Miguel se despede com um aceno ao seguir para as outras mesas — não antes de reforçar, pela milésima vez, a exigência do traje passeio completo, pois não só os advogados parceiros, mas também nossos clientes — atuais e potenciais —, serão convidados para o baile.

Não acredito que vou ter de sair para comprar um vestido em pleno pós-edital, quando o tempo está tão contado. Fora que, com os livros e cursos extras que precisei comprar, não está exatamente sobrando muito dinheiro.

— Por que não contou que está namorando? — pergunta Priscila, com as bochechas rosadas e os olhos castanhos tilintando curiosidade. — Posso saber quem é o sortudo?

— Hum... — faço mistério. — Na festa, você vai conhecê-lo.

Ela faz um beicinho, mas concorda, fazendo os cabelos loiros balançarem de leve contra os ombros. Logo, um sorriso se abre em seu rosto jovem e suas bochechas arredondadas se projetam. Sorrio em resposta. A advogada está conosco há pouco mais de seis meses e, além de trabalhar duro e ser muito comprometida, tornou-se mais que uma simples colega de trabalho.

Algumas horas depois, os três ainda tentam — sem sucesso — arrancar mais informações a respeito do meu suposto namorado. Isso, é claro, entre uma dúvida e outra sobre o mandado de segurança que estamos redigindo.

Por ser mais urgente e delicado, gosto de incluir todos no processo: um júnior faz uma primeira redação — vão revezando entre si —, eu reviso a proposta, discutimos o texto todos juntos e, por fim, um outro júnior faz a versão final. Assim, além de conseguirmos um bom resultado, o trio vem aprendendo e melhorando cada vez mais rápido.

Hoje, contudo, o caso é mais cabeludo, e só terminamos a discussão por volta das oito da noite. Alguém terá de ficar até mais tarde para fazer o texto final e enviá-lo para o Miguel — ele faz questão de passar os olhos por todos os mandados de segurança do escritório e pediu para finalizarmos este ainda hoje.

— Vocês três — digo —, por hoje já deu. Eu faço o texto final e deixo na sala do Miguel.

— Tem certeza? — indaga Diego, com os olhos esperançosos: hoje seria sua vez de fazer a consolidação.

Dou meu melhor sorriso em resposta.

— Sim, podem ir.

Os três se levantam de uma vez, como se seus assentos de repente estivessem pegando fogo, e juntam suas coisas para ir embora. Quando saem, depois de muitas despedidas e "obrigados", um silêncio preenche o escritório, onde apenas algumas poucas luzes ainda estão acesas.

Não ganho nenhuma fortuna, mas certamente bem mais do que os juniores, que, às vezes, acabam trabalhando ainda mais horas do que eu. Sei por experiência como é puxado, de modo que, quando posso, quebro um galho para meus pupilos.

Solto um suspiro ao alongar as costas. Infelizmente, hoje não vai ter mais estudo.

QUESTÃO 6

É inapropriado visar intensamente o interlocutor durante explicações doutrinárias de matéria jurídica.

(Certo)

(Errado)

Meu celular se acende sobre a pia do banheiro com uma mensagem.

Amanda: Você vem hoje?

Já passam das oito da manhã, e acabo de sair do banho, a endorfina do exercício ainda em minhas veias. Adoro treinar aos sábados: faço meus tiros de corrida e termino com alguns exercícios livres, com o peso do corpo e mais alguns alongamentos.

Melissa: Estou terminando de me arrumar e logo estarei aí!

Amanda: Oba! Vou guardar a cabine ao lado para você!

Sorrio. É tão bom ter alguém com quem dividir essa caminhada. Termino de me arrumar e, algumas horas mais tarde, depois de muitas páginas lidas, nós duas entramos na copa da Focus, tomada pelo delicioso cheiro de café novinho, e cumprimentamos Carlos, que termina de arrumar as garrafas e se despede, sorridente, com um aceno de cabeça. Amanda solta um "huuum!" e rimos. Pegamos, cada uma, uma xícara da bebida e nos sentamos no pufe para aproveitarmos o primeiro intervalo.

— E como vão as coisas em casa? — pergunto.

— Estão na mesma. — minha colega gira o café na xícara, criando um pequeno redemoinho negro. — Meus pais continuam com a pressão para que eu assuma mais pacientes no consultório, não aceitam que não gosto da odontologia como eles. Nunca gostei.

— Entendo, Mandi. — dou um leve tapinha em seu ombro. — Não chego a odiar a advocacia, mas não é o que quero fazer para sempre.

Ela assente.

— Minha mãe duvida que eu seja capaz de passar em um concurso tão concorrido, ainda mais competindo com pessoas que têm formação em Direito.

— Ela te disse isso? — arregalo os olhos.

Não consigo imaginar como me sentiria se minha mãe me desacreditasse dessa maneira. Ela, que sempre me apoiou em tudo que quis tentar, que me ajudou a enxugar as lágrimas quando eu me deparava com pedras no caminho, que se sacrificou para que eu tivesse a chance de conquistar aquilo que ela não pôde... Se não fosse pelo apoio dela, eu não seria metade do que sou hoje.

— Não com essas palavras, mas foi o que deu a entender. — Amanda se vira para mim, um nevoeiro se formando em seus olhos. — Quero muito passar no TRF mês que vem, Mel. Quero provar que sou capaz e que posso, sim, construir uma carreira fora do consultório.

— Estarei aqui torcendo. — sorrio.

Amanda relaxa a expressão e se volta para a frente enquanto termina de tomar seu café.

De repente, seu rosto se ilumina.

— Mel! — ela salta do pufe e corre até o quadro de avisos na parede oposta. — Teremos um treinamento físico no final do mês. É perfeito para você, que é da área policial!

Inclino a cabeça.

— Um o quê?

— É um simulado para o TAF que a Focus promove trimestralmente, mas é aberto a qualquer aluno — ela aponta para o próprio nariz —, inclusive para quem é de outras áreas, como maneira de incentivar a prática de atividades físicas entre os concurseiros. Mesmo eu, que não sou lá muito *fitness*, achei superlegal da última vez!

Passo o olho pelo cartaz fixado. O simulado será conduzido por um profissional de educação física, um tal de Guilherme, no último domingo do mês. O encontro está marcado para as oito da manhã, e as atividades vão até o meio-dia.

Interessante.

Nunca participei de algo do tipo, com certeza vai ser bom ver como está meu desempenho em uma situação de prova e conferir se minhas execuções dos exercícios ainda estão corretas. Apesar de ter feito três ou quatro aulas com um *personal* quando comecei a me preparar, há tempos, treino sozinha na academia do prédio.

— Vamos, Mel? Você vai adorar! — Mandi me sacode pelo braço. — Ah, e sempre, depois do treinamento, Carlos e Maurício nos levam a um restaurante para almoçarmos todos juntos. É muito bom encontrar todo mundo!

Sorrio. Deve ser, mesmo.

— Claro, vamos, sim! Acho que vai ser uma boa.

Para não correr o risco de me esquecer, coloco o lembrete na minha agenda no celular e reparo que será uma semana depois da festa do escritório. Gelo por dentro, apesar do café quente que mal acabei de tomar.

Ainda não sei o que vou fazer quanto à tal da festa. Aparecer sozinha e encarar o olhar condescendente do Matheus enquanto ele se diverte com outra mulher não é uma opção. Isso só mostraria que ele estava certo.

"Não dá para ninguém ficar com você assim, Mel", sua voz ecoa em minha cabeça. "Você simplesmente não tem tempo pra gente, nem se importa. Só quer saber de estudar. Está obcecada e deixando de viver por causa disso."

— Mel? — Amanda me salva do *loop* nada divertido em que eu estava prestes a entrar.

— Hum... Estava só vendo as datas aqui no calendário — minto, apertando o celular entre os dedos. — Faltam cerca de dois meses e meio até minha prova, mas ainda não consegui me decidir para qual cargo prestar. Eu me inscrevi nos dois, mas vou esperar mais um pouco para ver qual dos boletos da taxa de inscrição pagar.

— Não daria para tentar os dois?

— É uma possibilidade — respondo – Mas como há matérias diferentes, fico com medo de tentar abraçar o mundo e acabar não conseguindo ir bem em nenhuma.

— Entendi. — é sua vez de colocar a mão em meu ombro. — Mas você ainda tem tempo. Não precisa sofrer com isso agora. Siga firme no que for possível adiantar e, mais à frente, a gente vê isso com calma.

— Uhum. Obrigada, Mandi.

— Vai ser seu primeiro concurso?

— Não, não. Prestei um como teste logo que comecei a estudar, na prefeitura mesmo, além de outro, há um tempinho, para o Tribunal daqui. Nele, até que fui bem, mas não sei se será o suficiente. Ainda estou esperando o resultado.

— Para o TJ? Qual cargo?

— Sim. Para o cargo de técnico. Se for aprovada, vou poder sair do escritório e trabalhar menos horas — explico, e Amanda concorda, solidária. — Ficaria mais fácil conciliar com os estudos. Atualmente, está bem puxado. Tem dia que passo mais de dez horas no escritório, aí já viu, né?

— Entendo bem, Mel — diz enquanto deixamos as xícaras na pia. — Quando sair o resultado, me conta, tá? Deve ter dado certo, com certeza!

Voltamos para nossas cabines, onde há muitas páginas a serem lidas, questões a serem resolvidas e aulas a serem assistidas nos aguardam.

Uma coisa que me faz amar ainda mais os sábados: os lanches da tarde no jardim da Focus. Quem organizou tudo hoje foi Daniela e Alexandre, um homem que beira os quarenta anos e frequenta a salinha aos finais de semana, tentando conciliar o trabalho, os filhos e os estudos para o Ministério Público.

A aspirante a juíza passeia entre as mesas de madeira no centro do jardim reorganizando os salgados, biscoitos e pedaços de bolo que trouxe. Cada variedade posa, orgulhosa, em uma cestinha decorativa azul-bebê, acompanhada por guardanapos da mesma cor adornados com pedrinhas brancas. Ela também colocou montinhos de pratos e talheres descartáveis de plástico transparente no canto das mesas.

O esforço de Daniela para que tudo seja perfeito é palpável. O lanche, normalmente algo simples e caseiro, dessa vez parece ter sido preparado por algum bufê. De alto nível. O cheiro, assim como a aparência, não deixa nada a desejar. E tendo-se passado mais de três horas desde o almoço, minha boca saliva em resposta. Ao lado, a mesa das bebidas preparada pelo colega não aparenta nem pertencer ao mesmo evento, mas se assemelha ao lanche da semana anterior. As garrafas PET com os refrigerantes e as caixinhas de suco dividem espaço com os copos de plástico branco, distribuídos em três pilhas.

— E aí! Como andam os estudos, Mel? — Rafael pergunta quando eu e Amanda nos juntamos à sua rodinha. Seu cabelo liso teima, como antes, em cair no rosto; e, em um movimento automático, ele resgata uma mecha e a coloca atrás da orelha.

— Estão bem! Estou adorando estudar aqui, consigo render bem mais do que em casa — respondo, dando mais uma garfada no melhor bolo de cenoura que já provei.

Apesar de tentar ser mais saudável durante a semana, não sou de ferro nem quero ser. Faço questão de um doce bem gostoso — ou alguns, às vezes — aos finais de semana para manter minha sanidade.

— Ah, que bom! — Seu sorriso simpático aparece no rosto. — Não te vi mais desde o último sábado, está vindo só aos finais de semana?

— Não, não. É que eu trabalho de manhã e à tarde, então de segunda a sexta só consigo vir depois das seis, mesmo. Mas, aos finais de semana, posso passar o dia todo aqui.

— Entendi... Que pena! Costumo ir embora por volta das quatro. Mas nos encontramos aqui aos sábados, então.

Concordo com a cabeça e aproveito para dar uma olhadinha no restante das pessoas, em torno de vinte, presentes na minifesta. Pequenos grupos estão espalhados pelo quintal: nossa rodinha com sete alunos — eu, Mandi, Rafa e mais quatro que conheci conforme caminhávamos para cá, dois de turno integral e dois de final de semana —; uma outra, com mais quatro alunos que ainda não conheço, se formou em torno dos donos, Carlos e Maurício; e, por fim, do lado oposto do jardim... Meus olhos são sugados por um olhar curioso.

Apoiado na beirada de um dos canteiros de rosas, está Leonardo, cercado por seis concurseiros, incluindo a anfitriã do dia. Ele me examina antes de voltar-se para o garoto que fala em sua frente.

— Aqueles lá são alunos do curso de discursiva dele — Mandi sussurra no meu ouvido enquanto olha na mesma direção que eu.

Minhas bochechas esquentam, e ela ri.

— Eu não estava reparando! — afirmo.

Bom, até que estava, mas...

— Uhum. Sei. — Amanda continua rindo, e dou um tapa brincalhão em seu braço.

Nós nos voltamos à conversa da roda. Lara, uma concurseira um pouco mais alta que eu, de pele negra e com os cabelos adornados em tranças afro bem finas que quase chegam à cintura, conta que foi aprovada na primeira fase do concurso do Tribunal de Contas do Estado de Goiás no mês anterior e está se preparando para a segunda etapa, esperançosa. Todos damos nossos parabéns.

Sempre que vemos alguém de carne e osso conseguindo avançar, o desafio se torna mais palpável, quase possível. Isso ajuda a espantar um pouco o medo das cruéis estatísticas que se revelam quando são divulgados os números de inscritos em um concurso: quem se veria otimista tendo de vencer concorrências de mais de 1.000 candidatos por vaga? No concurso do TJ mesmo, que eu havia prestado, foram mais de 150.000 inscritos, para míseras 100 vagas.

Ser aprovado é um verdadeiro milagre.

— Ah, Mel — chama Rafael, ao meu lado, terminando de mastigar o último pedaço de bolo do seu prato. — Resolvi que vou prestar o concurso para delegado, mesmo. Acho que vai ser uma boa oportunidade, já que neste ano provavelmente não haverá outro concurso de MP onde quero tentar.

— Legal, Rafa! — comemoro. Como não há apenas uma vaga, ter um amigo estudando para a mesma prova é animador. — Imagina se nos tornamos colegas de profissão?

Seus olhos brilham e, com a voz animada, ele diz:

— Ia ser legal demais! Inclusive, se quiser alguma indicação ou discutir algum assunto das matérias, pode me chamar. Tá no grupo da sala?

— Tô! Mas confesso que ainda não falei muito por lá. — Gosto de acompanhar as mensagens porque me identifico muito com os colegas, mas, por enquanto, só ri de alguns casos engraçados e dei alguns pitacos.

— Ah, não tem problema. — ele tira o telefone do bolso de trás da calça. — Deixa eu procurar você aqui... Achei! Vou adicionar seu número, tudo bem? — concordo com a cabeça e logo meu celular vibra no bolso. — Te mandei um "oi", daí você pode me adicionar.

Abro um sorriso. Queria ter conhecido esse lugar antes, meus últimos anos teriam sido bem menos solitários.

— Combinado, obrigada. Se precisar de algo, também pode contar comigo.

E, então, surge uma ideia: e se eu convidasse o Rafael para ir comigo à festa? Ele parece ser um cara legal e animado, acho que iria. Torço os lábios. *Droga*. Eu disse para o Matheus que levaria um *acompanhante*, não um amigo. Se explicasse para o Rafael minha situação, ele me acharia muito esquisita? Será que toparia ser meu "acompanhante" — meu Deus, preciso parar de usar essa palavra — por uma noite?

Situações extremas, medidas extremas.

Respiro fundo para tomar coragem e digo:

— Bom, já que você mencionou... Será que toparia ir comigo à festa de aniversário do meu escritório? — conforme falo, seu sorriso se alarga. Isso, isso! — É na sexta-feira, no dia 28 agora, e...

Ele murcha.

— Ah, não acredito, Mel.

Inclino a cabeça.

— O quê?

— Queria muito, mas... — ele corre a mão pelo rosto. — Nesse dia, não vou poder. É o *bar mitzvah* do meu priminho, não tenho como faltar.

— Claro, claro — digo, forçando um sorriso. — Sem problemas. Fica pra próxima, então.

— Na próxima, certeza! — Rafael retoma parte da animação costumeira, e sigo disfarçando minha decepção.

Matheus, um; Mel, zero.

Preciso encontrar outra pessoa, urgente. Não iria suportar o sorrisinho do meu ex ao me ver chegar sozinha à festa.

Meus olhos ganham vida própria e se aventuram novamente para o fundo do jardim, onde encontram Leonardo no mesmo lugar, os braços cruzados sobre o peito. Outra vez, nossos olhares se cruzam e, com o semblante sério, suas íris saltam de mim para Rafael, para nossos celulares à nossa frente e, por fim, pousam em Daniela, ao seu lado, que fala animada na rodinha em que estão.

Tá. Mas não *ele*.

Molho os lábios e volto-me para meus novos amigos. Lara conta como quase perdeu o voo de volta quando foi prestar a prova em Goiânia. Alguns minutos depois, caminhamos de volta para nossas cabines, e o que antes parecia uma travessia solitária agora lembra uma jornada em que amigos seguem juntos rumo a uma mesma vitória.

No final do dia, sentada no banquinho amarelo da copa, encaro meu caderno e coço a cabeça, frustrada. Sério, quem inventou essa confusão toda no Direito Penal? Apesar de amar a matéria, estou longe de dominá-la e meu percentual de acertos não está nada digno de orgulho.

Apoio meu celular sobre o caderno aberto enquanto, bocejando, vou até o *blog* De Concurseiro a Concursado para tentar me distrair. Encontro um novo *post* em que ele explica a importância de fracionar e espaçar o estudo de cada disciplina: nada de ficar um dia inteiro em um único assunto, o ideal é alternar entre diferentes matérias a cada uma hora, mais ou menos. Como seguidora assídua que sou, já havia lido outro texto dele a respeito do método e venho aplicando-o nos meus estudos desde então.

Estico o braço e pego mais um biscoito de chocolate do pote

de vidro que, a essa altura, trouxe comigo para o balcão. Como de costume, desço até a sessão de comentários, escrevo uma mensagem de agradecimento e aproveito para responder outros leitores também.

— Você gosta mesmo desse *blog*, hein?— um sussurro chega à minha orelha esquerda, enviando um calafrio pela minha espinha.

Viro-me de repente e dou de cara com Leonardo, sua cabeça encaixada pouco acima do meu ombro para ler o texto no meu celular.

— Ou! — exclamo, trazendo o aparelho contra o peito. Por que ele sempre tem de aparecer de fininho?

Leonardo vira o rosto em minha direção e nossos narizes quase se esbarram. Estamos tão próximos, que posso sentir seu hálito quente de menta. Meus olhos o estudam. Seu maxilar marcado parece levemente áspero com a barba que ameaça despontar, e fecho minhas mãos sobre o telefone, para impedi-las de fazer algo idiota. Imitando-me, olhos azuis passeiam por meu rosto; a expressão indecifrável. Todos os fios de cabelo que tenho pelo corpo se arrepiam.

Sua boca esboça um sorriso satisfeito, e ele se levanta, caminhando até a garrafa de água quente. O silêncio de sempre se instala no cômodo enquanto prepara seu chá. Dessa vez, sou a primeira a falar, respondendo à pergunta:

— Sim, gosto. Acompanho ele há anos, sou fã do autor.

Ainda de costas, sacudindo o saquinho dentro da xícara, Leonardo diz:

— Mesmo sem conhecê-lo? Ele pode ser bem diferente do que imagina.

— Não me importa como ele seja — respondo, apesar de ter perdido um bom tempo imaginando mil aparências diferentes para meu blogueiro favorito. — Já me ajudou tanto... Quando for aprovada, vai ser uma das primeiras pessoas para quem vou mandar uma mensagem de agradecimento, depois dos meus pais, claro.

— Hum... — murmura, virando-me com a xícara quente na mão. Um brilho novo aparece em seus olhos e seus lábios desenham uma pequena curva para cima. O que é preciso para conseguir um sorriso desse homem? — Tenho certeza de que ficará orgulhoso.

Pisco duas vezes e minha boca se abre em um pequeno "o". Quando penso que não tem sentimentos, ou que, no mínimo, os esconde muito bem, Leonardo vem e diz algo... gentil?

— Bom... — tento, comendo mais um biscoito. — Espero que sim. Na verdade, nós até já trocamos algumas mensagens, somos quase conhecidos — eu me gabo, sem conseguir conter um sorriso orgulhoso. Ele levanta sua sobrancelha com a cicatriz e aperta os lábios, dando-me a certeza de que está segurando um sorriso. Jogo o cabelo sobre o ombro e não resisto a provocá-lo: — Uma paixonite platônica deixa os dias mais divertidos, né?

Leonardo engasga com o gole do chá que bebeu. Então, suas linhas suavizam-se e dentes brancos perfeitamente alinhados se revelam, pela primeira vez, em um sorriso. E, nossa, como a espera valeu a pena.

Seria socialmente aceitável tirar uma foto dele agora? E seria um crime colocá-la no fundo de tela do celular?

O promotor desvia os olhos para o chão e pigarreia, o tímido sorriso ainda em seus lábios.

— Você... — ele desiste de terminar a frase e leva a mão livre à nuca.

Começo a rir. De mim, dele, da situação toda. Estou de volta aos quinze anos, revelando para as amigas meu *crush* pelo Harry Styles — quem nunca?

Minha vontade de testar suas reações é maior que minha vergonha — quais outras camadas estão escondidas sob essa fachada reservada? — e me permito continuar a provocação.

— Está com ciúmes? — cutuco.

Ele me olha através dos cílios escuros e um sorriso malicioso

substitui o anterior.
— Dele?
Assinto. Leonardo toma um gole demorado de seu chá. Seu pomo de Adão se movimenta, e ele volta o olhar para mim:
— Talvez.
Oi?
Estava esperando um certeiro "de jeito nenhum" ou um "sem chance", não uma resposta evasiva assim. Sem saber o que dizer, eu me viro de volta para o caderno e pego mais um biscoito de chocolate ao soltar o ar, impotente.
— Ah, por isso os biscoitos estão acabando tão rápido — diz.
Girando no banquinho outra vez, fuzilo-o com os olhos e encontro um quase sorriso em seu rosto. Ele dá de ombros e aponta para o pote ao perguntar:
— Gosta desses?
— Bom, não são um Oreo da vida — digo ao dar mais uma mordida. Aliás, ainda bem que não são Oreos, ou já teria comido todo o pote. — Mas são bem viciantes, principalmente quando estou frustrada.
Ele franze o cenho.
— E por que essa lamentação toda? — ele indica meu caderno com a cabeça. — Algum problema com a matéria?
— Tentei de todo jeito, mas não entra na minha cabeça o funcionamento das tais das "concausas supervenientes relativamente independentes" — resmungo. — Sério, precisava de um nome tão complicado? E precisava o Código Penal adotar tantas teorias diferentes ao mesmo tempo?
Leonardo tenta disfarçar uma risada com uma tosse, mas não consegue esconder a diversão nos olhos. Mordo um sorriso e continuo:
— É sério, essa confusão está me deixando louca. — balanço a cabeça. — E não tem jeito, isso tem aparecido bastante em prova, então vou ter...
Sem dizer nada, ele pega meu caderno e se senta no banqui-

nho ao meu lado, cruzando uma perna sobre a outra. Seus olhos varrem as páginas com minha letra garranchada enquanto toma mais um gole do seu chá.

— Certo — ele diz. — Vamos lá. Se você aprender alguns exemplos-chave, ficará mais fácil entender o conceito. Um esquema meramente teórico como este é muito abstrato e difícil de entender. — ele ergue os olhos. — Não é à toa que você está com dificuldades.

Mal consigo piscar enquanto ele me explica, em detalhes, todas as quatro hipóteses relacionadas às concausas, construindo um exemplo bem ilustrativo para cada uma delas. Sua desenvoltura ao falar e a clareza com que expõe cada ponto revelam sua experiência como professor. Agora entendo por que suas aulas são tão concorridas.

Não consigo deixar de admirar seu conhecimento amplo e ordenado — bem diferente da confusão de informações que tenho dentro da cabeça. Sinto uma pontadinha de inveja: queria saber tanto quanto ele. Leonardo termina sua explicação e tudo finalmente faz sentido.

— Ficou melhor de entender assim? — indaga, uma preocupação genuína transparecendo em sua voz.

— Uhum — respondo, assentindo. — Se meu professor tivesse ensinado assim desde o início, eu provavelmente nunca teria tido problemas.

Sua expressão se suaviza, os lábios relaxando em um leve sorriso. Ele tira uma caneta prateada com adornos dourados do bolso da calça e anota alguma coisa em meu caderno.

— Gente chique sempre anda com caneta, não é? — provoco.

Ele balança a cabeça, rindo baixinho, mas sem parar de escrever.

Aproveito para analisar melhor suas feições. O cabelo castanho-claro está arrumado no topete usual, mas alguns fios se soltam e caem para a frente, sobre seu rosto. Ele veste uma calça social preta, mas uma camisa polo azul-marinho; talvez por ser sábado e não ir ao Ministério Público. Seu sapato é preto e brilhante, como se fosse novo ou, no mínimo, muito bem cuidado: mesmo a sola do pé que está por cima está pouco gasta.

— Você está encarando — ele me acusa, sem levantar os olhos do caderno apoiado em uma de suas pernas.

Ops.

— Eu, não — minto e me aproximo para analisar o que tanto escreve. — Estou é vigiando o que está fazendo com meu lindo caderninho.

— Uhum. Sei — murmura.

Consigo ver lampejos de um sorriso se abrindo, e me pego desejando que erga a cabeça, para que eu possa vê-lo por inteiro.

Alguns minutos depois, quando termina de esquematizar as informações que me explicou mais cedo, Leonardo se levanta e bate de leve com o caderno sobre minha cabeça ao dizer:

— Pronto. Agora você pode deixar alguns biscoitos para os colegas e ir pra casa descansar.

Estou terminando de arrumar meus materiais para o dia seguinte, no meu pijama de poá preto e branco, quando meu celular toca com a solicitação de uma chamada de vídeo.

— Ei, mãe, tudo bem?

— Meeel! — grita animada uma voz estridente do outro lado da linha. A tela está toda escura, mas consigo discernir o contorno da orelha da minha mãe.

— Mãe, é chamada de vídeo — explico. — Pode se afastar do telefone.

— Ah! Claro, claro. — Ela se posiciona em frente à câmera, e vejo meu padrasto ao seu lado, rindo da falta de manejo da esposa.

— Como está, querida?

— Tudo certo. Na correria de sempre, né? E vocês dois?

— Por aqui, também anda tudo bem — responde, soltando o cabelo do rabo de cavalo e ajeitando os fios escuros e ondulados que se espalham na altura dos ombros. — O salão está cada dia mais conhecido. Nessa semana, mesmo, teve um dia em que ficamos sem horário! — seu sorriso é tão largo que aquece meu peito. — Sem horário, filha!

Minha bochecha quase dói de tanto que sorrio em resposta. Como é bom vê-la feliz assim! Por anos, o máximo que ela conseguia era me dar alguns sorrisos tristes. Eu sabia que ela tentava esconder sua dor de mim, mas algumas delas são tão grandes que nem mesmo as mais animadas risadas são capazes de disfarçá-las.

Isso foi quando meu pai — ou melhor, progenitor — nos abandonou, antes mesmo de eu completar quatro anos, e nunca mais voltou. Nem mesmo deu notícias, não que eu saiba.

Como minha mãe se casou ainda muito nova e, por insistência do marido, largou a faculdade de Administração para cuidar da casa, e depois de mim, ela nunca havia trabalhado nem tinha o mais atraente dos currículos. Por isso, quando ele nos deixou, ficamos completamente desamparadas.

Eu era pequena, então não sabia o que estava acontecendo; mas quando, dia após dia, nossa mesa de jantar, antes sempre em três, só manteve dois pratos, e mamãe foi quem passou a ler minhas histórias de dormir, percebi que o homem não voltaria mais.

Minha mãe começou a atender suas conhecidas como manicure e a fazer alguns bicos aqui e ali só para termos o que comer. Na presença de outras pessoas, ela parecia estar lidando bem com a situação, mas, pelos soluços abafados que eu ouvia no meio da noite, sabia que estava sofrendo muito.

Até hoje, meu coração dói por ela não conhecer, à época, o direito que eu tinha à pensão, o que teria nos ajudado bem. *Ele* nunca teria concordado em pagá-la de forma voluntária, pelo modo como tudo acabou, mas poderíamos ter buscado a Justiça e tudo poderia ter sido diferente.

De todo jeito, depois de quase dez anos se desdobrando de todas as maneiras possíveis, minha mãe conseguiu juntar algum dinheiro e abrir seu próprio salão, do qual cuida até hoje. É um lugar pequeno, mas muito limpo e organizado, no centro de Nova Lima. E, pelo visto, tem ido bem.

— Que bom saber disso, mãe! Estou doida para poder ir aí para cortar as pontas, fazer uma hidratação e, é claro, ver vocês.

— Vem, sim. Vou amar cuidar da minha menina!

— Aí você me avisa, Mel — intervém Roberto —, que levo um daqueles pés de moleque que você ama!

Roberto é meu verdadeiro pai, em todos os sentidos que importam. Depois de tudo pelo que passou, minha mãe demorou a voltar a confiar nos homens; mas ele, que mais tarde me contou ter uma quedinha pela minha mãe desde quando estudaram juntos no ensino médio, pouco a pouco foi conquistando seu amor — e o meu também. Por fim, quando fiz nove anos, eles se casaram.

Hoje em dia, aposentado da sua carreira como policial militar, Roberto trabalha com minha mãe no salão. Ele concentra as funções administrativas e libera a mulher para fazer o que realmente ama: arrumar e cuidar de cabelos.

— Pode deixar, pai — respondo, reparando na barba cada vez mais grisalha. — Vai ser em breve, prometo. Assim que minha prova passar, serei toda de vocês.

— Falando nisso, como andam os estudos, filha? — pergunta minha mãe.

Os dois fizeram das tripas coração para que eu tivesse tudo do que precisava e uma boa educação quando estava crescendo. Então, tentei retribuir à minha maneira: quando terminei o ensino médio, queria ser aprovada na UFMG, para reduzir os gastos da família. No entanto, por mais que tenha me esforçado, não foi suficiente: o máximo que consegui foi uma generosa bolsa de estudos para cursar Direito em uma faculdade particular, pegando quatro ônibus por dia, e foi o que fiz.

Na primeira oportunidade que tive, consegui um estágio, já no escritório JHR, e ajudei a pagar o restante das mensalidades até me formar. Em seguida, pouco mais de seis meses depois de me tornar advogada plena no escritório e ganhar o suficiente para me bancar, eu me mudei com Jéssica para o apartamento onde moramos hoje em dia, como planejamos desde o final do ensino médio. A ideia — além de, é claro, divertir-me com minha melhor amiga, ser independente e crescer como pessoa — era também ajudá-los um pouquinho no final do mês.

— Andam bem — respondo. — Arrumei um lugar para estudar aqui perto de casa que é ótimo! Estou conseguindo render bem mais.

— Ah, que bom! — E, aproximando-se ainda mais do aparelho, ela continua: — E está se alimentando bem? Dormindo bem?

— Sim, mãe — falo, rindo. — Estou me cuidando direitinho. Tem quase dois anos que estou morando com a Jéssica, ainda não se acostumou?

— Pois alguma mãe se acostuma com a filha fora de casa?

Ainda sorrindo, nego com a cabeça. Como amo esses dois.

— E como estão as coisas no escritório? — agora foi a vez de Roberto perguntar.

— Vai tudo bem.

— O seu ex... — interrompe minha mãe, as feições um pouco mais sérias. — O... como era mesmo o nome? Não cheguei a conhecer.

— Matheus.

— Isso. Não está te incomodando, não, né?

— Hum... Não — respondo. — Está tudo bem.

Ela aperta os olhos.

— Mesmo? Entendo se você não quiser contar mais detalhes sobre o que aconteceu. Mas saiba que pode contar com a gente para o que precisar.

Dou um sorriso triste para a câmera.

— Com certeza, filha — diz Roberto, com seu ar superprotetor de sempre. — Nunca hesite em nos procurar!

Assinto e meus olhos ardem com uma mistura de culpa e saudade. Apesar de eles morarem em Nova Lima, na região metropolitana aqui de BH, levo cerca de cinquenta minutos para ir de carro do meu apartamento à casa deles — ou mais, quando tem trânsito. Por isso, desde que me mudei, e eu já estudava na época, visito-os bem menos do que gostaria. Até o edital sair, conseguia ir pelo menos duas vezes por mês; mas agora, com a prova se aproximando, eu os verei ainda menos.

Mas isso não é para sempre.

Logo teremos mais tempo para nossos intermináveis almoços de família, nossas viagens ao interior para ver a vovó e visitas inesperadas.

Logo a vida será mais simples.

QUESTÃO 7

Uma decisão importante não deve ser tomada quando o indivíduo se encontrar em estado exaltado, sob pena de os resultados serem contrários àqueles esperados.

(Certo)

(Errado)

Solto um suspiro e consigo imaginar uma névoa se formando ao redor da minha boca. A salinha de estudos é *gelada*.

Normalmente, gosto do frio. Ele me ajuda a me concentrar e ninguém fica suando na sala fechada — o que não seria nada confortável, vamos combinar. No entanto, à noite, ao final de uma segunda-feira intensa de trabalho e estudos, e depois de mais de duas horas sem sair, o moletom verde-musgo que vesti sobre a roupa social do escritório se mostra insuficiente para me salvar da hipotermia, mesmo com o capuz protegendo minha cabeça.

Olho para o lado e Amanda, em sua cabine, resolve uma bateria de questões. Imagino como deve estar ansiosa: sua prova será neste domingo. Torço muito para que ela passe. É claro que vou sentir sua falta se ela se mudar, mas se isso for fazê-la feliz...

Esfrego as duas mãos e lamento pelo meu café ter acabado — há um bom tempo, na verdade – Mas não quero sair ainda. Na última hora, venho lutando contra um único assunto que não consigo entender por nada. Balanço a cabeça. Sério, como poderei ser uma boa delegada se não consigo ir bem no Direito Penal?

Frustrada por mais essa barreira surgir entre mim e meu distintivo, aperto os dedos gelados demais por causa da promessa idiota de só sair da sala hoje depois de entender a diferença entre os erros de tipo e de proibição. Quando leio a teoria, ela até faz sentido, mas quando vou resolver as questões, com casos concretos, acabo errando mais do que acertando. Resultado: estou congelando por aqui.

Meus dentes começam a bater, mas me recuso a quebrar uma promessa que fiz comigo mesma. E é por isso que pego o celular, vou até o grupo da Focus e navego entre os integrantes até encontrar um nome que, há alguns dias, eu nem cogitaria adicionar.

Engulo meu orgulho, que em nada vai me ajudar a conseguir a aprovação, e escrevo para Leonardo.

> **Melissa:** Boa noite! Por acaso você gostaria de salvar uma garota prestes a ter hipotermia?

Imediatamente, dois simbolozinhos surgem na tela, indicando que ele viu a mensagem.

> **Leonardo:** Quem é? O que houve?

É, minha mensagem ficou mesmo com cara de telemarketing fajuta — ou de alguma emergência de vida ou morte.

Ótimo começo, Melissa.

> **Melissa:** É a Mel.

> **Melissa:** A salinha hoje está especialmente fria, e me prometi que só sairia daqui depois de dominar "erro de tipo" e "erro de proibição". Não paro de confundir os dois.

Sua foto de perfil aparece no aplicativo, sinal de que adicionou meu contato, e o par de olhos safira me encara através da tela. Ajusto os óculos no rosto antes de ampliar a imagem para analisá-la um pouco melhor: onde parece ser uma praia, Leonardo veste uma camiseta cinza-clara de malha e com uma gola em "V", exibindo duas correntinhas douradas no pescoço, uma delas com um pingentinho retangular. Seus cabelos estão úmidos e mais soltos, e ele quase sorri para a câmera, com um ar bem mais relaxado e acessível que o de costume.

Uau.

Leonardo: Melissa, você precisa melhorar suas habilidades de comunicação.

É a cara dele dizer isso.

Leonardo: Como posso ajudar?

Explico minha dúvida e, um instante depois, uma nova mensagem surge na tela do meu telefone:

Leonardo: Então sou seu professor particular agora?

Mordo a bochecha ao lembrar a vez que Daniela tentou tirar uma dúvida com ele na copa, apesar de transparecer segundas intenções, e ele pediu para que ela aguardasse até a aula seguinte.

Eu, que nem sou sua aluna, então...

Também não somos amigos nem nada. Conhecidos, talvez? Não sei dizer o que somos, mas sei que ele não me deve nada. Na verdade, estou até no lucro depois da explicação mais do que completa que me deu no último sábado, com direito a anotações no caderno e tudo, o que já me ajudou muito.

Antes que eu possa dizer para ele deixar para lá, uma nova mensagem chega:

Leonardo: Interessante.

E, em seguida, surge na tela "Leonardo Focus Estudos está gravando um áudio...".
Opa. Ok.
Tá, isso foi uma piada ou ele vai é reclamar em áudio que estou sendo importuna? É impossível extrair da mensagem seu "tom de voz" ou suas intenções se ele não usa emojis nem carinhas. Tudo parece sério, ou mesmo um xingamento, ainda mais vindo dele.
Hum... Quem precisa trabalhar suas habilidades de comunicação agora?
Alguns minutos depois, recebo a notificação. Preciso olhar duas vezes para me certificar de que não estava imaginando o áudio de 4 minutos e 52 segundos.
Coloco meu fone de ouvido. A voz de Leonardo é baixa, quase um sussurro, e relaxo os ombros quando ele começa a explicar os erros que roubaram minha paz — em vez de me dar um sermão tamanho família sobre incomodá-lo em seu tempo livre. Ele traz exemplos didáticos e faz analogias que tornam o assunto, antes nebuloso, óbvio. Ao fundo, uma música eletrônica abafada toca e consigo ouvir barulhos de pesos sendo jogados e bancos, arrastados.
Ele está na academia?
Faz sentido. Ninguém consegue ficar *tão* bem em uma roupa social se passa a maior parte dos dias deitado no sofá de casa.
Pauso e volto a mensagem algumas vezes enquanto faço minhas anotações. Meu corpo até dá uma esquentadinha quando consigo entender o assunto e acertar algumas questões. Aleluia!
Sem esperar mais um segundo, eu me levanto e saio da sala em busca de uma bebida. A caminho da copa, pego meu celular do bolso, um sorriso se formando em meu rosto enquanto escrevo.

Melissa: Obrigada, professor! Resgatada do Alasca com sucesso!

Assim que escolho um dos chás para fazer — até eu sei que, depois das nove da noite, cafeína não é uma boa —, completo:

> **Melissa:** Falando sério, obrigada pela explicação mais uma vez, consegui entender perfeitamente. Agora sei por que suas aulas são tão concorridas.

> **Leonardo:** Não poderia deixar ninguém morrer na Focus, seria um inconveniente para meus tios.

Dou uma risadinha. Alguns instantes depois, o celular se acende outra vez.

> **Leonardo:** Você fica aí hoje até que horas?

O frio desaparece de uma só vez.

> **Melissa:** Vou tentar estudar mais uns cinquenta minutos antes de ir para casa, essa dúvida acabou me tomando muito tempo.

Solto um suspiro. Pelo menos agora está resolvida.

> **Leonardo:** Certo. Não vá embora, chego antes disso.

Oi?

Uma curiosidade insana me invade. O que ele pode querer comigo? Algum favor de volta? Como não tem a mínima condição de eu conseguir estudar enquanto meus pensamentos viajam assim, sou obrigada a perguntar:

Melissa: Posso ajudar em alguma coisa?

Leonardo: Não.

Leonardo: Tenho algo pra você.

Melissa: O quê??

Leonardo: Curiosa. Daqui a pouco você vai ver.

Melissa: Hum... Mereço! Até mais tarde, então.

Com meu chá quentinho em mãos e mil teorias na cabeça, volto à salinha para tentar avançar pelo menos um pouco enquanto não chega a hora do encontro inesperado que estou prestes a ter.

Cerca de uma hora depois, meu celular acende na mesa, o cronômetro sinalizando que bati a meta do dia. Estou morta, mas satisfeita. E, apesar de os últimos minutos terem sido... conturbados, para dizer o mínimo, até que consegui render bem.

Eu me levanto e guardo cadernos, livros e estojo na bolsa bege de um lado só que trouxe hoje. Um xingamento silencioso escapa dos meus lábios quando coloco a alça sobre meu ombro direito, concentrando todo o seu peso em um único ponto.

Ótima escolha, Mel.

O relógio na parede marca onze da noite, e me pergunto se Leonardo desistiu de vir. Não o culpo, eu também preferiria ir direto para casa depois de malhar e a uma hora dessa da noite.

Abro a porta da sala e meus pensamentos cessam. Ah, quem quero enganar? Mesmo minha respiração cessa por completo por alguns instantes. À minha frente, Leonardo está recostado contra a parede, um pé apoiado sobre a superfície. A cabeça abaixada faz os fios do cabelo liso, escurecidos com a umidade, caírem sobre seu rosto. Ele digita algo no celular, enquanto uma sacola branca delicada, de papelão, descansa em seu antebraço esquerdo.

O promotor usa uma roupa de ginástica que, com certeza, faz várias cabeças se virarem na academia. A camiseta azul-marinho tem a gola em "V" e é de um tecido tão leve que marca seu peitoral e os ombros esculpidos. Meus olhos passeiam livres por seu corpo, e registram o *short* cinza de elastano e os tênis de corrida pretos.

Engulo em seco. Ainda bem que ele costuma usar roupas compridas aqui na Foc...

— Você está encarando — afirma, levantando a cabeça com uma expressão indecifrável.

Ops.

Preciso parar de ser flagrada nesse tipo de situação.

— Não estou, não — rebato, a voz ainda baixa para não atrapalhar os alunos que ainda restavam na sala. — Só nunca imaginei te ver vestido como uma pessoa normal.

— Uma pessoa normal — repete, esfregando o queixo.

— É. Sem toda aquela pompa de sempre.

— Não me visto de forma *pomposa* — ele diz, impulsionando-se na parede e caminhando em minha direção. — Há um código de vestimenta no meu trabalho, você sabe.

Dou de ombros, mas não consigo conter um sorriso. De repente, eu me lembro do horário.

— Você está esperando há muito tempo?

— Não muito. Aproveitei para colocar meus *e-mails* em dia e responder algumas mensagens.

— Você poderia ter me chamado, eu sairia! — reclamo. Detesto ser inconveniente.

— Que nada. Não é bom ficar interrompendo os estudos no meio, e não vejo problema algum em esperar alguns minutos.

— Hum... Obrigada — digo, resignada.

Isso foi... gentil da parte dele, tanto quanto o áudio enorme que me mandou.

Leonardo desliza a sacolinha por seu antebraço até segurá-la com a ponta dos dedos e a ergue em minha direção:

— Pra você.

Um presente? Por essa, eu *não* esperava.

É algum tipo de piada? Estudo sua expressão e... nada. Meus olhos saltam do seu rosto para a delicada sacolinha com um preenchimento plástico verde-água.

Abro a boca, mas não sei o que dizer.

— Melissa... — Sua voz rouca sai como um sussurro, e ele oscila o pacote na minha frente. Vendo minha falta de movimento, ele continua: — Só pegue a sacola.

A curiosidade, adormecida por alguns segundos, acorda cheia de energia, então faço como pediu, tomando o presente de sua mão. O objeto faz um peso maior do que eu esperava contra meus dedos e, com eles tremendo de antecipação, começo a abrir o embrulho.

Adoro ganhar presentes.

Rasgo a pequena tira de papel dourado que unia as duas alcinhas da sacola e desamarro o saquinho metálico em seu interior. Com a movimentação, a alça da minha bolsa escorrega do meu ombro e dou um pulinho desajeitado, elevando o braço, em uma tentativa de ajustá-la.

Ainda concentrada em abrir o embrulho, não vejo Leonardo se aproximar até que o peso da bolsa some e meu corpo comemora o alívio inesperado. Ergo a cabeça a tempo de vê-lo encaixar a alça da minha bolsa sobre seu ombro, como se estivesse vazia.

— Pode deixar! — exclamo, esticando minha mão em sua direção.

Ele dá um passo para trás, desviando-se.

— "Pode deixar" digo eu — responde, uma linha surgindo entre suas sobrancelhas. Ele indica o pacote com a cabeça, parecendo ansioso. — Só abra logo o embrulho.

Volto à tarefa de abrir o presente, grata por não ter mais ninguém no corredor para presenciar aquela cena. Depois de retirar o saquinho verde-água e abrir a pequena caixa de papelão, uma caneca preta com purpurinas coloridas surge em minha mão.

— Hum... obrigada. É linda — agradeço, sem conseguir disfarçar minha confusão. Por que diabos ele quis me dar uma caneca assim?

Leonardo aperta os lábios, mas, mesmo assim, um esboço de sorriso ameaça surgir.

— Você é péssima em mentir, melhor nem tentar. Vem comigo — ele diz e sai andando pelo corredor da casa.

Alguns instantes depois, ele acende a luz da copa e caminha direto para a bandeja onde ficam as bebidas, minha bolsa quicando com seus passos. Leonardo pega a garrafa de água quente para chás e olha para mim:

— Coloque a caneca no balcão. — eu o encaro, e ele acrescenta: — Por favor.

— Já que pediu por favor...

Faço como disse e ele enche meu presente até a borda com o líquido quente.

— O que você está fazendo?

— Shh... — ele aproxima o indicador dos meus lábios, parando a milímetros de tocar minha pele, e meu estômago decide ser aquela uma boa hora para um salto mortal. — Veja.

Leonardo se vira novamente para a caneca negra, então faço o mesmo.

— O que...? — inicio a pergunta, mas paro assim que noto algo estranho acontecendo.

A cor escura se esvai aos poucos e palavras surgem na superfície curva. É uma daquelas "canecas mágicas", que mudam de cor e revelam imagens ou mensagens secretas quando preenchidas por líquidos quentes. Eu me aproximo, apoiando os cotovelos sobre o balcão, e aguardo ansiosamente a transformação terminar.

Alguns instantes depois, olhos impacientes me estudam enquanto giro a caneca para conseguir ler a frase escrita em uma linda letra cursiva. Meu sorriso é tão largo que as bochechas chegam a doer quando leio as palavras "já deu seu passo hoje?", o slogan do Sr. Concursado — a frase que me mantém firme nos dias mais difíceis.

— C-como você conseguiu isso? — pergunto ao me virar para Leonardo. — Nunca vi essa caneca na loja dele!

— Ah, agora, sim. — ele sorri, parecendo satisfeito com qualquer que tenha sido a expressão que viu em meu rosto. — A Focus ganhou por ser parceira do *blog*, é uma edição limitada. Você viu nosso anúncio lá, não foi?

Assinto e admiro o presente, absorvendo seus detalhes.

— Gostou? — pergunta, sua voz mais gentil que de costume.

— Amei! — respondo, incapaz de conter minha excitação. — Vou usar todos os dias! — eu me viro para o homem e o brilho em seus olhos faz um sentimento de gratidão ainda maior encher meu peito. — Obrigada mesmo!

Leonardo abaixa o rosto e coça o pescoço, desviando o olhar, como se quisesse esconder que está corando.

— Não foi nada. Acho que você fará um uso melhor do que eu, de toda forma — ele coloca ambas as mãos nos bolsos do *short* e se endireita. — Caso precise de alguma outra ajuda, pode falar comigo. Estou torcendo por você, Melissa.

Não sei se foi o presente, o melhor que ganhei nos últimos tempos, ou essa última frase que aqueceu meu coração e me aliviou de um peso que não percebi estar carregando; mas não impeço as palavras de saírem da minha boca:

— Então... Será que você ainda iria àquela festa comigo?

— O que acha deste? — pergunta Priscila ao sair do provador com um vestido longo rosa-bebê.

— Também gostei — opino —, mas ainda prefiro o vermelho que você experimentou primeiro.

— É... — ela se contorce na frente do espelho, olhando-se por todos os ângulos. — Acho que eu também. Vou colocá-lo de novo, pra ter certeza. — as cortinas se fecham. — E você, vai com o verde mesmo? O segundo que você pôs?

— Uhum — respondo, o vestido já dobrado sobre meu antebraço. — Nem acredito que o último era justamente do meu tamanho.

— Pois é! Eu *amei* essa loja! Tudo aqui é de muito bom gosto, e o preço é ótimo.

Troco sorrisos com Júlia, de pé atrás do balcão. A vendedora, que procuro quando preciso de vestidos novos desde a formatura na faculdade, nos salvou ao abrir a loja uma hora mais cedo para que eu e Priscila pudéssemos vir antes do trabalho — meu estudo à noite na salinha agradece.

— Nem acredito que não vou precisar ir em vinte mil lojas para achar algo bonito que me sirva para ir nessa festa — continua, ainda de dentro da cabine. — Estou fazendo tanta hora extra no escritório que meus estudos não vão engrenar nunca.

Inclino a cabeça, confusa.

— Você está estudando? — indago. — Para concursos?

— Sim, ou melhor, estou tentando — Priscila diz ao aparecer com um vestido de um ombro só, vermelho-escuro, contorcendo-se na frente do espelho da loja. — Tem umas duas semanas que comecei, mas ainda não consigo pegar no ritmo.

— E qual cargo você quer?

— Analista de Tribunal — ela encara o reflexo, parecendo satisfeita. — De preferência, de algum TRT ou TRF. Queria um trabalho mais seguro e certinho, sabe? Não consigo me adaptar aos horários loucos do escritório.

— Sei bem. — Abro um sorriso. — Que legal, Pri, não sabia!

— É bem recente e mal consegui começar, então ainda não contei pra muita gente; nem sei se vou, na verdade. — ela dá uma voltinha final e se vira para Júlia. — Vou levar este mesmo!

Priscila some atrás das cortinas azuis outra vez para trocar a roupa.

— Aproveitando, Mel, onde você tem estudado? Em casa mesmo? Estou procurando uma biblioteca ou algum *coworking* para conseguir estudar melhor. Lá em casa é uma bagunça, com minhas irmãs adolescentes.

Priscila é a mais velha de três irmãs, as duas mais novas são gêmeas e estão no último ano do ensino médio. É, não deve ser nada silencioso por lá.

— Não — respondo enquanto, ao meu lado, Júlia termina de guardar os outros vestidos. — Tenho estudado em uma salinha de estudos.

— Salinha de estudos? Como é isso?

Enquanto ela se troca, explico um pouco sobre o funcionamento da Focus e minhas experiências estudando lá.

— Nossa, adorei! — exclama ao sair da cabine agora com suas roupas de trabalho. — Depois pego o endereço com você, quero muito experimentar também.

São quase dez da noite quando abro a porta do apartamento e encontro Jéssica e PH na mesa redonda da sala, debruçados sobre o computador. Divirto-me, em silêncio, vendo a troca de farpas provocadoras entre os dois. Quem não os conhece, acharia que estão brigando, mas sei bem que não: ao final de uma rodada de respostas curtas e rápidas, eles caem na risada e coroam tudo com um selinho antes de voltarem a atenção ao que quer que estejam fazendo.

Dessa vez, não é diferente, mesmo que a quinta-feira à noite deles agora seja planejando um empreendimento em que decidiram se aventurar.

Dou um risinho quando finalmente terminam o ritual.

— Vocês dois não têm jeito mesmo — brinco, trancando a porta atrás de mim.

— Ah, ei, Mel! — Jéssica cumprimenta. — Não sei por que PH teima em me contrariar. — Eles trocam sorrisos. — No final, sempre tenho razão mesmo.

Balanço a cabeça e estalo a língua várias vezes em uma reprovação encenada.

— E como está o plano de vocês? — pergunto, deixando minha bolsa sobre o sofá antes de me sentar do outro lado da mesa. — Para o novo escritório.

Os dois se animam.

— Vai muito bem — ele diz. — Já traçamos vários planos e agora mesmo estamos olhando alguns espaços em potencial. Começamos a juntar um dinheirinho e, se tudo der certo, em três ou quatro meses vamos pedir as contas na Arq&Decor.

— Uau! Rápido assim? Legal demais! Fico muito feliz por vocês. Espero um dia poder ser cliente VIP.

— Vou considerar uma traição pessoal se você fizer algum projeto em outro lugar — Jéssica ameaça.

Eles se voltam para o computador, discutindo sobre os prós e contras de um dos espaços, e me pego pensando em como seria bom ter alguém assim, em quem confiar de olhos fechados e até mesmo com quem contar de vez em quando.

Você não precisa de ninguém, Mel.

É verdade. Não quero, nem vou, depender de ninguém. Eu me basto em mim mesma.

Antes do Matheus, eu não me envolvia com ninguém havia tempos, nem mesmo casos esporádicos — para isso, não sirvo *mesmo*. Resolvi dar uma chance a ele depois de muita insistência da sua parte, pois tive a impressão de que éramos parecidos: tínhamos a mesma área de interesse, um grande desejo por crescer — ele quer se tornar sênior no escritório, e eu, delegada — e um senso de humor que combinava bem.

Podíamos conversar por horas a fio e não ficar um minuto sem assunto. Nossos encontros, ainda que não tão frequentes por causa dos meus estudos, eram divertidos, e eu sentia frio na barriga e aquela coisa toda quando o beijava.

E não me opunha ao fato de ele ser gato — ninguém é de ferro.

De toda forma, estávamos saindo juntos havia quase três meses quando ele finalmente me pediu em namoro, no meu restaurante japonês favorito.

Na minha cabeça, tudo ia muito bem, obrigada.

Até que, de repente, não mais.

Meu celular vibra no bolso de trás da minha calça moletom, despertando-me dos pensamentos. Pego o aparelho e uma mensagem aparece na tela.

Leonardo: Já deu seu passo hoje?

Um sorriso involuntário se abre em meu rosto. Desde segunda-feira, quando me deu o presente — minha caneca oficial agora —, ele tem me mandado essas mensagens à noite imitando o Sr. Concursado.

No primeiro dia, achei que ele estava brincando com a minha cara, mas, com o tempo, parecia que tinha um interesse genuíno em meu progresso e que esse foi o jeito encontrado para tentar me motivar de alguma forma.

Nunca pensei que diria algo assim sobre o promotor emburrado, mas... isso é fofo.

Eu me sento no braço do sofá, a toalha ainda na cabeça, e lhe escrevo uma resposta:

Melissa: Já, sim, obrigada por perguntar. Hoje consegui fechar três horas líquidas na salinha antes de voltar para casa.

Leonardo: Excelente.

Melissa: Falando nisso, não te vi por lá hoje.

Leonardo: Tive algumas pendências que precisei resolver no gabinete, para não precisar ficar até mais tarde amanhã.

Amanhã. Amanhã é o grande — ou melhor, temido — aniversário do escritório.

Apesar de ele ter se oferecido antes, ainda não acredito que convidei Leonardo para ir comigo a essa festa idiota; e menos ainda que ele realmente aceitou, ainda mais tendo que fingir ser meu namorado. Eu, sem dúvidas, cheguei ao fundo do poço. Como que lendo meus pensamentos, ele pergunta:

Leonardo: E amanhã, ainda está de pé?

Encaro a tela. Essa é minha última chance de sair dessa, mas qual outra opção eu tenho? Um *déjà-vu* daquele aniversário maldito do amigo do Matheus? Não, obrigada.

Melissa: Se você ainda estiver disposto a me acompanhar, sim.

Leonardo: Traje passeio completo, certo?

> **Melissa:** Isso.

Envio meu endereço e uma breve explicação sobre como chegar ao meu prédio.

> **Melissa:** Precisamos chegar lá às 21h, então, se você puder passar aqui com umas duas horas de antecedência pra gente alinhar os detalhes, seria ótimo.

Não tenho dúvidas de que, na festa, vão me bombardear de perguntas sobre o meu "namorado", principalmente meus juniores. Precisamos acertar nossas histórias direitinho antes de encarar as entrevistas.

> **Leonardo:** Detalhes sobre nosso "namoro".

Encaro o aparelho. Bom, ele começou.

> **Melissa:** Exatamente, sr. Namorado. Ou já quer desistir?

> **Leonardo:** Eu não desisto fácil assim. Estarei aí às 19h.

— Posso saber com quem a senhorita está conversando com esse sorriso no rosto? — pergunta Jéssica, que me encara com os olhos semicerrados. — Não me diga que é o bonitão da salinha?
— Ou! — reclama o namorado. — Estou bem aqui!
— Relaxa, sou toda sua — ela responde entre risadas.
— Sim, Jéssica, ele mesmo. Estamos acertando os detalhes para amanhã.

— Vão continuar com esse plano mesmo? — ela pergunta, tão incrédula quanto esteve no café da manhã de terça-feira, quando contei a novidade.

Assinto com a cabeça, e PH franze as sobrancelhas ao dizer:

— É o negócio da festa? Esse cara é confiável mesmo, Mel?

— É sua culpa por não ter nenhum amigo decente pra me apresentar, PH! — brinco. — Mas pode ficar tranquilo, o Leonardo parece ser bem íntegro.

— Bom... — Jéssica diz. — Já que não tem jeito, então não esquece de filmar a reação do Zé Ruela quando ele vir vocês juntinhos. — ela ri. — Nem acredito que vai dar uma de *Muito bem acompanhada*, Mel. Aposto que vão acabar namorando de verdade, igual no filme.

Dou um tapa de brincadeira no ombro da minha amiga.

— Sossega aí, vai, você está vendo filmes demais! É só por uma noite mesmo.

Ela inclina a cabeça para o lado, um sorriso malicioso se revelando em seu rosto.

— Se você diz, Mel...

QUESTÃO 8

É mais prudente que a definição dos termos de um contrato seja feita à distância, ou as partes poderão despender mais tempo que o desejado em seu estabelecimento.

(Certo)

(Errado)

O interfone toca às seis e meia da noite seguinte e quase me furo com um grampo de cabelo. Meu reflexo, ainda não totalmente pronto para a festa, me encara através do espelho do banheiro, que ainda está uma bagunça. Precisa ser pontual assim?

— Jeh! — grito. — Você pode atender, por favor? Já estou acabando aqui!

— Pra já! — ela responde do sofá, onde está deitada com PH assistindo Netflix desde que ele chegou no final da tarde.

— Jéssica — aviso —, comporte-se, ouviu?

Ela dá umas risadinhas, mas recupera a compostura quando atende o interfone e diz para Leonardo subir.

Passei o dia pensando em mil formas de tudo isso dar errado, mas, insistindo em ignorá-las, eu me apresso para terminar de aplicar o rímel e separar meu batom vermelho favorito para passar quando colocar o vestido — não teremos beijo hoje, mesmo.

Depois de passar o perfume, confiro meu rabo de cavalo alto, os cachos que ajeitei com o *babyliss*, o topete na frente e os fios castanhos contornando meu rosto. Sorrio satisfeita, amo esse penteado — ainda bem, porque é o único que sei fazer; uma vergonha para a filha de uma cabeleireira, eu sei.

Ótimo. Maquiagem e cabelo: *check*. Roupa... nada *check*.

O vestido verde-escuro ainda está em um cabide no puxador mais alto do armário, para não correr o risco de amassar. Não entendo muito de tecidos, mas esse tem cara de ser do tipo que se marca com qualquer coisa, de modo que, depois de passá-lo, deixei-o separado para vestir apenas no último minuto.

Por ora, eu me contento com minha calça de moletom branca e uma blusa bege lisa de alcinha. Um *look* casual demais, principalmente se contrastado com a maquiagem e o penteado, mas fazer o quê?

A campainha toca, e o frio na barriga volta multiplicado por dois.

Não, multiplicado por cinco.

— Já vou! — grito, mais para testar minha voz do que para informar alguém.

Respiro fundo e abro a porta.

Uau. Hum... certo.

Eu não estava preparada para *isso*. Definitivamente.

No *hall* de entrada do meu apartamento, Leonardo está de pé com as mãos no bolso da calça de seu terno azul-marinho. Sua cabeça, um pouco inclinada, permite que a luz do cômodo se reflita em seus olhos safira.

Engulo em seco. A barba está bem delineada, o pescoço liso marcando ainda mais seu maxilar, e os cabelos estão penteados para trás, no topete usual, mas aparentando ter sido feito com um cuidado extra: não consigo encontrar um único fio rebelde.

Ignoro sua testa encrespada e corro os olhos por suas roupas. A lapela do paletó contorna seu pescoço masculino e dá espaço a uma gravata cinza-clara, um prendedor prateado se destacando entre os tecidos. Ele balança a cabeça para os lados, o fantasma de um sorriso surgindo em seus lábios.

— Você está encarando outra vez.

Pisco duas vezes, acordando do meu transe. Maldito homem impossivelmente bonito.

— Não estou, não — nego, como sempre. — Você está... hum... apropriado.
Ele estreita os olhos, ainda mais azuis por causa do terno.
— Apropriado.
— Sim.
— Bom — ele pigarreia —, imagino que você vá ficar *apropriada* também, em algum momento. — Indicando minha roupa com a cabeça, acrescenta: — Imagino que não vá assim para a festa, certo?
Reviro os olhos. Como se eu fosse me dar ao trabalho de arrumar um acompanhante só para acabar indo à festa com o *look* "pronta para assistir ao Globo Repórter do sofá da minha casa".
— Não quero amassar meu vestido. Na hora de sair, eu me troco.
Ele assente e continua me olhando.
— Hum... — quebra o silêncio. — Posso entrar? Ou vamos conversar aqui fora mesmo?
— Ah, claro. — *Boa, Mel.*
Chego para trás, abrindo mais a porta, e um aroma quente e magnético de perfume masculino passa por mim. Do sofá, Jéssica e PH, que nunca na vida ouviram falar da palavra "discrição", encaram o convidado descaradamente.
— Jeh, PH — digo —, este é o Leonardo. Leonardo, essa é Jéssica, minha colega de apartamento, e seu namorado, Pedro Henrique.
Trocados os devidos cumprimentos, percebo que não sei muito bem para onde levar meu acompanhante. Em nossos 68 m², não há tantos cômodos como seria desejável, então temos duas opções: ou nos sentamos à mesa da sala e conversamos tudo na frente do casal mesmo, ou vamos para o meu quarto e... bem, ficamos sozinhos. No meu quarto.
Não sei se estou pronta para essa opção, mas é o que temos para hoje.

Leonardo põe as mãos de volta nos bolsos da calça e estuda meu rosto, parecendo se divertir com a dúvida estampada nele.

— Bem — sou a primeira a dizer —, meu quarto é por aqui.

Isso soou pior do que na minha cabeça, como se esse fosse meu plano desde o início. Ele não parece se importar e assente enquanto me acompanha. É, sou a única pessoa tensa com essa situação toda.

Entramos no meu quarto e agradeço por ter me lembrado de fechar o banheiro com toda a sua bagunça lá dentro. A cama está estendida, como sempre faço ao acordar, e a escrivaninha, razoavelmente arrumada — o relógio está alinhado com os livros enfileirados no canto, fixados pelo apoio em forma de agarra que comprei há uns anos em uma escalada; dois cadernos descansam no centro, um sobre o outro, flanqueados pelo estojo fechado e pelo cronômetro.

Depois de encostar a porta, vou para a cadeira de estudos e indico a cama, onde Leonardo se senta. Seu terno azul contrasta com meu cobertor bege e felpudo, que nunca pareceu tão aconchegante. Eu não me importaria em tirar uma soneca ali, com a cabeça no seu colo; tenho certeza de que estaria quente e...

Respire, Mel. Aja com naturalidade.

— Ah! Esqueci de perguntar: aceita uma água, um café, alguma coisa?

— Não, obrigado — ele responde, apenas, correndo olhos curiosos pelo cômodo.

— Você não é muito fã de café, né?

Para dizer a verdade, só o vi tomando chás até hoje.

— Não muito. Me atrapalha para dormir à noite. — Ele coloca as mãos atrás do corpo e se apoia nelas, inclinando-se para trás. — E sinto que não consigo me concentrar direito quando tomo cafeína, fico muito agitado.

— Hum... Faz sentido.

Os olhos do promotor pousam na foto fixada no painel me-

tálico sobre minha escrivaninha, ao lado do meu cronograma de estudos e do edital impresso.
— Quem é ela?
— Lúcia Stefanovich — respondo, sorrindo. — Foi a primeira delegada do Brasil. Ela entrou em 1972, e exerceu o cargo por 45 anos. Dizia ter nascido para ser policial, por isso nunca deixou de atuar na área. Foi ela quem criou uma delegacia especializada no atendimento a mulheres, na década de 1980.

Leonardo concorda com a cabeça ao dizer:
— Uma inspiração?
— E como!

O silêncio toma o cômodo e, desistindo de adiar o inadiável, começo:
— Vamos lá, então. Como nos conhecemos?
— Como assim?
— As pessoas vão perguntar bastante hoje, não? Como nos conhecemos, há quanto tempo estamos juntos, o que gostamos de fazer, esse tipo de coisa. Precisamos estar preparados.

Leonardo me encara, inexpressivo, e diz:
— Claro. E qual é o gabarito?
— Bem, podemos falar que nos conhecemos na salinha mesmo.
— Nada sobre a subtração da minha limonada?

Faço menção de empurrar meus óculos para cima, mas meu indicador vai direto ao nariz e lembro que estou de lentes. Irrito-me ao ver a diversão em seus olhos, mas finjo que nada aconteceu:
— Definitivamente nada sobre isso. — Balanço a cabeça, baixando a mão. — E não *subtraí* sua limonada, eu paguei por ela, lembra?

Ele dá de ombros, mas seus lábios ameaçam um sorriso.
— Então estamos juntos há... sei lá, quinze dias? Isso nos dá uma semana desde que nos conhecemos para... você sabe.
— Não sei — Leonardo responde de imediato, com o tom

mais brincalhão que já ouvi em sua voz, apesar de as feições se manterem sérias. — Para... o que, exatamente?

— Você sabe o quê.

Ele aperta os lábios, negando com um mínimo movimento de cabeça.

Maldito.

— Para, sei lá — as pontas das minhas orelhas se esquentam —, "ficarmos juntos". Satisfeito? Não vão perguntar tantos detalhes assim. Ou então a gente muda de assunto e disfarça.

Nós nos encaramos. É tão estranha essa cena: ele sentado, assim, no meu quarto, como se fizesse isso toda sexta à noite. As paredes se movem e diminuem o cômodo pela metade. Pigarreio.

— Sobre o que gostamos de fazer... Não faço ideia. Alguma sugestão?

Leonardo se inclina para frente, apoiando os antebraços sobre as coxas, e ergue a cabeça, seus olhos buscando os meus.

— Eu gosto de quando vamos ao cinema e dividimos um balde de pipoca, mesmo quando você escolhe algum filme meloso pra gente ver. Gosto de te levar para fazermos trilhas no parque. Você reclama sempre que marcamos mas, quando vamos, é a que mais aproveita. — ele dá um meio-sorriso. — Gosto de te levar para tomar café da manhã na sua cafeteria favorita antes de irmos para a salinha aos sábados ou domingos, quando precisa estudar. Também gosto de cozinhar pra gente às sextas-feiras e depois nos deitarmos no sofá para maratonar algum seriado. Gosto de te encontrar na copa da salinha durante seus intervalos, só para poder te ver um pouquinho e recarregar a bateria. Gosto de passar a tarde com você, te fazendo companhia enquanto estuda, te ajudando no que puder. — ele me encara e termina: — Gosto de cuidar de você, mesmo quando não deixa.

Os olhos arregalados e as bochechas pegando fogo com certeza entregam minha surpresa. Sem desviar o olhar, ele volta à sua posição original, inclinado para trás e apoiado sobre as mãos.

— Algo assim — diz, dando de ombros.

As palavras demoram a vir, então pigarreio para disfarçar.
— Algo assim — repito. — Certo.
— Você ficou vermelha — brinca, seus lábios se repuxando para cima nas laterais.
Involuntariamente, levo as duas mãos ao rosto, encontrando minha pele quente.
— Você que fica falando essas coisas... — ele me encara, a sobrancelha erguida me desafiando a terminar a frase. — É bom nisso — digo, apenas, tentando não me perguntar para quantas garotas ele já falou esse tipo de coisa.
— Sou seu namorado por hoje, não sou? — um sorriso ameaça surgir em seu rosto.
É no mínimo estranho ouvir essas palavras vindas dele.
E mais estranho ainda é eu concordar com a cabeça.
— Mais alguma coisa?
Nego, ainda em silêncio.
Leonardo estica o braço esquerdo para frente, de modo que seu terno recua o suficiente para revelar um relógio de pulso prateado, que deve ter custado mais que o meu salário.
— Gastamos incríveis... 15 minutos. — E, olhando para mim, diz: — Ainda temos uma hora e quarenta e cinco minutos.
— É... Talvez eu tenha superdimensionado o tempo que levaríamos.
Nós nos encaramos por alguns instantes, um silêncio constrangedor ameaçando se formar a qualquer momento.
— Como foram os estudos nessa semana? — Seu interesse soa genuíno, diferente de quando me fazem a mesma pergunta por educação ou, pior, por pena.
Suspiro.
— Não tão bem como gostaria. Peguei um caso chato no escritório, e meu chefe pediu que fizesse algumas pesquisas extras, então acabei ficando horas a mais quase todos os dias. Hoje, ainda gastei algumas outras me arrumando e agora estamos... Bem, aqui.

Ele escuta, sério, e concorda com a cabeça. Em seguida, sem dizer nada, tira um pequeno livro do bolso — é incrível como cabe tudo nos bolsos das calças masculinas — e escala um pouco mais a cama. Encostando-se na parede e cruzando as pernas esticadas à sua frente — que, é claro, ficam boa parte para fora —, ele abre na página marcada por uma fitinha vermelha e... começa a ler.

— O que está fazendo? — questiono, sem conseguir esconder a confusão na voz.

— Lendo.

Obrigada pelos esclarecimentos, Sherlock.

— Quem ainda lê livros de bolso?

— Eles são fáceis de carregar — diz.

— Assim como um Kindle.

— Nah... — responde, sem tirar os olhos do papel. — Não consegui me adaptar aos meios eletrônicos. Fica faltando algo, sabe?

Concordo com a cabeça e não me movo por alguns instantes, então ele ergue os olhos.

— Por que não aproveita essa uma hora e quarenta e cinco... ou melhor, uma hora e quarenta... para estudar um pouco e tentar tirar o atraso?

Ah.

— Você... não se incomoda?

Ele nega com a cabeça e retoma a leitura. Essa é nova.

Eu detesto ser a pessoa antissocial que precisa espremer os estudos em qualquer janela de tempo livre que encontra — o que, infelizmente, é cada vez mais necessário agora com a prova chegando.

Por que é tão difícil entender que estou passando por uma fase na qual preciso mesmo me dedicar um pouco mais? Abrir mão de alguns momentos de lazer por alguns meses faz parte da escolha que fiz para minha vida. No entanto, muitos encaram essa postura como radicalismo ou mesmo indiferença da minha parte, começando pelo Matheus.

Eu me viro para a escrivaninha e digo enquanto pego meus materiais:

— E você sempre leva um livro quando vai a festas? Não me parece muito sociável.

Ele solta o ar no que se assemelha a uma risada abafada, e me arrependo de estar de costas.

— Sabia que não íamos gastar mais do que vinte minutos nessa... — ele limpa a garganta. — Reunião estratégica. E sei que normalmente não temos tantas horas livres em um pós-edital, então...

Não consigo evitar o sorriso que surge em meu rosto.

Ele entende.

Não, não só entende: ele me apoia. Do seu jeito esquisitão, mas me apoia.

E, assim, sorrindo como uma boba, eu me volto para meu caderno.

— Sei que você precisa estudar, mas agora é hora de ir — Leonardo me chama da cama, e dou um pequeno pulo com o susto.

O relógio verde-escuro sobre a escrivaninha aponta oito e meia, então só tenho alguns minutos para me trocar e sair, o que, na verdade, é bom: meu estômago está pedindo por um jantar e, pelo que Miguel revelou ontem, teremos comidas bem gostosas na festa.

— Pode me dar licença rapidinho? — peço, levantando-me. — Preciso trocar de roupa.

Leonardo assente e também se põe de pé, guardando o livro no bolso. Ele caminha em direção à cozinha mas, antes de cruzar a porta, ofereço:

— Ah, quer deixar seu livro aqui em casa? Para você não ficar com um volume na calça durante a festa.

Arrependo-me da escolha de palavras, mas finjo normalidade. Ele se volta para mim apertando os lábios — segurando um riso?

Ops.

— Não precisa, deixo no carro — responde ao sair do quarto em silêncio e balançando a cabeça.

Mal fecho a porta e já consigo ouvir Jéssica do outro lado, puxando assunto com o coitado. Ela não perdoa ninguém de suas perguntas invasivas.

Infelizmente, não tenho muito tempo para poder ouvir o interrogatório, então, às pressas, visto meu vestido que, ainda bem, não tem nenhum fecho nem nada do tipo que eu não consiga ajeitar sozinha — tomem isso, comédias românticas.

Passo o batom vermelho antes de guardá-lo na bolsa de mão cobreada, troco minhas pantufas fofinhas pelo salto altíssimo e vou até a porta espelhada do meu armário para dar uma conferida final no visual. O vestido verde-escuro aveludado, com uma fenda na lateral direita da saia, não é estampado, mas adornado por pedrinhas pretas aninhadas em pequenas flores, espalhadas por todo o comprimento. Seu peso é sustentado por duas alcinhas finas, não me pergunte como, e o decote, mesmo um pouco mais aprofundado que o que costumo usar, ainda mantém a classe esperada para um evento profissional, claro.

Viro-me para ambos os lados conferindo o caimento. É, todo esse treinamento para o TAF tem feito bem para minha forma física: sempre fui esbelta, mas agora estou ficando com a musculatura mais definida, acho lindo! Satisfeita, abro a porta do quarto e dou de cara com Jeh, de pé, disparando perguntas animadas em direção a Leonardo, que as responde calmamente. Ambos se viram em minha direção.

— Ai. Meu Deus! — minha amiga exclama, animada como sempre. — Mel! Você está ma-ra-vi-lho-sa! Amei esse vestido. Super vou querer emprestado depois!

Dou uma risada, sentindo-me vaidosa. Há tempos não me arrumo para uma festa chique como essa, gostei do resultado.

— Claro, Jeh, às ordens. — Faço uma pequena reverência encenada. — Obrigada!

Ao lado da minha amiga, Leonardo fica rígido. Seus olhos navegam pelo meu vestido, mas ele não diz nada.

— Agora chega de torturar o coitado — peço. Ela faz uma careta exagerada de ofensa. Eu me viro para Leonardo. — Temos que ir, tudo pronto?

Ele assente e, dando um pequeno impulso com o quadril, desencosta-se da bancada da cozinha e me segue até a saída, enquanto Jeh volta para o lado do namorado no sofá.

— Vão lá, gente — PH diz. — Boa festa pra vocês.

— Obrigada!

Leonardo acena para os dois e caminha até a saída. Antes de fechar a porta atrás de nós, vejo Jeh dizer, apenas com o movimento dos lábios: "Que gato!". Reviro os olhos, mas não consigo segurar um risinho.

— O que foi? — Leonardo pergunta ao chamar o elevador.

Faço um sinal de "não é nada" com a mão.

— Não ligue para a Jéssica, tá? Ela tem esse jeitão todo pra frente, mas é uma ótima pessoa e muito divertida.

— Gostei dela — ele diz, olhando-me com uma expressão indecifrável.

— Ah, que bom, então!

Ficamos em silêncio, lado a lado, aguardando o elevador.

Ele pigarreia.

— Você está... Como foi mesmo que disse? Hum... Apropriada.

Viro-me para Leonardo, e sua carranca usual dá espaço a feições mais suaves.

— Sr. Namorado, você está tentando me fazer um elogio?

Guardando as mãos nos bolsos da calça e, sem responder, volta a encarar o elevador, que finalmente chega. Ele segura a porta com um dos braços e indica, com a outra mão, para que eu entre primeiro. Quando passo, ele balança a cabeça, olhando para o chão.

— Você está linda — sussurra.

Paro meu passo no meio e, apesar de estar imóvel, meu coração parece achar que estou correndo uma maratona.

Qual o meu problema?

— Hum... — digo sem jeito. — Obrigada.

Ele assente e ficamos em silêncio enquanto percorremos os seis andares. A porta se abre e, depois de cumprimentar dois vizinhos mais velhos que estavam chegando, vamos em direção à rua, onde ele estacionou seu carro. Eu disse por mensagem que poderíamos ir de táxi ou aplicativo, mas ele insistiu em dirigir, então...

Antes de chegar ao portão do prédio, tropeço em absolutamente nada.

— Ai! — xingo baixinho.

Leonardo me segura, a tempo, pelo braço.

— Tudo certo por aí? — pergunta, encrespando a testa.

— Sim, tranquilo — respondo, tentando não transparecer meu constrangimento. Desvencilho-me e ajeito meu vestido. — Tem um bom tempo que não coloco uma sandália de salto tão alta como essa. — Viro meu pé e mostro o sapato com um salto de sete centímetros. — Daqui a pouquinho, eu me acostumo.

Ele examina meu calçado.

— E precisa de um salto desse tamanho? Você nem é tão baixinha assim.

— Baixinha? — pergunto, indignada. — Estou muito bem com meu 1,67 m, obrigada. — Empertigo-me e caminho até ele. Ao me aproximar o suficiente, meço nossa diferença de altura com a mão. Mesmo com o salto, o topo da minha cabeça quase não chega em seu queixo. — Não é minha culpa você ser enorme.

Olho para cima, para encará-lo, e me arrependo imediatamente. Leonardo havia inclinado a cabeça para baixo, de modo que consigo ver sua pupila escura engolindo o azul dos seus olhos, a centímetros dos meus.

Um. Dois. Três...

Os segundos passam, e não nos movemos, à exceção do subir

e descer de nossos peitos.

— Enorme? — ele murmura, balançando a cabeça em desa-provação. — Melissa... — O promotor expira o ar com força e me oferece o braço. — Venha, antes que você machuque alguma coisa.

Ah, não mesmo.

— Pode deixar, Leonardo. Está tudo sob controle — digo, voltando a caminhar a passos firmes em direção à saída.

Ele solta um suspiro e me acompanha.

— Sério, nunca vi uma pessoa *tão* teimosa.

Dou de ombros. No entanto, assim que saímos do prédio e ele indica com a cabeça um carro branco na base do morro onde moro, passo a repensar minhas escolhas de vida. Não costumo me incomodar em ter de subir ou descer a rua para chegar em casa, mas com um salto fino e um vestido longo...

Leonardo me olha de lado e percebo que suas mãos estão discretamente erguidas e viradas para mim, em vez de no bolso, como de costume.

Ele acha que vou cair? Pois verá que sou perfeitamente cap...

Tropeço em uma irregularidade no passeio.

— Cace...!

— Droga, Melissa, cuidado! — exclama.

Pela segunda vez, Leonardo me segura, passando um braço pela minha cintura, e me envolve com o outro, pela frente. Meu corpo rouba seu calor, o aroma do seu perfume me abraçando mais uma vez, e é... aconchegante.

Assim que se certifica de que estou equilibrada, para minha tristeza, ele me solta. A pele onde Leonardo havia me segurado formiga e quase desejo tropeçar outra vez. Antes de dar o próximo passo, porém, ele entrelaça nossos braços e me olha, sério:

— Não é negociável.

E assim, no auge dos meus 26 anos, com o rosto quente e a respiração alterada, desço o morro da minha rua de braços dados com meu namorado de mentira.

QUESTÃO 9

A simulação é desacordo intencional entre a vontade real e a declarada, com a concordância de ambas as partes, visando ocultar certo fato ou ostentar uma realidade que não existe.

(Certo)

(Errado)

— Então você é o famoso... é... — Priscila coça a cabeça, a dúvida óbvia em seus olhos contornados por um delineado preto perfeito. — Acho que a Mel nunca mencionou seu nome, na verdade.

— Leonardo, muito prazer — ele diz, tentando vencer o som da música que toca na pista de dança, e estende uma mão. Para a minha surpresa, um esboço de um sorriso surge em seu rosto. — Você é a Priscila, não é? Melissa me falou muito de você.

Não é bem uma mentira. No carro, a caminho da festa, contei um pouco para ele sobre meus colegas de escritório, principalmente os da minha equipe. Também precisei explicar que Matheus, o loiro de cabelo arrepiado, é o ex-namorado com quem conversei aquele dia ao telefone, sem entrar muito em detalhes. Leonardo ouviu em silêncio, sério, sem esboçar nenhuma reação além do breve aceno com a cabeça.

Minha júnior fica ainda mais rosada que o normal, suas bochechas combinando com o vestido vermelho que compramos juntas, e sorri para mim ao dizer:

— A Mel que é incrível! Aprendo muito todos os dias com ela.

— Ela é mesmo — Leonardo afirma sem hesitar.

Sua mão toca minha cintura ao mesmo tempo que seu antebraço descansa na parte mais baixa das minhas costas, espalhando uma onda de calor pelo meu corpo. Viro-me para ele, confusa, e encontro seus olhos já em mim.

Preciso admitir, o homem sabe atuar: a naturalidade com que me toca, sua expressão serena e o meio-sorriso em seus lábios fazem parecer que somos um casal de verdade.

— *Own*! Vocês são muito fofos — Priscila comenta, juntando as duas mãos à sua frente e inclinando a cabeça para o lado. Seus cabelos loiros arrumados em cachos abertos pouco acima dos ombros sacodem-se com o movimento. Ela nos estuda por um segundo, até notar que seguro um *drink* vermelho que peguei há pouco. — Também vou buscar uma bebida! Nos vemos daqui a pouco, tá?

Ela sorri e sai animada em direção ao bar, mas logo a perco de vista. A mão de Leonardo continua em mim, e não consigo me concentrar em nada além da sensação de seu toque através do meu vestido.

— E essa mão aí? — provoco.

Não que eu não esteja gostando, mas...

Ele inclina o rosto e nos encaramos por alguns instantes.

— Prefere andar de mãos dadas? — murmura, um sorriso ameaçando surgir em seus lábios.

— Como disse? — devo ter ouvido errado, por causa da música, só pode.

— Seria estranho que dois namorados, ainda mais em um relacionamento tão recente como o nosso, ficassem sem se tocar em um evento assim. Veja ali. — Ele aponta discretamente para um casal sentado, o homem com a mão apoiada nas pernas da namorada. — Ou ali. — indica uma roda com dois casais conversando, um deles de mãos dadas e, no outro, a mulher passa um braço por trás das costas de seu parceiro. — Ou...

— Tá bom, já entendi — interrompo, rindo.

— Tudo bem, então? — pergunta, uma apreensão genuína em sua voz.

Assinto. Desviando o olhar, seguro o canudinho e tomo um longo gole do meu *drink*. Sempre preferi bebidas mais doces, e essa está uma delícia — só não me pergunte do que é.

— Vamos para a nossa mesa, Leonar... Hum... Acho que é melhor te chamar de outra coisa, né? É... Amor?

— "Amor"? — ele mal consegue conter uma risada.

Somos dois.

— É normal entre casais, ora. — Dou de ombros, mas nem me lembro da última vez que tive um amor para chamar de meu.

Tomo mais uma golada na bebida enquanto meu par balança a cabeça, ainda com um sorriso no rosto. Eu poderia me acostumar com essa expressão nele.

— Ou então... Lindo?

— Você me acha lindo? — ele alarga o sorriso.

Óbvio.

— Isso não vem ao caso — respondo, revirando os olhos. Eu definitivamente não sei lidar com essa sua versão descontraída, mas estou disposta a aprender. — É só outro apelido comum.

— Duvido que consiga manter uma expressão séria me chamando assim, mas vá em frente. — e, empertigando-se, diz baixinho, para ninguém em particular: — Essa vai ser boa.

Solto uma risada irônica.

— Então vamos para nossa mesa, *lindo*.

Trocamos olhares de cumplicidade, e não sei dizer quem está se segurando mais para não rir. Seguimos assim, com o toque de sua mão em minhas costas, em direção às mesas redondas organizadas no canto esquerdo do salão, onde uma cerimonial pergunta meu nome e nos leva até nossos lugares.

Espiando em sua prancheta, vejo a distribuição das mesas. Xingo baixinho quando reparo que Matheus está na mesma que eu. Leonardo me olha, franzindo as sobrancelhas, e me pergunta o que houve com um leve movimento de cabeça, mas apenas balanço a minha em resposta.

Chegamos aos nossos lugares, onde Jorge, sua namorada e Diego conversam com Luísa — minha outra colega plena do escritório — e seu marido.

Agradeço à cerimonial, que logo volta para sua posição, e passo pelos colegas, um por um, cumprimentando-os e apresentando-lhes meu "namorado". Todos trocam algumas palavras, até que, por fim, nós nos sentamos em duas cadeiras livres ao lado de Luísa.

Coloco meu copo sobre a mesa e tomo um susto quando Leonardo traz minha cadeira para mais perto da sua, tão facilmente como se ela tivesse rodinhas. Ele passa o braço por trás do meu encosto e, mesmo sem me tocar, sua presença me conforta.

— Leonardo — começa Jorge —, com o que você trabalha?

E lá vamos nós ao interrogatório.

Ao meu lado, ele pega uma água da bandeja do garçom, toma um gole rápido e apoia o copo sobre a mesa antes de responder, com a voz neutra:

— Sou promotor de justiça aqui em Minas.

Encaro sua expressão indiferente e, sério, se fosse eu dizendo algo assim, pegaria um óculos escuros e colocaria "Turn Down for What" para tocar no meu celular como plano de fundo, para um efeito dramático. Por que, né? Meus colegas devem pensar um pouco mais como eu, pois erguem as sobrancelhas, sincronizados.

Ah, pronto, agora sou "a namorada do promotor". O pessoal não vai falar de outra coisa por um bom tempo.

— É sério isso? Socorro! — Priscila intervém, chegando por trás de nós. — É impossível passar nesse concurso. Não basta a prova fechada, as questões discursivas e as peças... ainda tem a tal da prova oral!

Seria cômico se não fosse verdade. O concurso para membro do MP é de altíssimo nível: é necessária uma preparação impecável para ser aprovado.

Ela toma um gole de seu *drink*, sentando-se na cadeira livre ao meu lado, e continua:

— Sério. Acho que não conseguiria nem responder meu nome direito em uma prova oral, com toda aquela pressão. — começo a rir, e Leonardo, ao meu lado, também sorri com a empolgação da advogada. Ela dá uma piscadela para mim ao completar:
— Bom partido, hein, Mel?

Coço o nariz, sem jeito.

— Eu que tirei a sorte grande — Leonardo afirma, como quem encontra um bilhete de loteria premiado no chão.

Ele se vira para mim, com um sorriso no rosto. Dessa vez, porém, é diferente: ele não aperta os lábios para se segurar, está apenas... sorrindo, os cantinhos dos olhos apertados.

E é a cena mais linda de toda a noite.

Acordo do meu transe com o *"own!"* duplo que Luísa e a namorada de Jorge — Sofia? — soltam. É... acho que também reagiria assim se estivesse no lugar delas. No entanto, sei que é tudo encenação, ele não sente nada do que disse. Um dia, dirá frases bonitas assim para sua namorada de verdade.

Que não serei eu.

Tomo um longo gole do meu *drink* para deixar o assunto morrer.
— Me conta, Mel — Priscila chama. — Como se conheceram?

Abro a boca para dizer o que combinamos no quarto, mas Leonardo se antecede:

— Nos conhecemos pela internet. — *Calma, o quê?!* — Há um bom tempo, vínhamos trocando mensagens, mas nunca havíamos nos encontrado pessoalmente até algumas semanas atrás.

Confiro se o que ele está bebendo é mesmo água — e é. Viro-me para ele enrugando o nariz, sem entender nada, mas ele se limita a abrir um outro sorriso inebriante.

Entendo menos ainda.

— Olha só! — exclama Diego. — Não sabia que você era adepta aos aplicativos de relacionamentos, Mel.

Eu, hein? Eu, que nunca entrei em um desses, agora me tornei um caso de sucesso? Leonardo vai ouvir umas depois.

Dou uma risada e mais uma golada no meu *drink*, abstendo-me de responder.

— E por que se interessou por ela? — indaga Priscila. — Quer dizer... Nós todos sabemos que a Mel é linda, mas o que mais te atraiu?

Eu me engasgo com a pergunta. Leonardo dá batidinhas leves nas minhas costas ao responder calmamente:

— Admiro pessoas que correm atrás dos seus sonhos, que dão seu melhor, e não desculpas. — ele pega minha mão e a leva aos lábios, marcando-a com um beijo suave. Penso se não é o caso de me beliscar e ver se isso está acontecendo mesmo ou se estou em mais um dos meus sonhos sem pé nem cabeça. — E a Melissa, além de ser tudo isso, mesmo lidando com seus próprios medos e inseguranças, não abandona os outros que precisam de ajuda.

Viro-me para ele mais confusa ainda. O promotor sorri para mim — aparentemente, um portão se abriu aqui, e os sorrisos agora estão liberados —, seus olhos relaxados e brilhantes.

— E você, Mel? — minha júnior continua.

Eu não estou nada pronta para essa pergunta e ainda longe de ser uma boa atriz de improvisação — como meu namorado de mentira, aparentemente. Pigarreio para ganhar tempo e alguns dos momentos que passei com Leonardo vêm à minha cabeça: ele me ajudando com as questões, me esperando em silêncio enquanto estudo, me segurando quando caio... Sorrio e não preciso mentir quando respondo:

— Ele está sempre me ajudando e apoiando quando mais preciso. Além de sempre me proteger.

— Quando você deixa, né, amor? — Leonardo brinca.

Priscila ri, enquanto eu balanço a cabeça para os lados.

Já estamos na mesa há uns vinte minutos quando, à minha frente, Diego faz uma piada sobre ser o único desacompanhado hoje. Entretanto, não presto atenção, porque, logo atrás dele, Matheus se aproxima de mãos dadas com uma mulher de cabelos loiros e longos que ostenta um vestido dourado, com mais lantejoulas do que eu jamais conseguiria usar.

Todos os meus músculos se enrijecem no momento em que nossos olhos se cruzam.

Leonardo deve ter notado minha mudança, porque inclina o rosto, seguindo a direção do meu olhar. Alguns instantes depois, as pontas de seus dedos ultrapassam o encosto da cadeira e roçam suavemente meu ombro. O contato, ainda que quase imperceptível, lembra-me de que não estou sozinha.

Percebo que estou prendendo a respiração, então solto o ar.

Sentando-se no lugar indicado pela cerimonial, com sua acompanhante ao seu lado — a mesma mulher daquela festa de aniversário —, Matheus cumprimenta a todos com um aceno de cabeça animado. O sorriso despreocupado ilumina seu rosto enquanto apresenta sua acompanhante, Natasha, aos colegas.

Flashes da noite em que os vi juntos invadem meus pensamentos. Eu me vejo chegando de surpresa no aniversário do seu amigo, em uma boate no centro, só para dar de cara com meu namorado ali, segurando outra nos braços. Eu tinha dito mais cedo que não poderia ir, pois precisava estudar mas, de última hora, achei que seria bom fazer um esforço extra para vê-lo.

Péssima ideia.

Ou ótima ideia, a depender do ponto de vista.

Bom, pelo menos não perdi mais do meu precioso tempo com ele depois disso — tirando as horas que passei jogada na cama chorando.

Uma pontada de raiva ataca meu peito recém-cicatrizado. Como pude me enganar tão fácil assim? Podia jurar que estávamos na mesma *vibe*, que ele estava se sentindo da mesma forma que eu. Não percebi nada diferente. Da mesma forma que minha mãe não percebeu nada de errado quando meu pai nos deixou.

Tomo mais um gole do meu *drink*, agora em menos da metade, e contenho meu pé, que bate rítmico contra o chão.

Por mais que eu não queira voltar para o Matheus depois de tudo o que aconteceu — Deus me livre! —, suas ações me machucaram muito. Ao me trocar por outra daquela maneira, como se isso não fosse nada, e ainda jogando a culpa em mim, ele fez com que eu questionasse minhas escolhas e motivações; fez com que eu me sentisse um zero à esquerda e, é claro, confirmasse o que já sabia sobre confiança e relacionamentos.

E vê-lo ali, com o sorrisinho de sempre estampado na cara, enquanto eu ainda estou aqui remoendo tudo isso...

Ugh.

— Mel. — O sussurro de Leonardo invade meus pensamentos. Seu hálito quente em meu ouvido faz meus pelinhos da nuca se arrepiarem. — Não faça isso.

Mel. Ele nunca me chamou de Mel antes.

Eu me viro em sua direção, e nossos narizes se esbarram de leve. No entanto, sem que possa reagir, sou sugada por seus olhos. A festa silencia. Meu peito sobe e desce rapidamente. Esqueço-me de onde estamos, de quem está conosco e do que estamos fazendo. Somos só nós dois. E essa certeza me abraça, me acalma, me protege.

Leonardo respira fundo, fechando os olhos e descansando sua testa sobre a minha. Ficamos assim por um breve momento, o suficiente para o meu corpo relaxar. Ao abrir seus olhos, ele estuda meu rosto e um leve sorriso satisfeito surge em seus lábios.

— Melhor — sussurra, recostando-se de volta em seu assento. — Sabe que pode olhar para mim em vez de para ele, não sabe?

Não consigo evitar sorrir em resposta. Entretanto, meu alívio dura pouco, pois um olhar me queima do outro lado da mesa, de onde Matheus nos encara, o sorriso dando lugar a um semblante sombrio.

— Estava curioso para conhecer o tal acompanhante misterioso da Mel — meu ex diz, estudando Leonardo. Seu tom é de

brincadeira, mas não deixo de notar uma acidez velada ao fundo.
— Então você existe mesmo!

Aperto os lábios e tento pensar em algo para dizer, mas meu acompanhante é mais ágil em reagir. Sem dizer nada, ele tira a mão de trás do encosto da cadeira e a pousa sobre meu joelho. Toda a minha atenção vai de imediato para este ponto, e só me lembro da provocação quando Leonardo responde, a voz gélida:

— É claro, por que não existiria?

Matheus responde com um sinal de "deixa pra lá" com a mão, mas insiste no que, cada vez mais, soa como uma provocação:

— A Melissa é impressionante mesmo, né? Trabalhando e estudando para concursos... não sei como sobra tempo para namorar. — ele se inclina para a frente, os lábios em uma curva para cima e uma sobrancelha erguida. — Ou não sobra?

É claro que ele diria algo assim, nunca teve filtro algum. Já cheguei a admirar sua sinceridade, mas, agora, está mais para um inconveniente. Ao meu lado, Leonardo respira fundo, como um professor do primário que precisa se acalmar antes de chamar a atenção de uma sala de crianças bagunceiras.

— De fato, é muito difícil conciliar tudo isso. Exigir dela mais do que poderia me dar, neste momento, seria não só egoísmo como imaturidade. — Ele se vira para mim, um sorriso discreto no rosto. — Em vez de reclamar, prefiro ajudá-la como puder.

Leonardo pousa sua mão calejada sobre a minha e me acaricia com o polegar. Sem nem absorver todas as suas palavras, já estou sorrindo de volta e não resisto a acrescentar:

— Para a pessoa certa, a gente sempre dá um jeito.

À nossa frente, Matheus aperta o maxilar. Se ele pretende responder, não o faz a tempo, já que Priscila intervém:

— Igual àquele meme, né: "Se não me quis concurseira, não vai me ter concursada".

— Certíssima! — Exclamo caindo na risada, acompanhada pelas demais pessoas da mesa, à exceção de Matheus que, com cara de poucos amigos, parece achar sua bebida especialmente interessante.

Meu acompanhante desenha alguns círculos com o polegar na minha mão, como se fosse natural ficarmos assim, e se vira para mim, com as feições mais tranquilas. Uma mecha fina de cabelo escuro cai sobre seu rosto com o movimento.

Encontro seus olhos e, com a mão livre, tiro a mecha rebelde de seu rosto, ajeitando-a para cima. Leonardo fica tenso com meu toque e franze as sobrancelhas, sua cicatriz se movimentando também. Sorrio para meu namorado de mentira, orgulhosa por ser eu quem está ao seu lado — mesmo que só por um dia.

QUESTÃO 10

A propaganda de um estabelecimento comercial a terceiros pode resultar:

(a) no aumento da receita do mencionado estabelecimento;

(b) na prorrogação obrigatória de contrato diverso;

(c) na alteração substancial da natureza da relação entre as partes do contrato mencionado em (b);

(d) todas as alternativas estão corretas.

— Boa noite, senhoras e senhores! Sejam todos muito bem-vindos ao baile de dez anos do Escritório JHR! — brada o apresentador, em seu *smoking* preto, de pé sobre o palco principal. — Gostaria de convidar ao palco as estrelas da noite, os anfitriões: Juliana, Heitor e Rodrigo!

Uma salva de palmas ecoa pelo salão, e todos nos levantamos da mesa para caminhar em direção ao palco. Juliana, glamourosa como sempre, é a primeira a entrar, usando um vestido longo e rendado, cor de salmão, enquanto flutua pela escada. Sempre a admirei. Em todas as situações em que trabalhamos juntas, pude testemunhar sua atitude impecável, séria e profissional, sem nunca perder sua delicadeza.

Seus dois sócios entram em seguida, a passos firmes e orgulhosos, exibindo seus ternos, com direito a abotoaduras e tudo o mais, à altura do evento. Rodrigo, o mais velho, beirando os cinquenta anos, é o primeiro a pegar o microfone e conta um pouco sobre a história da firma.

Enquanto isso, Leonardo e eu atravessamos o salão de mãos dadas — não, ainda não me acostumei — e paramos ao final da multidão que se aglomera em frente ao palco.

— Estamos indo bem, não é? — sussurra meu namorado de mentira, divertimento transparecendo em sua voz. — Acho que posso até trabalhar como acompanhante para festas quando quiser variar.

— Convencido. Duvido muito que teria uma carreira sólida. Principalmente se seguir mudando todas as histórias combinadas com as clientes. — Encaro-o. — Por que disse aquilo, afinal? Mudou como nos conhecemos. Nem perfil nas redes sociais você tem.

Ele fica tenso ao meu lado por um instante, mas um pequeno sorriso puxa seus lábios quando diz:

— E como você sabe? Andou procurando por mim?

Ops.

— Claro — respondo com minha melhor expressão de tédio —, precisava checar seus antecedentes criminais antes de te trazer comigo para um evento do trabalho.

— Uhum, sei — provoca.

— E nem adianta desviar o assunto, por que mudou o que combinamos?

Leonardo, com os olhos nos meus, faz menção de que vai dizer algo, mas hesita. Então, limitando-se a balançar a cabeça para os lados, responde:

— Na hora, me pareceu mais verossímil.

Solto um grunhido de insatisfação, mas volto minha atenção para o palco à nossa frente, onde Juliana pega o microfone, cumprimenta os convidados e conta, com a voz firme e determinada, sobre sua entrada no escritório. Tento me concentrar em sua fala, mas Leonardo solta minha mão, e é como se uma parte de mim se fosse. Giro a cabeça, procurando-o, mas antes de o encontrar sou envolvida por seus braços, que, vindos de trás, cobrem meus ombros e descansam sobre minha clavícula.

O calor de seu corpo em minhas costas me abriga de um frio

que não percebi estar sentindo, mas o conforto não impede meu coração de ir de zero a cem em um segundo.

— O-o que está fazendo? — pergunto, quase surpresa por minha voz ter funcionado.

— Estou imitando aquele casal ali — sussurra em meu ouvido, seu rosto aninhando-se ao meu, e aponta dois convidados abraçados que assistem atentamente à apresentação. — Tudo bem?

Engulo em seco e concordo com a cabeça. Então, volto-me para frente, tentando fingir normalidade, mas falho miseravelmente quando ele apoia seu queixo sobre minha cabeça e ajeita nosso abraço, aconchegando-me ainda mais. O salão fica silencioso, restando apenas um zumbido em meus ouvidos.

Pronto. Ele acaba de estragar toda e qualquer outra posição para mim, nunca estarei tão confortável como agora.

Fecho os olhos e me empenho em memorizar a sensação de segurança e completude. Isso parece tão... certo. Solto um suspiro e tento controlar a respiração para que ele não perceba o nervosismo que causa em mim. Já meu batimento cardíaco... esse é um caso perdido.

Eu devo estar carente, só pode.

Uma explosão de palmas quebra o silêncio e faz meus olhos se abrirem de súbito.

É só fingimento, Melissa. É só fingimento.

Desvencilho-me de seus braços e me viro para Leonardo mostrando uma calma que certamente não sinto ao pousar uma mão no peito largo.

— Quero pegar outro *drink*, vamos? — invento, ciente de que minha boca está seca por outra razão.

Ele estuda meu rosto com os olhos escurecidos.

— O mesmo de antes? — pergunta. Concordo com a cabeça. — Eu busco para você, ali está muito cheio. Volto logo.

Antes de sair, ele me dá um beijo de leve na testa e acena discretamente para Priscila, que se aproxima. Quem diria que namorar de mentira seria tão bom assim?

No palco, o último sócio, Rodrigo, pega o microfone e inicia seu discurso. Esse, eu nem me preocupo em ouvir; não vou muito com a cara dele desde que comecei no escritório.

— Mel do céu! — Priscila exclama, piscando um olho para mim. — Que homem você arrumou, hein? Não se faz mais desses hoje em dia.

Não consigo conter uma risada.

— Né? Dei muita sorte.

Mentirosa.

— Há tempos não via um gato assim. — ela se abana com a mão. — Com todo o respeito.

Rimos juntas.

— Bom... A beleza tá aí pra ser apreciada — digo, pegando uma coxinha de frango do garçom que passava. — Nossa... Esses salgados estão divinos, não sei qual é melhor.

Priscila concorda, mastigando também.

Olho para o balcão e identifico meu acompanhante entre o mar de convidados sedentos. Na festa, os garçons servem uma abundância de cerveja, uísque e espumante, mas os *drinks* devem ser buscados no balcão e, pelas filas à frente de cada *bartender*, dá pra ver que são sucesso entre os convidados. Fico grata por Leonardo ter se oferecido para ir lá por mim; eu estaria sendo esmagada, neste momento, pelos homens que anseiam a embriaguez ali aglomerados.

— Ah, Mel, aproveitando... estou pensando em ir conhecer a sua salinha de estudos na semana que vem. Lá em casa, está impossível de estudar.

— Vai ser ótimo! Podemos até ir juntas quando sairmos no mesmo horário do escritório. É sempre bom estudar com gente conhecida por perto, dá um ânimo extra! Além de todas as vantagens do ambiente e... — paro de falar assim que Leonardo chega, com minha bebida vermelha em uma mão e uma água na outra, e me lembro: Priscila *não pode* ir à Focus. Ou ela verá que não somos realmente um casal.

Preciso mudar o assunto. Rápido.

— Me conta, Pri — começo, pegando o *drink* do namorado de mentira —, e como andam os paqueras? Há tempos, você não me atualiza!

— Ah... Minha vida tá meio parada, trabalho demais, sabe como é. E principalmente agora que comecei a estudar, vai ser difícil achar alguém disposto a ficar com alguém que precisa passar tanto tempo com a cara enfiada nos livros. — Ela faz um muxoxo, mas uma ideia parece cruzar seus pensamentos quando se vira para mim com a empolgação de sempre: — Quem sabe, na salinha, não encontro alguém?

Uh-oh.

— Ah, a Mel te falou da Focus? — Leonardo pergunta, uma nova animação transparecendo em sua voz. Priscila faz que sim com a cabeça, tomando um gole do seu *drink*. — Vale muito a pena, Priscila. O lugar é dos meus tios e é super bem cuidado e silencioso, ideal para estudar.

Dou um passo, parando atrás da minha amiga, e faço um gesto com a mão cortando o pescoço ao mesmo tempo que balanço a cabeça para os lados. Leonardo precisa parar de incentivá-la agora ou teremos problemas. Ele me encara impassível e, ignorando meus esforços, diz:

— Vá lá na semana que vem! Você pode experimentar por um dia inteiro para ver como é legal. A Mel pode te passar o endereço.

Priscila concorda animada, e então sei que nada do que fizer será suficiente para impedi-la de conhecer o lugar. Dou um gole no *drink* vermelho, derrotada, enquanto ela termina de tomar o seu próprio antes de se despedir, saindo em direção ao balcão.

Uma última rodada de aplausos preenche o salão, e os sócios deixam o palco, dando lugar a um animado DJ, que abre a pista com "Bad Habits", de Ed Sheeran.

Respiro fundo e me viro para meu acompanhante:

— Leonardo, que parte do meu gesto — repito o movimento, cortando o pescoço — você não entendeu?

— Hum... — ele franze o cenho. — Qual o problema de eu divulgar a Focus? O lugar é incrível mesmo.

— Sim, é, mas não é esse o ponto. Priscila acha que somos namorados, esqueceu? O que diremos quando ela nos vir lá na salinha no dia a dia?

Ele para e parece ponderar algo, seus olhos apertados vislumbrando o teto. Por fim, seu olhar vem ao encontro do meu e o canto esquerdo de seus lábios se curva para cima.

— Por que não fingimos mais um pouco? — sugere como quem pede pelas horas.

Meu queixo cai. Não há a *mínima* possibilidade de eu sair intacta de mais alguns dias dessa brincadeira.

— Você está louco?

Leonardo dá de ombros. Ele pega meu copo agora vazio e o deixa sobre uma mesinha a alguns passos de nós. Então se vira e volta caminhando em minha direção, com seus olhos em mim. Devia ser proibido ser bonito desse jeito.

Ele para à minha frente e esfrega as mãos, desviando o olhar. Em seguida, respira fundo e, então, estende uma delas para mim:

— Vamos dançar?

Pisco uma vez. Duas.

Não, não posso ter ouvido direito. *Dançar*? Isso não estava no nosso acordo.

Alguém colocou alguma coisa na minha bebida? Ou na dele? Só pode.

— Dançar — repito, incrédula.

— Sim. — Sua voz é inexpressiva.

Pisco duas vezes para a mão ainda estendida a mim. Notando minha hesitação, Leonardo se aproxima e sussurra:

— O tal do Matheus não para de encarar desde que nos levantamos.

A explicação cai como uma pedra no meu estômago. É *claro* que isso faz parte da nossa encenação. Meus olhos escapam até a mesa em que estávamos e encontram meu ex, ainda sentado, com os braços cruzados em sua frente e um olhar entediado, enquanto sua namorada fala algo em seu ouvido.

— Hmm... Claro — concordo, pegando sua mão.

Caminhamos até a pista e nos juntamos à rodinha em que Priscila, com sua nova bebida em mãos, Diego, Luísa e seu marido dançam ao ritmo animado de "Não quero dinheiro", do Tim Maia.

Priscila joga uma mão para cima e solta um gritinho quando nos vê, e logo estamos todos nos balançando e nos divertindo. Leonardo me pega pela cintura, unindo as laterais dos nossos corpos, e cantarola a música, o esboço de um sorriso no rosto.

Meu par me gira, levando a mão sobre minha cabeça, e seus olhos azuis encontram o castanho dos meus. Envolvida pela música e por seu toque, consigo me esquecer das angústias que constantemente me atormentam. Deixo de lado minhas inseguranças, minhas responsabilidades, meus medos e até meus objetivos. Sou só uma mulher se divertindo por uma noite. E, neste momento, fico feliz por ter vindo.

A música acaba e estamos todos ofegantes, com tanto calor e excitação — e por conta do álcool em nossas veias, por que não?

Leonardo me dá uma puxadinha e, quando chego até ele, ganho um beijo na bochecha. A festa, antes bem climatizada, de repente fica quente demais, mas finjo normalidade até que "Say You Won't Let Go" começa a tocar.

Ótimo, *agora* o DJ resolveu entrar nas músicas lentas.

Priscila faz um sinal exagerado de desistência, então ela e Diego saem da pista com a desculpa de irem comer alguma coisa. Luísa, por outro lado, aproveita para se agarrar em seu marido e dançar devagarinho.

Encaro meu namorado de mentira até que, com a pouca noção que ainda me resta, eu me viro para sair da pista. Com base nas reações que tive em resposta aos poucos toques que trocamos, não acho que dançar agarradinho seja a mais inteligente das ideias.

Antes que eu possa dar meu segundo passo, no entanto, uma mão grande segura meu pulso e, com facilidade, traz-me de volta. Sou envolvida por seus braços, e os meus se apoiam em seu peito, mantendo a distância entre nós.

Leonardo inclina o rosto e nossos olhos travam aquele seu diálogo próprio que não consigo traduzir.

— Podemos ficar? — pergunta, a voz rouca e baixa.

Hipnotizada por seu olhar, concordo com a cabeça, em um movimento quase imperceptível, mas que ele parece conseguir ler, pois sua mão desliza até minha lombar e me traz para perto. Cedendo, as minhas sobem e se conectam atrás do seu pescoço. Dou um passo para frente e, quando ele encaixa seu rosto no meu, um frio na barriga me lembra de por que isso não é uma boa ideia.

— Tem uma coisa me incomodando — sussurra em meu ouvido. — Você nunca me contou por que você e o loiro terminaram. Pelo que estou vendo, não parece ter sido nos melhores termos. — Leonardo se afasta para que possa ver meu rosto, e o que juro ser um lampejo de preocupação cruza seus olhos. — Ele fez algo com você?

Mordo o lábio com um pouco mais de força que o necessário. Não é dos meus assuntos favoritos, mas qualquer desculpa para me distrair de seus toques é muito bem-vinda.

— Digamos que eu achava que nosso namoro era exclusivo, e ele... bem, não.

Leonardo fecha os olhos e aperta os lábios em uma linha reta.

— Com a moça que ele trouxe hoje?

Assinto, desviando o olhar. *Odeio* isso. Odeio entrar neste papel de vítima. Odeio me sentir envergonhada, principalmente por algo que não fiz e de que — por mais que Matheus tente dizer o contrário — não tenho culpa.

Minha raiva se evapora quando Leonardo desliza a lateral de seu rosto contra o meu, e posso jurar ter ouvido uma inspiração mais profunda, como se ele estivesse sentindo meu cheiro.

Balançamos lentamente assim, juntos, por alguns minutos,

a música se tornando um eco distante, e tudo o que posso ouvir é o som de sua respiração quente contra meu pescoço. Esse homem causa efeitos em mim que eu preferia não sentir. Gosto de estar no controle, *preciso* estar no controle, ou corro o risco de cometer o mesmo erro de novo. No entanto, com ele, passo longe de estar no controle. Muito longe.

Meu corpo está prestes a me trair a qualquer momento. Minhas mãos querem tocá-lo a todo tempo; minhas pernas, levar-me para perto. Meus olhos não querem deixar os seus, e minha boca... Respiro fundo, tentando me acalmar, mas só pioro a situação quando o perfume amadeirado chega a minhas narinas.

Sério, onde estava com a cabeça quando aceitei essa ideia idiota de trazê-lo como meu acompanhante?

Pelo menos, pior que está, não fica.

Ledo engano. Como que se sentindo desafiado por meus pensamentos, Leonardo move seu rosto sobre o meu até unir sua testa à minha. Nossos olhos se encontram, mas os meus logo se fecham, em fuga.

Tá bom, universo, já entendi: tudo pode sempre ser pior.

— É, ele não te merece mesmo — murmura. Quase não consigo ouvir o que diz em seguida: — Como pôde não dar valor a alguém tão...

Ele respira fundo, balançando levemente a cabeça, ainda contra a minha, e suas palavras se perdem no meio do caminho, unindo-se ao ar que inspira.

Tão... o quê?

Eu me forço a ficar imóvel enquanto centenas de finais para sua frase se aventuram nos meus pensamentos.

QUESTÃO 11

O ébrio eventual não é eximido da responsabilidade por seus atos.

(Certo)

(Errado)

Jogo um pouco de água gelada no pescoço. Não posso lavar o rosto cheio de maquiagem no meio de uma festa, então isso vai ter de servir. Repreendo meu reflexo no espelho. *Melissa, o que você está fazendo?*

Mal acabei de quebrar a cara e já estou assim, sentindo todas essas... coisas por um homem que mal conheço. E isso nada mais é do que um desastre esperando para acontecer.

Um desejo tímido e ingênuo — quase esperançoso — ameaça emergir em minha mente, mas o impeço logo de cara, mantendo-o preso nas profundezas. Nem adianta pensar que com ele vai ser diferente, porque não vai. Foi justamente este o problema na última vez: acreditei que o que tinha com Matheus poderia ser real, seguro e duradouro; no entanto, olha no que deu. Nunca vou me permitir ser só metade de um inteiro que pode se quebrar a qualquer momento.

Puxo o ar e solto-o devagar. Acima de mim, o relógio do banheiro marca meia-noite e meia, um lembrete de que logo essa festa vai terminar, e poderei voltar à vida real.

"Por que não fingimos mais um pouco?"

Se meu histórico de filmes está correto — *A proposta*, *Para todos os garotos que já amei*, entre outros —, relacionamentos falsos assim tendem a acabar em relacionamentos, no mínimo, verdadeiros demais para o meu gosto — e para minha saúde mental.

Por enquanto, nada de muito grave aconteceu, mas percebi que alguns dos meus neurônios se recusam a funcionar quando estou com ele e que, quando me toca, todos eles resolvem entrar em greve.

E preciso dos meus neurônios em pleno funcionamento. Não posso me dar ao luxo de repetir o erro da minha última prova, em que meu desempenho foi muito aquém das minhas capacidades por causa de um homem.

Ugh.

Isso porque, quando flagrei Matheus com outra, eu estava a uma semana da prova do Tribunal. O resultado foi catastrófico: além das horas chorando e de mal conseguir dormir direito — principalmente pela mistura de raiva, vergonha e frustração que me tomou —, minha concentração não deu as caras quando eu precisava estudar e apareceu debilitada no dia da prova.

Agora é sem chance: não posso me aventurar em nada complicado, muito menos tão próximo do meu concurso para delegado. De jeito nenhum vou sacrificar o meu sonho por um cara.

Que ainda vai me largar no final.

Apoio as mãos sobre a pia e encaro meu reflexo, que não parece nada contente. E se contasse a verdade à Priscila? Hum... Não acho que ela espalharia minha farsa por aí, mas certamente ficaria chateada por eu ter mentido dessa maneira — também não estou nada satisfeita com isso. E se, de repente, "terminássemos" o namoro? Nesse caso...

Antes que eu possa chegar a uma conclusão, Natasha entra no banheiro, seu vestido dourado brilhando ainda mais sob as luzes claras do ambiente. Nossos olhares se cruzam, e ela me dá um sorriso discreto antes de seguir para uma das cabines.

Nunca a culpei por nada do que aconteceu. Ela provavelmente nem sequer sabia sobre meu relacionamento com Matheus quando começaram a sair e, mesmo no dia da festa, fui embora sem dizer nada. Longe de mim fazer um barraco em público assim.

Sem me demorar, seco as mãos com o papel e saio, procurando por Leonardo, que havia ido ao bar buscar meu terceiro *drink*. Entretanto, não é sua voz que chama meu nome assim que passo pela porta. Finjo não ouvir e sigo andando, mais devagar do que gostaria por causa do salto.

— Mel — Matheus repete, a voz arrastada e os passos pesados atrás de mim, como de quem bebeu pelo menos alguns *drinks* a mais que eu. — Poxa, Mel.

Ele segura meu antebraço, de modo que não tenho escolha senão me virar.

— O que foi? — pergunto, livrando meu braço e tentando ser o mais ríspida que consigo.

— Por que está agindo assim? — ele pergunta, a expressão de "gatinho do Shrek" surgindo em seu rosto.

— "Assim" como?

Matheus desvia os olhos.

— Você gosta mesmo desse cara? — questiona, e eu até poderia acreditar na dor em sua voz se sofresse de um grave caso de amnésia.

Encaro-o em silêncio. Se alguém deve alguma explicação aqui, não sou eu. Como que entendendo o recado, ele acrescenta:

— Para *ele* você tem tempo?

Sério, como alguém pode ter tanta audácia?

— Tenho exatamente o mesmo tempo que tinha antes. — Até eu me surpreendo com a frieza em minha voz. — Mas o jeito como a gente o aproveita é bem diferente.

— Eu queria a gente, Mel — sussurra, olhando para o chão. — Queria você.

— Matheus, essa não é a hora nem o lugar.

— Você não pode me dar mais uma chance?

Por essa eu não esperava *mesmo*. Aliás, nem sei o que fazer com essa informação. É claro que vários cenários em que ele me pedia perdão — ou, no mínimo, um pedido de desculpas — cruzaram minha mente quando terminamos, mas nunca havia sequer imaginado um em que ele me pediria para voltar.

E ainda que esse pedido me leve direto para algum sonho da Melissa de umas semanas atrás, agora não tenho dúvidas de que é *errado*, em tantos níveis e por tantos motivos diferentes.

E um deles acaba de sair do banheiro feminino.

Balanço a cabeça e me viro para abandonar aquela conversa, que nem deveria ter acontecido.

— Mel… — ele insiste, ignorando Natasha, que se aproxima com o olhar pulando de mim para seu acompanhante. — Me escuta, Mel!

— Ela não tem que escutar nada vindo de você — Leonardo intervém. Sua voz é inexpressiva, mas seu olhar, exasperado.

Ele passa o braço por minha cintura, trazendo-me para perto, e sua presença alivia a tensão que se acumulava em meu peito.

— Não estou falando com você — Matheus retruca. — Isso é entre mim e a Mel.

— Tudo o que diz respeito à Melissa diz respeito a mim também — Leonardo diz, frio e, como que para provar um ponto, deposita um beijo na minha têmpora antes de dar dois passos em direção a Matheus. — Não quero causar nenhum constrangimento, então vou pedir educadamente, mas vou falar uma única vez: deixe minha namorada em paz.

— Ou então…? — Matheus desafia.

— Você *não* quer me testar. — A voz de Leonardo é firme.

Os dois se encaram, sem dizer nada, até que Natasha puxa Matheus pelo braço, murmurando algo em seu ouvido, e só aí ele parece se lembrar de sua existência. E ainda mantendo o olhar furioso em Léo, a ponto de meu ex virar o pescoço, os dois caminham para o outro lado do salão.

Expiro com força e aperto os dedos, ainda sem acreditar no que acabou de acontecer. Leonardo se aproxima e me abriga em um abraço, uma das mãos ainda segurando meu *drink*. Dessa vez, sem resistir, fecho meus braços em seu entorno e enterro meu rosto em seu peito.

— Me desculpe — digo. — Não achei que ele causaria esse transtorno todo.

— Nada disso foi sua culpa, Melissa — ele sussurra, correndo a mão pelo meu cabelo.

Ficamos em pé assim, abraçados, sua respiração surpreendentemente tranquila funcionando como algum tipo de calmante natural.

— Pela maneira como ele falou na mesa... — continua. — Ele faz de tudo para colocar em você a culpa por não terem dado certo. Culpar sua disciplina, sua dedicação e seu sonho. — Ele se afasta um pouco e ergue meu queixo com a mão. — Sabe que não é verdade, não é, Melissa?

Minha visão fica turva com o nevoeiro que surge, e não consigo responder.

Ele fecha os olhos e respira fundo.

— Se ele não pôde ver o tesouro que tinha com ele, a culpa não é sua, Mel. Você é uma mulher incrível e merece conquistar tudo o que deseja. — sua expressão é firme. — *Vai* conquistar. Se ele não soube estar lá por você, a culpa não é sua. — ainda segurando meu rosto, ele desliza o polegar sobre minha pele e diminui ainda mais o tom de voz. — Entende, Mel? Você não fez nada errado.

Uma lágrima rola pela minha bochecha e tudo o que consigo fazer é concordar com a cabeça enquanto aperto sua camisa. Léo limpa a umidade do meu rosto antes de retornar a mão às minhas costas, puxando-me novamente para perto. Ele pousa sua testa na minha, e nossos peitos sobem e descem no mesmo ritmo.

— Não vai acontecer de novo — ele sussurra sob sua respiração.
— Não vou deixar ninguém mais te machucar.

Ergo a cabeça e procuro seus olhos. O brilho das luzes do salão atrás de mim se reflete nas íris azuis, que examinam meu rosto como que buscando por sinais de dor. Leonardo molha os lábios e descansa sua mão na minha nuca. Ele aproxima seu rosto ainda mais, e minha visão vai perdendo o foco, até que uma música animada explode na pista, lembrando-me de onde estamos e do que está acontecendo.

Nada disso é verdade, Mel.

A compreensão dói, penetrando-me como uma faca. Não acredito que eu mesma caí nessa farsa que criamos. Qualquer que seja a expressão em meu rosto, ela faz Leonardo parar quando mal cabe um fio de cabelo entre nós.

— Bom, de alguma forma, sobrevivemos hoje, não foi? — pergunta Leonardo ao abrir a porta do carro para mim. Sinto um alívio imediato nos pés doloridos logo que me sento.

— É... — concordo. — Podia ter sido pior.

Depois da discussão, eu e Leonardo nos sentamos para jantar — um ravioli de queijo acompanhado por um filé ao molho madeira que fizeram toda a noite valer a pena — e alguns minutos depois fomos embora, assim como o clima de festa que tinha me deixado.

Graças a Deus, não vi mais o Matheus.

Leonardo bate a porta atrás de si e o som do motor do carro preenche o silêncio. O relógio do painel marca uma da madrugada, e aproveito para trocar meu alarme das seis para as nove da manhã, pois de nada adiantaria ficar como um zumbi por todo o dia.

— Se houver algum outro... — Leonardo faz uma pequena pausa, e noto as articulações de seus dedos se esbranquiçarem com a força com que aperta o volante. — Incidente com aquele cara, quero que fale comigo. — ele se vira para mim. — É sério. Pode mandar mensagem, me ligar... O que for.

— Não precisa se preocupar, Léo. — o apelido sai naturalmente, e não é minha culpa que ele tenha um nome longo assim. — Ele só estava alterado com a bebida, não acho que o que aconteceu hoje vá se repetir.

Leonardo para sob o sinal vermelho, as ruas vazias na madrugada escura.

— Larga de ser teimosa, Melissa. Você não precisa enfrentar tudo sozinha assim.

Preciso, sim. Sempre foi assim.

Expiro uma risada silenciosa, sem humor algum, e Leonardo leva a mão à nuca.

— É sério, Mel. Deixa eu cuidar de você — ele diz devagar, as palavras parecendo escapar.

Engulo em seco. Esse pedido vai bem além do escopo de um relacionamento de fachada. Sem saber como responder, fico em silêncio; até que ele acelera o carro e, mesmo olhando para a frente, consegue ver meu leve aceno de cabeça.

— Promete? — pergunta ao me olhar do canto do olho, os lábios curvados para cima, na insinuação de um sorriso que não consigo deixar de retribuir. Pergunto-me de novo se ele só bebeu água mesmo.

De repente, meu celular vibra na bolsa.

Priscila: Vocês já foram embora?

Melissa: Sim, saímos agora há pouco. Não consegui te achar para me despedir, desculpa, Pri!

Antes de irmos embora, até demos algumas voltas no salão para tentarmos nos despedir de todos, mas a festa ainda estava muito cheia, então não encontrei alguns dos colegas.

> **Priscila:** Sem problemas, estou indo agora também.

> **Priscila:** Ah, aproveitando. Amei o boy!! Tá de parabéns, hein? Rs

> **Melissa:** hahaha obrigada? Logo você encontra alguém também.

> **Priscila:** Quem sabe eu não o encontro na salinha? Vou experimentar estudar lá na semana que vem!

Droga.
— Hum... Léo...
— É ele? — sua voz é congelante.
— Não, não. É a Priscila e... — O promotor relaxa no banco ao meu lado. — Bem, ela vai estudar na salinha também, a partir da próxima semana.
— Ah... Certo. Que bom. Tomara que ela goste.
— Acho que você não pegou o ponto.
— Que é...? — ele ergue uma sobrancelha, mas segue concentrado ao virar o volante.
— Priscila acha que somos namorados, então...
— Ah, sim, claro.

Creio ter visto um lampejo de diversão iluminar seus olhos, acompanhado de um leve sorriso mas, um instante depois, não estão mais lá.
— "Ah, sim, claro" — imito-o, engrossando a voz.
— O que foi isso? — ele se vira para mim, os olhos arregalados enquanto tenta conter uma risada.

— Não adianta se fazer de desentendido, sr. Namorado — repreendo-o. Ele se contrai por um segundo, mas logo retoma a expressão divertida. — Eu fiz todos os gestos possíveis para que você parasse de falar, mas não, você *tinha* que ficar tagarelando sobre a Focus. — Cruzo os braços. — Pois é, agora você vai ter que me aguentar.

Ele ri. E sua risada é o melhor som que já ouvi.

Não consigo conter um sorriso, mas continuo com o drama:

— Teremos que continuar fingindo por pelo menos mais umas duas semanas assim, para Priscila não desconfiar que sou uma doida varrida.

— Esse vai ser nosso segredo, *amor*. Professor particular e namorado nas horas vagas.

Faço uma risada irônica.

— Também não vou espalhar por aí que você é um doido varrido por entrar nessa, *lindo*.

Ele balança a cabeça para os lados, ainda rindo.

— E o que acontece depois dessas duas semanas? — pergunta.

— Ah, aí a gente termina — declaro o óbvio, mas ele fica em silêncio, então elaboro: — Pode ser um término amigável, sem muito drama, mas você tem que parecer arrasado por alguns dias. Sabe como é, eu faço muita falta.

Ele passa a mão pelos cabelos e, sem tirar os olhos do caminho, murmura:

— Você não faz ideia, Melissa.

QUESTÃO 12

A prorrogação implícita de contratos pode gerar dúvidas nas partes envolvidas quanto a sua vigência.

(Certo)

(Errado)

Meu despertador dispara às nove da manhã, e meu corpo protesta revoltado. Normalmente, neste horário, eu já estaria saindo do banho depois de ter corrido alguns quilômetros e treinado na praça.

Pego o celular, ainda sofrendo para abrir os olhos, mas acordo de uma vez quando vejo uma notificação na tela. Imagens da noite anterior correm em minha mente. Será...? A decepção faz meus ombros murcharem: é uma mensagem de Rafael perguntando sobre o lanche de hoje da salinha, que ficamos de preparar juntos.

Quem você queria que fosse, Melissa?

Ignoro minha frustração e respondo ao concurseiro, que se prontificou a levar os salgados.

Melissa: Pode deixar os doces e as bebidas comigo, então, Rafa. Vou comprar alguns bolinhos e biscoitos gostosos!

Rafael: Combinado! Quando for umas três e meia, a gente organiza tudo lá na copa.

Venço a vontade de me esconder debaixo dos lençóis e dormir por um dia inteiro, e me arrasto para fora da cama.

Coloco o bolo de chocolate banhado em cobertura na travessa de metal, com cuidado para não sujar minha camiseta amarelo-clara. Modéstia à parte, arrasei na escolha dos doces e preciso me segurar para não comer meu pedaço agora mesmo. Desde que entrei na Focus, venho aproveitando os lanches que meus colegas prepararam, então fico feliz por hoje ser minha vez.

— Nossa, a cara tá boa, hein? — elogia Rafael ao espiar por cima do meu ombro. — Acho que todo mundo vai pular direto para a sobremesa.

Solto uma risada.

— Que nada, a sobremesa fica mais gostosa quando vem depois de um bom salgado. — Coloco a tampa de renda branca sobre a travessa e me viro para ele. — E depois eu quero o nome de onde você comprou esses pães de queijo, hein? Esse cheiro está bom demais!

Ele dá um sorriso orgulhoso.

— Foi em uma lanchonete lá perto de casa. O lugar não é dos mais bonitos, mas o pão de queijo... é o melhor que tem!

Concordo com a cabeça e vou até a pia para lavar a cobertura que sujou minhas mãos, até que algo me chama a atenção no pote de biscoitos ao lado do café: *Oreos*. Os biscoitos de chocolate que ficavam ali foram substituídos por Oreos, meus favoritos.

Será que...? Encrespo a testa, espantando o pensamento. Não, ele não iria...

Mal tenho tempo de tirar sua imagem da cabeça quando Leonardo em pessoa entra na copa, fazendo o cômodo encolher. Sua expressão é séria, como sempre, mas uma mancha escurecida sob os olhos denuncia que não teve a melhor das noites de sono — bom, talvez por culpa da minha festa.

Eu me viro para a porta e fico em pé, de costas para o nicho. Acompanho-o com o olhar enquanto ele caminha em minha direção, em silêncio, e só para quando estamos frente a frente. Presa entre o promotor e o móvel, sou cercada por seu perfume, tão... Leonardo.

A proximidade entre nós não parece incomodá-lo, mas causa uma confusão completa nos meus órgãos internos que, certos de que estou em uma montanha-russa das bravas, causam todo tipo de sensação no meu corpo.

Desconhecendo a loucura que faz comigo quando se aproxima assim, Leonardo apoia a mão esquerda no painel ao meu lado e estende o braço direito até a garrafa de café no nicho atrás de mim para encher uma xícara com a bebida preta enquanto praticamente me encurrala entre seus braços.

— Café? Mas você nunca toma.

Ele abaixa a cabeça para encontrar meu olhar, e um meio-sorriso malicioso ameaça surgir em seus lábios. Com a voz um pouco mais alta que um sussurro, responde:

— Você não me deixou dormir ontem à noite, lembra?

Puxo o ar com força e me agarro à bancada. Se ele não estivesse preso em meu peito, meu coração provavelmente já estaria a alguns quilômetros de distância.

Do outro lado da sala, Rafael troca o peso entre as pernas, não se preocupando em esconder sua expressão de choque — ou não conseguindo.

Pisco duas vezes, mas, antes que eu possa falar algo, Léo murmura:

— Estou dando aula desde às sete da manhã, um café vai ajudar.

— Nossa... é mesmo! — Aperto os olhos. — Por que não me lembrou que tinha aula de manhã? Poderíamos ter voltado mais cedo ontem.

Ele captura com a ponta dos dedos uma mecha solta do meu cabelo e a acomoda gentilmente atrás da minha orelha, disparando um arrepio por meu corpo.

— Valeu a pena — ele diz com a voz neutra, mas... feliz, eu acho.

Sem comentar mais nada, ele se vira e vai embora. E eu me lembro de respirar outra vez.

— Vocês...? — começa Rafael, que me encara ainda boquiaberto.

— Ah, não. — tento fingir normalidade, mas sei que essa provavelmente será a reação de todos os alunos a partir de agora. — Nós... hmm... fomos a uma festa ontem.

Bom, não é mentira.

— Entendi. — Ele abaixa a cabeça e, mesmo ainda franzindo as sobrancelhas, volta a organizar seus salgados sobre a bandeja.

Alguns estranhos minutos depois, terminamos de descarregar tudo e levamos, em três viagens cada, as comidas e bebidas para o jardim. O céu está azul, e as nuvens — se é que existem — se escondem. Distribuímos os salgados e doces entre as duas grandes mesas retangulares e, enquanto empilho os guardanapos, Rafael volta à copa para buscar os sucos e refrigerantes.

Eu me encosto contra um dos altos canteiros e olho ao meu redor, satisfeita. Nossa apresentação não chega nem perto da superprodução que Daniela fez na semana anterior, mas está tudo arrumadinho e apetitoso. O cheiro, então...

Enquanto espero Rafael voltar com as bebidas, pego meu celular e, sem parar para refletir, envio uma mensagem para Léo.

> **Melissa:** O que foi aquilo na copa? Ainda dormindo?

Encaro a tela por alguns segundos. Nada de resposta. É de se esperar, não é? Ele está no meio de uma aula, afinal. Ou simplesmente não quer responder.

Como uma adolescente que custa a criar coragem e mandar uma mensagem para seu *crush*, eu me arrependo imediatamente de me expor dessa forma. É, quem ainda não acordou direito sou eu.

Solto o ar com força. É só o que me faltava: puxar assunto com meu namorado de fachada. Ou pior: provocá-lo. Massageio minhas têmporas, tentando aliviar a tensão, mas não consigo me distrair até Rafa chegar, então o ajudo a organizar as garrafas e caixinhas sobre a mesa lateral e a guardar as sacolas. Quando terminamos, ele levanta as duas mãos, animado, em um convite para um *high five*.

Alguns minutos depois, Maurício e Carlos, como em todos os sábados, são os primeiros a chegar, os sorrisos usuais em seus rostos transparecendo todo o carinho que sentem por nós. Sempre que conversamos, um calorzinho acolhedor me preenche e sei que, do fundo do coração, eles torcem pelo sucesso de cada um dos alunos que estudam por aqui.

— Que beleza, hein, gente? — diz Maurício, seus olhos azuis me lembrando do sobrinho. Ele solta a mão de Carlos e caminha até a mesa de bebidas, onde se serve de um copo de Guaraná.

— É sua primeira vez preparando um lanche pra gente, não é, Mel? — pergunta Carlos enquanto se serve de um pão de queijo e segurando-o cuidadosamente com o guardanapo.

Assinto.

— Espero que todo mundo goste! — torço.

Logo os demais alunos começam a chegar, vindos do portão principal e descendo os degraus para o jardim. Assim que me vê, Amanda dá um tchauzinho de longe, e seus cachos dançam enquanto se aproxima a passos rápidos.

— Cadê o bolo de chocolate de que você falou na mensagem? — ela vasculha os suportes espalhados pela mesa e seus olhos brilham quando encontra o que quer. — Arrá! Já escolhi minha sobremesa. — e, puxando-me para perto, confessa: — Hoje, estou precisando afogar minhas mágoas, Mel.

— O que houve? — indago, preocupada.

Como Amanda está o tempo todo sorridente, é muito difícil saber o que se passa em sua cabeça de verdade. Fico ainda mais frustrada porque, pelo que costumamos conversar, percebi que nem de longe tudo são flores em sua vida, principalmente sua relação conturbada com os pais.

— Ah, o mesmo de sempre — ela murmura, o brilho fugindo de seu olhar. — As coisas lá em casa pioraram depois que conferi o resultado da prova. Não fui tão bem como queria. Longe disso.

Um nó se instala em minha garganta. Essa é uma das piores partes de se estudar para concursos: lidar com as constantes decepções. Quando nos preparamos para uma prova, há sempre uma chama de esperança, um "e se...?" tremeluzindo no peito, e é ela que nos guia e nos mantêm firmes nesse caminho escuro. No entanto, essa chama se enfraquece a cada reprovação. Ela vai definhando pouco a pouco, até que, se não chegarmos à luz a tempo, se apaga.

— A banca pegou pesado? O que aconteceu?

— Na verdade, meu foco estava mais nos TRTs, então o tempo que investi no Direito do Trabalho não serviu de nada para o TRF. — Ela dá um sorriso triste.

— Entendo. — Pego sua mão, em solidariedade. — Mas, pelo menos, quando sair algum TRT, você estará mais avançada.

Ela concorda com a cabeça e respira fundo.

— Tô dividida entre desistir para assumir a clínica e procurar um outro trabalho de meio período para poder me bancar e continuar estudando. — ela morde um salgado e diz, cobrindo a boca com a mão: — Se for mesmo seguir um plano que eles não aprovam, prefiro sair de casa. — ela deve ler a preocupação em meu rosto, porque completa: — Sei que soa um pouco drástico, mas é o que acho certo, sabe?

Concordo com a cabeça.

— Entendo, Mandi. Torço para que você não precise desistir do seu sonho. Trabalhar pelo resto da vida com o que não gosta, pensando em como poderia ter sido... não sei. — Dou mais uma apertadinha em sua mão. — Se eu puder ajudar de alguma forma, me avisa, tá?

Ela abre o sorriso que estou acostumada a ver, e respiro aliviada.

Pegamos dois pães de queijo cada e vamos em direção à rodinha de Rafael, Alexandre e duas outras alunas que ainda não conheço. No meio do caminho, meu celular vibra, e um arrepio percorre meu corpo quando leio o nome na tela.

> **Leonardo:** 100% acordado por aqui. Com toda essa cafeína no meu sangue, acho que nunca mais vou dormir.

Olho para os lados, procurando por ele, mas não o encontro na rodinha de seus alunos nem com seus tios. Volto-me, então, para o aparelho.

> **Melissa:** E tem algum motivo especial para sair invadindo o espaço pessoal dos outros? O coitado do Rafael está sem graça até agora.

> **Leonardo:** Até onde eu saiba, ainda estamos brincando de namorados, não?

Um sorriso involuntário se abre em meus lábios, e meu rosto parece queimar — mas não devido ao sol de fim de tarde que ilumina o jardim.

— Alô, alô. Terra para Mel! — Amanda chama. Levanto a cabeça de uma vez com o susto, apertando o celular contra o peito. — Posso saber com quem você está conversando aí?

— Hmm... ninguém?

Ela aperta os lábios, que se curvam em um sorriso.

— Uhum, tá bom, Melissa. E eu nasci ontem!

Antes que eu possa responder, minha atenção é desviada quando um certo namorado de mentira cruza o portão principal. Ele entra no jardim, as mãos guardadas nos bolsos das calças, no que poderia muito bem ser uma cena extraída diretamente de um comercial de perfume masculino: Leonardo caminhando em câmera lenta em direção à câmera enquanto um narrador de voz grave explica de diversas maneiras quanto o perfume é sedutor.

Meu fôlego fica preso na garganta.

Qualquer que tenha sido a expressão em meu rosto, ela desperta a curiosidade de Amanda, que segue meu olhar e solta um gemido baixinho quando encontra Leonardo.

— Melissa Rocha — sussurra, lembrando Jéssica quando puxa minha orelha por não ter guardado o leite na geladeira. — Não me diga que você estava trocando mensagens com o *boy* magia aqui da Focus?

Incapaz de mentir para minha amiga, assinto, resignada.

— Ai. Meu Deus! — Mandi se anima, e fico feliz por poder distraí-la. — E quando você pretendia me contar?

Solto uma risada.

— Não é o que você acha, Mandi. Mais tarde te conto tudo, tá bom?

Antes que ela possa protestar, no entanto, Leonardo chega até nós e pergunta, olhando em volta:

— O que foi que você trouxe, Melissa?

Corro a mão pelos cabelos e respondo:

— Os doces e as bebidas — digo e, apontando para meu favorito, indico: — Aquele bolo de chocolate é o melhor, depois experimente um pedaço. — Ele se vira para a mesa, pensativo. — Quero dizer... se você gostar desse tipo de coisa, claro.

Leonardo finalmente pousa o olhar em mim.

— Não costumo comer doces — diz. Ele sai andando em direção às travessas que eu havia montado com as guloseimas. Entretanto, consigo ouvir quando ele murmura: — Mas...

Leonardo pega um dos pratinhos de plástico, serve-se de um pedaço do bolo com cobertura e me dá uma piscadinha antes de caminhar até a roda dos seus alunos.

Amanda me encara, os olhos arregalados.

— Ele está *tão* na sua, Mel! — Sua voz é quase estridente.

— Shh! — puxo-a pelo braço para longe dos nossos colegas. — Não está, não. É... hmm... complicado.

— Complicado? — Ela põe as mãos na cintura. — Aprender Direito sendo uma dentista é complicado, Mel. Dessas coisas — ela oscila seu indicador entre mim e Leonardo —, eu entendo muito bem. Vamos, desembucha logo!

Exalo com força, erguendo as mãos em sinal de desistência.

— Tá bom, mas vou precisar do meu bolo de chocolate pra essa conversa.

Contornamos a mesa e me sirvo de outro pedaço enquanto conto para Mandi tudo o que aconteceu.

— Nossa senhora! — exclama. — E eu aqui achando que todos os concurseiros tinham a vida pacata como a minha.

Balanço a cabeça, suspirando.

— Bem que eu gostaria, viu?

— Mel, é sério — ela sussurra em meu ouvido. — Acho que você realizou o sonho de metade das mulheres desse lugar. — Amanda hesita. — Ou quase.

— Ênfase muito bem dada no "quase", Mandi. Nada aconteceu de verdade.

Ela torce os lábios e dá uma espiada por cima do meu ombro, na direção de Leonardo.

— Mesmo assim, está anos-luz à frente de qualquer uma delas. — ela dá de ombros. — Não sei qual é a dele, mas nunca aceitou nenhum convite de alunas daqui para — faz uma pausa dramática e desenha aspas com os dedos — "atividades extraclasse", se é que me entende. Pelo menos, não que eu saiba.

Reviro os olhos e uma risada me escapa.

— O pior é que vamos ter que continuar fingindo aqui na salinha por um tempo, porque minha colega do escritório, que também estava na festa, vem conhecer a sala na segunda.

— Não! — Amanda finge uma revolta exagerada. — Que *sacrifício*, hein, Mel?

Nós duas rimos e, enquanto caminhamos de volta para nossa rodinha de colegas, pego meu celular para responder à última mensagem de Leonardo. Antes que termine de escrever, no entanto, ele vibra.

Leonardo: Ou é tão ruim assim namorar comigo?

Pisco duas vezes para a tela, sorrindo.

Melissa: E como é que eu vou saber?

Levanto meus olhos e procuro os de Leonardo, que, dessa vez, já estão em mim. Ele se volta para o celular e digita com agilidade. A mensagem logo chega:

Leonardo: É o que pretendo te mostrar nas próximas semanas.

Ôua. Quem se preocuparia com as tais "borboletas no estômago" quando um zoológico inteiro resolve aparecer por aqui?

Encaro-o novamente do outro lado do pátio e, em resposta à minha expressão surpresa, ele abre um meio-sorriso. Balanço a cabeça para os lados, rindo enquanto escrevo minha mensagem.

Melissa: Quero só ver.

Mandi pigarreia ao meu lado.
— Não tem nada acontecendo, né? *Sei.*

Dou de ombros e rimos mais uma vez antes de nos voltarmos para a rodinha de amigos, em que Alexandre conta sobre como foi sua prova no último domingo, no Rio Grande do Sul.

— Consegui terminar todas as questões a tempo, então foi melhor que da última vez.

— E você já conferiu o gabarito? — pergunta Rafael entre duas goladas de refrigerante.

— Sim. Fiz 78%. — Ele torce os lábios. — Não acho que vai ser dessa vez.

— Mas, como você mesmo disse, está cada vez mais perto! — intervenho. — Seu concurso cobra muitas disciplinas e é superconcorrido, é normal precisar de um tempo maior para conseguir estudar tudo e ainda encabeçar a lista de aprovados. Logo chega a sua vez, você vai ver!

— Obrigado, Mel. — Ele sorri, mas os olhos ainda um pouco tristes. — Não vou desistir, não. Pode deixar.

Os outros colegas da rodinha também dizem suas palavras de incentivo, enquanto alguns dos alunos voltam para suas cabines. Normalmente, os lanches duram em torno de trinta minutos, mas todos nós certamente gostaríamos de poder ficar a tarde toda batendo papo.

Do canto do olho, vejo Leonardo se separar dos alunos e caminhar em direção à porta. Finjo prestar atenção na conversa do grupo, torcendo para que ele passe direto por mim — mas quem disse que meus desejos se tornam realidade assim tão fácil?

— Melissa — ele murmura ao meu lado.

Apesar de ele ter falado baixinho, todos da roda se calam e se viram para Leonardo, com queixos caídos. É, pelo visto Amanda não estava brincando quanto à sua fama.

Minhas bochechas se esquentam, e eu o puxo pelo braço para nos afastarmos alguns passos dos meus colegas. Para minha surpresa, ele me segue em silêncio, sem oferecer nenhuma resistência.

Paramos de frente um para o outro, ao final da mesa de salgados. Seu olhar pula da rodinha para onde estamos agora e, por fim, ele ergue uma das sobrancelhas, encarando-me.

— Sim? — pergunto.
— Por que me trouxe para cá?
— Hum... Não queria todo mundo... encarando.
— Quer ir para um lugar mais reservado? — ele abre seu sorriso malicioso, e eu fico ali, boquiaberta, até ele rir baixinho.

Esse homem...

Os alunos que estavam com ele do outro lado do jardim passam por nós: alguns encarando o professor com os olhos arregalados, outros me examinando de cima a baixo.

— Rá. Rá. — dou uma risada forçada. — Engraçadinho.

Ele dá de ombros, mas um brilho em seu olhar denuncia sua falsa indiferença.

— O que você queria dizer? — pergunto.
— Ah... — Leonardo hesita. — Agora me sinto até um pouco culpado por ter causado toda essa comoção. — Ele coloca as mãos nos bolsos e, abaixando a cabeça para me olhar diretamente, fala: — Só queria dizer que o bolo estava ótimo e agradecer.

Por essa, eu não esperava.

— Ah, sim, claro. — Abro um sorriso mais tranquilo dessa vez. — Que bom que gostou! É de uma padaria lá perto de casa. Se quiser mais depois, é só falar.

Ele dá um passo na minha direção e ergo a cabeça para compensar a diferença de altura. Nossos olhos se encontram e, apesar da minha expressão confusa, ele se aproxima ainda mais. À minha volta, tudo fica em silêncio, mas as silhuetas se movendo denunciam que não estamos sozinhos.

Molho os lábios.

O promotor tira a mão direita do bolso e a descansa em minha nuca, como se essa fosse sua posição natural. Ele aproxima, lentamente, o rosto do meu, fazendo meus olhos se fecharem em reflexo e uma antecipação quente circular em minhas veias.

Então, Leonardo deixa um beijo no canto da minha boca.

E é melhor que qualquer beijo de língua que eu já tenha experimentado antes.

Abro os olhos, o coração a mil.

— Obrigado — sussurra, a palavra parecendo carregar outros cem significados. Ele guarda a mão de volta no bolso e passa por mim, caminhando em direção ao portão principal.

Fico ali, imóvel. Quando finalmente consigo juntar forças, viro-me e dou de cara com uma Amanda de olhos arregalados e queixo caído. E ela não está sozinha: os demais colegas da roda em que estava há pouco ainda não voltaram para as salas, e um parece estar mais confuso — e chocado — que o outro.

Ótimo.

QUESTÃO 13

Quanto maior for a indisponibilidade temporal do indivíduo, maior será a chance de seu veículo automotor ser avariado.

(Certo)

(Errado)

Coloco mais alguns documentos sobre a pilha de papéis cada vez maior e coço a cabeça. O relógio ainda não marca nem oito da manhã, o que justifica o escritório ainda vazio, escuro e aconchegante, do jeito que eu gosto: sem interrupções nem distrações.

Já estou em minha mesa há algumas horas, correndo contra o tempo para adiantar ao máximo o trabalho e poder estudar melhor durante a semana. Após terminar de conferir e corrigir as peças feitas pelos juniores, mergulho na minha própria lista de afazeres.

Estou tão imersa que não sei dizer se minutos ou horas se passaram quando os primeiros advogados chegam. O ambiente vai aos poucos se preenchendo com sons familiares — documentos tirados das pastas, computadores ligados, cadeira arrastadas, xícaras de cafés colocadas sobre as mesas e cumprimentos casuais trocados —, despertando-me do meu transe.

— Bom dia, Mel! — a voz de Priscila chega por trás, sem aviso, e quase dou um pulo.

— Bom dia, Pri — cumprimento. Ajusto meus óculos enquanto me recupero do susto e pergunto: — Como foi o final de semana?

— Tudo bem, graças a Deus. — ela dá um sorriso malandro e quica as sobrancelhas. — E o seu? Passou com o *boy*?

Começamos cedo.

— Sim, nos encontramos no sábado.

Bom, não é uma mentira completa.

— *Own...* Ele está mais do que aprovado, Mel. Inclusive, estou muito animada para conhecer a salinha. Vou lá hoje mesmo! — ela faz uma pausa, pensativa. — Para estudar, claro.

— Claro — repito, rindo.

Ela me dá um apertão animado no braço e vai organizar suas coisas, deixando-me sozinha para voltar ao trabalho. Entretanto, mal leio uma frase do processo quando uma mão pousa sobre meu ombro direito. Pensando se tratar de Jorge ou Diego, eu me viro, sorrindo.

Ledo engano.

Meus lábios caem quando vejo Matheus, de pé, logo à minha frente. Ele esfrega as mãos na frente de si. Nossos olhos se encontram, mas ele logo desvia os seus para o chão, o semblante sério.

— Bom dia, Mel. — sua voz é quase um sussurro.

Respiro fundo. Lá vamos nós.

— Bom dia — digo, seca.

Não acredito que me esqueci *dele*.

— Eu queria, é... me desculpar com você. — ele olha para os pés, mas parece se forçar a me encarar outra vez. — Fiquei pensando no final de semana se ia te ligar ou... sei lá. Mas achei melhor falar pessoalmente, mesmo.

Essa é nova.

Encaro-o de volta, inexpressiva.

— Só para esclarecer... — minha voz sai fria, apesar do sangue fervendo aqui dentro, e me controlo para falar o mais baixo possível. — Você está se desculpando pela cena que fez na sexta-feira? Ou por, sei lá, eu ter te pegado com outra e você achar razoável culpar minha "*falta de tempo*" por isso? Ou talvez você só queira se desculpar por não ter a decência de conversar comigo sobre nada do que aconteceu e achar mais fácil terminar tudo por *mensagem*?

Um peso parece sumir do meu peito ao dar voz às palavras que guardava há tanto tempo.

Rígido à minha frente, Matheus tem o bom senso de pelo menos parecer abalado.

— Eu... — ele abre e fecha a boca, mas nenhuma palavra sai, e não perco a ironia da situação: um dos maiores oradores do escritório não sabe o que dizer.

Faço um sinal de dispensa com as mãos.

— Não tem jeito, ainda precisamos trabalhar juntos e nos ver quase todos os dias, então... — solto um suspiro exasperado. — Chega. Vamos deixar essa história para trás, ela já ocupou muito mais do meu tempo do que deveria.

Ele dá um sorriso tenso e assente antes de seguir em silêncio para sua mesa.

O asfalto molhado sob a noite fria de quarta-feira reflete as luzes dos carros. Clarões brancos e vermelhos dançam, criando uma atmosfera acolhedora. O *tic-tic* da seta do meu carro, ao sair da vaga na porta da salinha, serve como som de fundo enquanto faço contas na cabeça: sessenta dias até minha prova.

Sessenta dias. Pelo menos essa semana está indo bem: graças à maratona que fiz no escritório na segunda-feira, chegando bem mais cedo e ficando até mais tarde, consegui estudar bem ontem e hoje.

Olho para o relógio no rádio: são quase 11 da noite. Fiquei um pouco mais, porque queria completar pelo menos quatro horas líquidas, e consegui, mesmo sendo a última a ir embora. Abro um sorriso saboreando a sensação de dever cumprido. É claro que nunca vou ter qualquer tipo de certeza ou garantia de que conseguirei a aprovação algum dia, mas, pelo menos a minha parte, eu sei o que estou fazendo.

Priscila também parecia satisfeita ao sair, hoje, um pouco antes de mim. Desde segunda, tem ido à salinha — às vezes antes, às vezes depois do trabalho — e comentou estar aproveitando bem mais as horas lá do que com toda a bagunça em casa. Nossos horários não coincidiram, então não pude dar carona para ela do escritório, mas, quando ela chegou na terça à noite, aproveitei para apresentá-la aos colegas. Leonardo, ainda bem, não apareceu por lá nos horários em que eu estava, então não precisamos fingir mais nenhuma interação... esquisita.

Paro em um sinal vermelho e desligo o para-brisa, desnecessário agora que a chuva não passa de uma garoa. Aproveito para colocar "Say You Won't Let Go" para tocar mais uma vez. Desde o dia da festa, quando eu e meu falso namorado dançamos ao som dessa música, ela não sai da minha cabeça.

Bom, é uma boa música.

A luz verde do sinal se acende em minha frente, acelero para arrancar e... nada. O velho Gol ignora minha insistência, recusando-se a sair do lugar. Sei que tenho um problema dos grandes quando uma fumaça branca escapa do capô.

Uh-oh.

No painel, a luzinha que eu vinha ignorando pisca orgulhosa dizendo "eu avisei!".

Boa, Melissa.

Uma buzina irritadiça atrás de mim me faz respirar fundo. Em resposta, ligo o pisca-alerta e sinalizo aos outros motoristas, com a mão para fora do vidro, para que sigam em frente. Frustrada, aperto o volante com as duas mãos e bato minha cabeça entre elas, xingando baixinho. Lá se vai o que poderia ser uma boa semana de estudos. A rua fica escura à minha volta quando os carros terminam de passar por mim.

E agora?

Estou longe de ter qualquer noção do que fazer e muito menos um seguro — o que, agora, me parece uma péssima ideia — para vir me resgatar.

Pauso a música e tento ligar pro meu pai — só Deus sabe quanto *odeio* ligações; no entanto, o desespero exige medidas desesperadas —, mas ninguém me atende. Desligo, resignada. A essa hora, ele e minha mãe devem estar dormindo.

Fecho os olhos e solto o ar com força. Como detesto essa sensação de impotência. Nota para mim mesma: me matricular em algum curso *online* sobre funcionamento e manutenção de veículos. Depois da minha prova, é claro.

A minha sorte é que eu já estava na faixa da direita quando o Gol pifou, então não acho que ninguém baterá em mim em alta velocidade, mas ainda assim... do lado de fora, à exceção dos poucos carros que transitam ao meu lado, esporadicamente, a rua está bem escura, vazia e... bem, medonha. Nunca é bom para uma mulher ficar sozinha tão tarde assim. E ainda nem sou delegada para andar armada e poder me defender.

Ainda não sou ninguém.

Espanto meus pensamentos, mas o movimento — ou melhor, a falta dele — no exterior soturno faz minhas mãos suarem. O intervalo entre um carro e outro vai se alargando, de modo que, na maior parte do tempo, estou só na rua erma.

Verifico se as portas do carro estão trancadas e busco na internet por um reboque. Minha respiração vai se encurtando conforme as empresas para que ligo, uma após a outra, não atendem — essas coisas não deviam ser 24 horas?

Calma, Melissa, está tudo bem. Aqui nem é tão perigoso assim.

Mordo a bochecha, amaldiçoando minha má sorte.

Sem aviso, a voz de Leonardo ecoa em minha cabeça: "Larga de ser teimosa, Melissa. Você não precisa enfrentar tudo sozinha assim". Será que não preciso mesmo? Será que... será que ele viria se eu o chamasse? Acho que nem mesmo alguns namorados de verdade viriam em uma situação como esta.

"É sério, Mel. Deixa eu cuidar de você." Suas palavras me abraçam, substituindo o frio na barriga por um calor aconchegante. Eu poderia...

Sem me dar tempo de contra-argumentar, porque me conheço assim, pego o telefone e procuro por seu contato. A linha chama três vezes, e penso em desligar. Onde estou com a cabeça? Não nos falamos desde sábado, e ele deve estar ocupado com alguma coisa, já que nem foi à Focus na terça-feira, como costuma — ou talvez esteja até dormindo a essa hora. É melhor...

— Melissa? — Sua voz rouca e urgente me resgata dos meus pensamentos. Ao fundo, uma música eletrônica toca, acompanhada pelo som de conversas e de pesos sendo jogados. — Está tudo bem?

— Hum... é... — Hesito por alguns segundos, mas consigo me forçar a dizer: — Eu estava voltando para casa agora, da salinha, e aí meu carro... Ele não está andando mais e tem uma fumaça estranha.

— Onde você está?

Corro os olhos do lado de fora, todos os comércios estão fechados na rua escura. A placa branca, adornada em vermelho e verde, de uma padaria se destaca.

— Estou em frente àquela padaria Bem-estar, a alguns quarteirões da Focus, sabe? — Minha voz sai mais ofegante do que gostaria. — Mas está tudo fechado por aqui e...

— Tranque as portas e não saia do carro, Mel — diz, grave. — Estarei aí em cinco minutos.

Pouco depois de eu desligar o telefone, Leonardo desponta na esquina, correndo. Rápido. Assim que o vejo, abro a porta e desço do carro. Ele desacelera até parar em minha frente, sem fôlego.

— Está... tudo...bem? — pergunta entre inspirações e expirações.

Um par de olhos azuis preocupados encontram os meus, e isso consome todo o meu autocontrole, porque minhas pernas deixam de me obedecer e dão três passos em sua direção enquanto meus braços também se amotinam e o apertam em um abraço.

Enterro meu rosto em seu peito e fecho os olhos, aliviada. Meus ombros se relaxam e minha respiração volta ao normal. Estou segura outra vez, e o defeito no carro se torna um problema pequeno e distante agora.

Leonardo, claramente pego de surpresa, fica rígido, seus braços ainda caídos ao lado do corpo, mas não me importo e me aconchego ainda mais em seu peito, que ainda sobe e desce com a respiração ofegante.

Penso em me afastar — e fingir que esse abraço não retribuído nunca aconteceu —, porém, antes que eu possa me mover, braços fortes me envolvem, seu calor me assegurando de que já está tudo bem.

Sua mão percorre minhas costas até parar em minha nuca, tatuando todo o caminho em minha pele. Então, Leonardo se curva e me presenteia com um beijo suave e reconfortante no topo da cabeça. Se fosse anatomicamente possível, meu coração estaria dando voltas no quarteirão nesse momento.

— Está tudo bem, Mel. — Sua voz é tão leve como seu toque, e ouvir "Mel" saindo dos seus lábios dessa forma... — Você não está mais sozinha.

Meus olhos ardem e minha visão fica turva, mas pisco algumas vezes, espantando a umidade que surge, e enfim consigo dizer:

— Obrigada por vir. Desculpe te perturbar tão tarde. Eu tentei ligar para o meu padrasto, mas ele não me atendeu, e aí todos os reboques que achei não estavam abertos, e a rua foi ficando vazia, e...

— Mel, você pode me ligar à hora que quiser. Inclusive, você pode me ligar antes de qualquer um.

Leonardo leva as mãos até meus ombros e me afasta dele o suficiente para que nossos olhos se encontrem. Como as palavras me fogem, resta-me assentir com a cabeça. Um discreto sorriso surge em seu rosto e, apesar de toda aquela situação, não consigo impedir meus lábios de se curvarem para cima em resposta.

— Você estava aqui perto? — pergunto e me afasto, pelo bem da minha sanidade mental. — Como chegou tão rápido?

Antes de me responder, ele passa a mão pelos cabelos úmidos.

— Eu malho em uma academia a dois quarteirões da Focus. Estava quase indo embora quando você ligou, então vim correndo mesmo.

— Literalmente.

Leonardo solta uma risada baixa e balança a cabeça. Ele parece estudar meu rosto mais uma vez e então aponta para o carro.

— Tá — ele diz —, agora me explique o que aconteceu.

QUESTÃO 14

A preferência de marca não é vedada em compras realizadas por estabelecimentos comerciais privados.

(Certo)

(Errado)

Estou respondendo o *e-mail* de um cliente, o estômago já roncando pelo almoço, quando a tela do telefone se acende com uma mensagem.

Leonardo: Notícias do carro?

Sorrio para o aparelho. Ontem à noite, tão logo pegou todos os documentos no porta-luvas, Leonardo me colocou em um Uber para casa e me assegurou de que cuidaria de tudo. Eu estava tão exausta, depois do dia pesado de trabalho e estudo, que aceitei sem discutir.

Já era mais de meia-noite quando ele me mandou uma mensagem confirmando o reboque do carro e se ofereceu para ir à oficina na manhã seguinte. Respondi que não precisava, claro e, apesar da insistência, peguei o contato e endereço do lugar, onde passei hoje mais cedo — de Uber, porque não podia me atrasar para o escritório.

Melissa: Vão ter que ficar com ele por umas duas semanas.

Leonardo: Tudo isso?

Melissa: Infelizmente. O problema foi por causa de uma rachadura no reservatório de água, mas não seria tão grave se eu não tivesse ignorado a luz de troca de óleo, o que danificou o motor. Precisarão substituir uma peça que não têm lá.

Solto um suspiro. Agora, sem o carro, se for pegar o ônibus todos os dias do escritório até a salinha, vou perder preciosos trinta a quarenta minutos; e ao voltar para casa à noite, uns outros vinte.

Aos finais de semana, até posso ir a pé para a Focus, mas, de segunda a sexta, é perigoso andar sozinha à noite com o computador na mochila. Como se o edital quilométrico que preciso vencer já não fosse desafio o suficiente.

Leonardo: Puts... É a maldição do pós-edital.

Melissa: ??

Leonardo: É minha teoria: no pós-edital, os problemas mais aleatórios e terríveis surgem de uma vez só.

Melissa: Aconteceu alguma coisa com você também?

Leonardo: Até hoje, meu dentista não consegue entender como ou por que todos os meus dentes sisos inflamaram juntos. Precisei operar com urgência e ainda tive vários sangramentos e complicações. Não foi bonito.

Não consigo deixar de rir da imagem dele com as duas bochechas inchadas e tomando sorvete emburrado no sofá.

Da minha casa.

Não, não, não.

Leonardo: Que horas você sai do trabalho?

Melissa: Por volta das seis, por quê?

Leonardo: Me passa o endereço do escritório, te dou carona para a salinha enquanto você estiver sem carro.

Encaro a tela por alguns segundos, sem responder, e uma nova mensagem surge:

Leonardo: É caminho saindo do MP.

Sorrio. Típico.

Melissa: Não é, não, mentiroso.

Leonardo: Não fica do lado contrário, também.

Melissa: hahaha Engraçadinho. Pode deixar, mas agradeço a intenção.

Leonardo: Que tipo de namorado eu seria se te deixasse na mão assim?

Do tipo normal.

Leonardo: É sério, não é incômodo algum.

  Pondero por um momento. De fato, ter uma carona nesse período seria uma mão na roda: estou longe de ter algum tempo sobrando, ou mesmo dinheiro. Preciso começar a juntar para pagar o conserto do carro.
  Adeus computador novo. *Ugh.*
  Talvez, em alguns dias, eu consiga coordenar meu horário de saída com a Priscila — que costuma ficar uma ou duas horas a mais no escritório, já que chega mais tarde — e possamos ir juntas também.

Melissa: Tem certeza?

Leonardo: Absoluta. Inclusive, vou aproveitar esses dias na Focus para finalizar minha dissertação. Ainda preciso organizar e padronizar as referências, e dar uma última revisada antes de submetê-la.

Melissa: Do mestrado?

Leonardo: Isso. Depois é me preparar para a defesa.

Melissa: E você pensa em ser professor universitário ou algo assim?

Leonardo: Sim, tenho muita vontade de dar aula na faculdade.

Melissa: Você gosta mesmo de ser professor, né?

Leonardo: Há algo em ensinar, esclarecer e orientar que me atrai, principalmente no Direito. A melhor parte, pra mim, é ver a transformação no aluno, quando sua expressão confusa dá lugar à satisfação do entendimento.

Melissa: A melhor parte, para o aluno, com certeza também é essa.

Leonardo: Falando nisso, sua reação naquele dia, na copa, com o Direito Penal, foi impagável.

Um calor sobe por meu peito, concentrando-se nas bochechas.

Melissa: Não posso fazer nada, eu estava realmente frustrada. Odeio perder tempo quebrando a cabeça assim.

E, só porque estou me sentindo especialmente agradecida hoje, acrescento:

Melissa: Obrigada mais uma vez pela explicação.

Leonardo: O prazer foi todo meu.

Melissa: Você será um ótimo professor na faculdade também.

Leonardo: Então já sou um ótimo professor agora?

Posso sentir seu sorriso, mesmo à distância, e envio um meu em resposta.

Melissa: O melhor.

Quase caio da cadeira quando meu alarme toca às 17h50. Isso sempre acontece, no trabalho ou no estudo, quando estou concentrada, mas até hoje ainda não me acostumei.

Faltam dez minutos para minha carona chegar, e, se o frio em minha barriga for qualquer indicativo, estou mais animada do que deveria. Depois de salvar os arquivos em que estava trabalhando, vou com minha bolsinha para o banheiro dar um "up" no visual. Sem nenhum motivo especial, claro.

Aplico um pouco de pó sob os olhos, destaco meus cílios com o rímel e coloco um pouco mais de cor nas bochechas com o *blush* rosado. Então, solto o cabelo, antes preso em um coque, e ele cai ondulado pelos ombros. Aliso o paletó do meu terninho favorito, preto clássico, que visto sobre uma camiseta creme de seda rendada e dou uma última conferida no meu reflexo no espelho. Tá, talvez tenha um motivo para eu querer ficar... apresentável.

As imagens do abraço de ontem passam na minha cabeça como um filme. Já havíamos nos tocado antes, é claro. Principalmente na noite da festa do escritório, foram várias as vezes em que seus braços contornaram minha cintura ou suas mãos roçaram em minha pele.

Mas sempre havia uma audiência, então eu tinha certeza de que todos esses toques eram falsos. Mesmo parecendo reais, eram apenas para que pudéssemos convencer os outros de que estávamos em um relacionamento.

No entanto, ontem foi diferente. Éramos só nós dois. Não havia outros olhos, não havia ninguém para enganar e... um sorriso se abre quando revejo Leonardo, na noite anterior, virando a esquina e correndo à toda velocidade em minha direção, a preocupação estampada em seu rosto. Não consigo deixar de me perguntar se ele realmente se importa comigo, ou se me ajudar foi algo que ele faria por qualquer um. Talvez ele se sinta de alguma forma responsável pelos alunos da Focus e só esteja tentando ser prestativo, talvez ele...

Meu telefone vibra com uma mensagem.

Leonardo: Estou aqui embaixo.

Melissa: Descendo!

Junto minhas coisas e logo estou saindo do prédio empresarial onde fica o escritório. Suas paredes espelhadas refletem as luzes noturnas da cidade, criando uma constelação própria. Olho para os dois lados e encontro o carro branco do promotor — que aprendi ser um Honda Civic — estacionado no *porte-cochère*, o pisca-alerta ligado.

Como os vidros não são tão escurecidos, consigo identificar Leonardo sentado no banco do motorista mexendo no celular sobre o colo. Só sua imagem, ao longe, desperta algumas borboletas que estavam adormecidas em meu estômago. Após acalmá-las, percorro o caminho restante e dou três batidinhas leves no vidro.

Ele me olha de baixo e, tão logo me vê, aperta um botão no painel à frente.

— Oi! Obrigada pela carona mais uma vez — cumprimento, abrindo a porta. — Esperou muito?

— Boa noite, Melissa — responde, com um leve aceno de

cabeça. — Não, cheguei há pouco.

Assim que entro no veículo e apoio minha bolsa sobre o colo, o perfume de Leonardo me envolve, acompanhado pelo que parece ser um aromatizante de lavanda — já quero comprar para pôr no meu carro também, quando o resgatar da oficina.

Ao terminar de me ajeitar, viro-me para Leonardo e o encontro analisando meu rosto. Ficamos em silêncio.

Qual a etiqueta correta aqui? Eu deveria cumprimentá-lo com um beijo na bochecha? É a norma, não é? Se fosse qualquer outra pessoa, nem teria dúvidas sobre como agir, mas, em se tratando de Leonardo, eu não...

Menos de sessenta dias até a prova. Não é hora disso.

Ele pigarreia, desviando o olhar. Então coloca o telefone no suporte entre os bancos e liga o carro. O visor do rádio também se acende e uma música rompe o silêncio quando ele dá a partida. O som de um pandeiro, em harmonia com o que imagino ser um berimbau, preenche o carro, acompanhado por um violão e outros instrumentos que vão além do meu vergonhoso conhecimento musical.

Encaro o rádio, surpreendida pela voz suave de um homem:

Capoeira me mandou
Dizer que já chegou
Chegou para lutar
Berimbau me confirmou
Vai ter briga de amor
Tristeza, camará

Não sei o que imaginei que Leonardo escutaria em seu tempo livre — um rock, talvez? Metal? Rap? —, mas definitivamente não foi isso.

— Bossa-nova? — pergunto, virando-me para ele.

Ele assente, sua atenção na estrada.

— Meu pai é dono de um sebo de livros, onde passei boa parte da infância e adolescência lendo tudo o que podia. — Não consigo deixar de sorrir pelo seu jeito formal e certinho de falar. Tão... promotor. — E, bem, digamos que meu pai gosta *muito* de bossa-nova.

— Você pegou o gosto dele?

— Uhum, apesar de a minha mãe não ser tão fã. — Ele para o carro em um sinal e se vira para mim: — Você quer que coloque outra coisa? — oferece, com a voz gentil, enquanto leva a mão ao telefone e o destrava antes de me entregar. — Pode escolher o que quiser.

Pego o aparelho da sua mão, mas nego com a cabeça.

— Gostei dessa, pode deixar tocar. — Ele me dá um daqueles raros sorrisos, e o tempo para por um instante. Ou, pelo menos, eu gostaria. — Mas vamos revezando. A próxima, eu escolho.

— Combinado — concorda, voltando-se para a frente outra vez.

Na verdade, até quero conhecer mais sobre seus gostos, sobre suas músicas favoritas, mas quero ainda mais ver sua expressão quando eu escolher algumas das minhas.

Procuro no aplicativo por "Our Song", um clássico da época *country* da Taylor Swift: a trilha sonora apropriada para qualquer tipo de carona. Tá, talvez para *aquela* carona. Assim que sua música acaba, coloco a minha, e ele dá uma risada baixa, balançando a cabeça para os lados, ao ouvir a entrada animada do violino.

Do banco de passageiros, canto entusiasmada a letra de uma das músicas que mais marcou minha adolescência. Ele sorri para mim, aquele tipo de sorriso que chega aos olhos.

— Não conhece a Taylor Swift? — pergunto, abaixando um pouquinho o volume.

— Conheço de nome, e essa voz não me é estranha. Devo ter ouvido outras músicas dela antes.

— Ah, mas com certeza!

No restante de todo o caminho até a salinha, ignoro completamente o combinado inicial e monopolizo a escolha das músicas, tocando todas as mais famosas da cantora para tentar descobrir quais ele conhece.

Leonardo entra na brincadeira, esforçando-se a cada nova

canção para encontrar alguma familiaridade. Ele reconheceu, como esperado, apenas os principais hits, como "Shake It Off" e "You Belong with Me".

Ao estacionarmos na garagem da Focus, estalo a língua em desaprovação.

— Você precisa, urgentemente, ser apresentado às melhores músicas da Taylor, e *não* são essas que você conhece.

Ele puxa o freio de mão e me desafia com o olhar:

— Ah, é? E você vai fazer isso?

— Óbvio! — exclamo, tirando o cinto. — Prepare-se para um intensivão de Taylor nas próximas caronas.

Leonardo exagera uma expressão de dor.

— Talvez eu me arrependa de ter me oferecido para te trazer — brinca. — Não sei se aguento duas semanas disso.

Faço uma cara de ofendida, levando a mão ao peito e, rindo, saímos do carro ao mesmo tempo. Caminho em direção à entrada com a alça da bolsa apertando meu ombro, mas percebo não estar sendo acompanhada. Olho de volta e encontro Leonardo de pé, em frente ao porta-malas aberto, retirando três grandes sacolas de supermercado. Espero enquanto ele tranca o carro e vem em minha direção, os braços tencionados com o peso.

Quando se aproxima, consigo identificar alguns dos itens que trazia: pilhas de copos descartáveis, papéis-toalha e guardanapos, sacos de pó de café, caixinhas de chás e, o que chama especialmente minha atenção, algumas embalagens de Oreo.

— Oreo, é? — brinco, dando um tapinha em seu ombro.

Hello, músculos.

Seus olhos vão para o interior da sacola e, em seguida, para mim.

— É... — ele não consegue se fazer de desentendido. — Resolvi variar um pouco os biscoitos da copa. — seu olhar busca o meu. — Além disso, um certo alguém me disse uma vez que esses eram os bons, então...

Sorrio. Leonardo comprou os novos biscoitos pensando

em mim?

— Você quem compra todas essas coisas aqui para a Focus?

Ele assente enquanto caminhamos em direção à casa, as luzes iluminando a entrada cor de creme sob a placa Focus Salas de Estudos.

— Tento ajudar meus tios no que posso — responde. — Tenho uma dívida com eles.

— Dívida?

— É. Não é bem uma dívida... Quero dizer, não em dinheiro. — ele hesita por um momento. — Sou de Paracatu, no interior, e não tínhamos muito dinheiro, sabe? Mesmo assim, eu, desde pequeno, sonhava em cursar a faculdade de Direito. No entanto, entrar em uma particular estava longe de ser uma opção e, para passar em uma universidade federal, precisaria ter uma base melhor do que a que conseguiria com as escolas públicas locais.

Não me permito piscar enquanto ele fala, como se eu estivesse nos anos 1970, assistindo à TV em cores pela primeira vez.

Seguimos sem pressa pelo interior da casa enquanto ele continua:

— Meus tios vivem aqui desde que se casaram e, quando descobriram o que eu queria, me convidaram para viver com eles para que pudesse cursar o ensino médio em uma escola da capital e tentar o vestibular para a federal. — Caminhamos em silêncio, até ele completar: — Minha mãe, professora do fundamental, me ajudou a estudar para a prova de admissão do colégio. Com minha nota, consegui uma bolsa quase integral para os três anos seguintes.

Ao entrarmos na copa, ele apoia as sacolas sobre o balcão e, depois de jogar a bolsa no pufe, eu o ajudo nas compras, seguindo seus passos para descobrir onde colocar cada coisa.

— Então você morou com eles durante o ensino médio e a faculdade?

Leonardo assente.

— Mas assim que consegui juntar algum dinheiro, do estágio

e como assistente no Tribunal, aluguei uma quitinete e me mudei daqui. Eles sempre disseram que eu poderia ficar quanto quisesse, mas...

— Você não queria ser um incômodo — completo.

— Isso. — Ele curva um dos cantos dos lábios para cima, em um meio-sorriso triste.

— Conheço bem a sensação — digo. — Fui criada por minha mãe e, mais tarde, pelo meu padrasto. E... bom, nunca sobrou muita coisa lá em casa, se é que me entende. No entanto, eles deram um jeito de pagar minha faculdade de Direito, para que eu tivesse pelo menos uma chance de realizar meu sonho. Eu até tinha uma bolsa, mas, ainda assim, sei que foi puxado.

Abro os copos descartáveis e começo a organizá-los em pequenas pilhas no nicho onde ficam as garrafas de café e água quente para chá.

— Assim que me formei — falo —, assumi como júnior no escritório onde trabalhava como estagiária. Com seis meses, consegui juntar o suficiente para ir morar com a Jéssica. Eu queria aliviar para os dois o máximo possível. — Olho para baixo e balanço a cabeça. — Minha mãe sofreu muito para conseguir me criar e, mesmo as coisas estando melhores desde que ela abriu o salão, queria que ela pudesse aproveitar um pouco mais agora.

Ele para de organizar os guardanapos e me encara, seus olhos suaves.

— Seu pai...?

Aquele aperto no peito, que vem sempre que ouço falar no meu genitor, volta.

— Ele nos abandonou — respondo, a voz quase robótica depois de ter repetido essas palavras por tantas vezes — quando eu tinha três anos.

— Sinto muito, eu não quis...

— Não, está tudo bem. — Volto a organizar os copos, alinhando-os talvez mais do que o necessário. — Minha mãe confiava cegamente nele, achava que eram um só, sabe? Então, ela não trabalhava, ficou por conta de cuidar da casa e de mim, e um dia ele... simplesmente foi embora.

Um lampejo de raiva cruza seus olhos.

— Não entendo como alguém tem a coragem de fazer algo assim. — Leonardo respira fundo e abaixa a cabeça, coçando a nuca. — Desculpe, sei que é seu pai, mas...

— Não, também me pergunto isso — Aperto os lábios. — Nunca o procurei, nem quero.

— Melissa — ele sussurra, andando em minha direção até estarmos a um passo um do outro. — Tenho certeza de que você nunca foi um fardo para sua mãe. Nem para o seu padrasto.

Seus olhos buscam os meus, fazendo minhas bochechas pegarem fogo. Na tentativa de disfarçar, eu me viro de novo em direção ao nicho do armário e tento guardar os copos restantes na cabine de cima, onde vi Maurício pegá-los uma vez. No entanto, mesmo na ponta dos pés, não consigo alcançá-lo. Leonardo se aproxima por trás, seu perfume amadeirado e cítrico é o primeiro a me alcançar. Ele apoia a mão esquerda no armário, ao meu lado e, com a direita, pega a pilha que seguro, guardando-a no lugar, acima de nós.

Ao mesmo tempo que me viro, ele apoia a outra mão, agora livre, no móvel agora às minhas costas e me vejo presa entre o armário e seu corpo, cercada por seus braços. Suas safiras me fitam e se escurecem, como se absorvendo o castanho das minhas íris.

Um. Dois. Três. Quatro...

Leonardo é o primeiro a quebrar nosso contato visual, fechando os olhos; mas não tenho tempo de me sentir aliviada, porque ele flexiona os braços e traz seu corpo para mais perto de mim. Sua testa pousa sobre a minha, e todos os meus nervos se concentram naquele ponto ao mesmo tempo que meus olhos se fecham.

Nossas respirações se sincronizam e são o único som que preenche a sala fechada.

Sinto uma mão envolvendo meu rosto.

— Melissa... — Sua voz é um sussurro, mas o efeito que causa em mim não é nada discreto: um arrepio percorre minha pele dos pés à cabeça e preciso impedir que meu corpo se mova por conta própria e feche a distância entre nós. — Eu...

O barulho da porta se abrindo interrompe Leonardo, que solta um leve suspiro antes de se impulsionar no armário, afastando-se de mim. Imediatamente sinto falta do seu toque, do seu calor e do seu cheiro.

Alice, uma das alunas do turno da noite, entra no cômodo distraidamente enquanto digita algo no seu celular — ainda bem. Ela levanta a cabeça e, ao nos ver, dá um aceno silencioso, e se dirige ao filtro, onde se põe a encher a garrafa que traz sob o braço.

Leonardo leva as mãos à cintura enquanto caminha até o balcão. De costas para mim, ele junta as sacolas vazias para serem guardadas, e eu continuo imóvel. Paralisada. Minha cabeça entra em *loop*: "Melissa, eu...". "Eu" o quê? Há uma infinidade de formas de terminar aquela frase, e eu queria *muito* descobrir qual era a pretendida.

"Melissa, eu quero terminar nosso relacionamento falso", ou, sei lá, "Melissa, eu estou com fome". Ou com sono. Ou com sede. Ou outras coisas em que não me permito pensar.

Pelo menos não agora.

Argh.

Isso é tortura psicológica.

Respiro fundo e minhas pernas voltam a funcionar. Obedecendo ao comando, elas me levam até o pufe. Meu braço também se reinicia e se move o suficiente para jogar a alça da bolsa sobre o ombro.

— Bem... vou lá estudar, então. — Viro-me para Leonardo e dou o melhor sorriso que consigo. — Obrigada pela carona.

Ele sorri de volta, e minhas pernas quase param de vez.

— Às ordens.

Estou terminando a primeira hora de estudos quando Priscila entra na sala fria e acena para mim, animada como sempre. Retribuo o cumprimento e indico com a cabeça para que ela se sente no lugar vago ao meu lado. Ela arruma suas coisas, cuidando para não fazer barulho, e, depois de trocarmos mais um sorriso, inicia os estudos.

Antes de retomar os meus, no entanto, espio a cabine à minha esquerda, onde Leonardo trabalha concentrado em sua dissertação — provavelmente, nem notando a chegada de Priscila. Não consigo evitar uma pontinha de admiração em meu peito. Deve ser desafiador conciliar, com qualidade, o trabalho como promotor com o de professor aos finais de semana e, além disso, ter de arrumar tempo para assistir às aulas, fazer os trabalhos e a dissertação final de um mestrado.

Querendo cumprir com a minha parte também, volto-me para meu *notebook* e dou *play* na aula pausada.

Nada acontece.

Respiro fundo. Meu computador já deu o que tinha que dar há muito tempo, mas... Bom, vai ter de continuar dando conta por mais um tempo; não posso arcar com um novo agora. Tamborilo na mesa, frustrada.

Tenho muito tempo sobrando mesmo. *Só que não.*

Forço o computador a reiniciar e me encosto na cadeira, impaciente. A tela do meu celular se acende e chama minha atenção.

Leonardo: O que houve?

Olho de soslaio, ele ainda digitando.

Leonardo: Você parece prestes a atacar a primeira pessoa que passar pela sua frente, e, dada a nossa proximidade... prezo pela minha vida.

Melissa: ha. ha. ha. Engraçadinho.

Melissa: Meu computador resolveu travar de novo. E, sim, se ele fosse uma pessoa, certamente correria perigo. Mas relaxa, não posso tentar nada contra você, ainda preciso das caronas.

Viro-me para ele e testemunho um sorriso surgindo em seus lábios.

Leonardo: Bom saber que tenho alguma serventia.

Ele também ergue a cabeça, encontrando meu olhar, mas logo volta ao aparelho.

Leonardo: Não pensa em comprar um novo?

Melissa: Sim. Comecei a juntar um dinheirinho, mas ainda estou pagando pelos cursos e livros que comprei recentemente, e agora ainda tem a oficina, então... passos de formiga. Mas tudo bem, quando o reinicio, costuma voltar a funcionar.

Ele assente, sua expressão séria, e logo volta a olhar para a tela de seu próprio *notebook* — top de linha, devo dizer. Esfrego as mãos, tentando espantar o frio, enquanto o meu se arrasta dolorosamente pelas telas de inicialização. Quando o dia está muito quente, como hoje, sempre me esqueço de levar um casaco ao sair de casa pela manhã. Talvez seja uma boa deixar um ou dois casacos em um dos armários do corredor.

Passada a interminável espera, a tela de iniciar se mostra para mim; mas depois de fazer o *login*, ainda preciso aguardar, impotente, os arquivos surgirem um a um na área de trabalho.

Ao meu lado, o promotor se levanta e desabotoa o paletó preto. Franzo as sobrancelhas, não é possível que ele esteja com calor nesse frio todo. Então, ele usa as mãos para puxar a lapela por sobre os ombros e leva os braços para trás, fazendo o tecido deslizar com pequenos impulsos. E assim, sem nenhum aviso prévio, estou na primeira fila de uma apresentação de *Magic Mike*. Os holofotes e luzes coloridas se acenderão a qualquer momento.

O paletó termina de escorregar por seus braços e, segurando-o na mão esquerda, Leonardo se vira em minha direção. E é aí que tenho certeza de que o filme teria sido *bem* melhor se ele tivesse sido parte do elenco.

Controle-se, Melissa.

Leonardo analisa meu rosto por um longo instante. Devo estar com alguma expressão engraçada, porque um sorriso atravessa seu rosto. Ele se inclina para frente, levando o rosto a centímetros do meu.

— Você está encarando — sussurra em meu ouvido, o hálito quente me fazendo cócegas.

Esqueça a apresentação de *Magic Mike*, estou em queda livre — e o frio na minha barriga pode provar.

Mimetizo uma risada irônica, sem emitir nenhum som, claro, e balanço a cabeça para os lados, apertando os olhos. Tento esconder minhas bochechas quentes virando-me para o computador, que, com pena de mim, termina sua árdua e sofrida inicialização.

Aleluia.

Quando levo a mão ao *mouse*, no entanto, sou surpreendida por um calor repentino e aconchegante: meus ombros e minhas costas são abraçados pelo paletó de Leonardo. Levanto o rosto, surpresa, em sua direção. Seus olhos, suaves, encontram os meus, e lhe agradeço com um sorriso. Ele dá um leve aceno com a cabeça e, ainda de pé, pega minha garrafa de água, vazia há algum tempo, e sua própria xícara antes de sair da sala.

Tomo um susto tão grande com um cutucão na minha costela que quase quebro o código de silêncio da sala. Dou um pulo, virando-me em reflexo em direção à origem do gesto, e encontro Priscila com um sorriso enorme e brincalhão no rosto. Ela junta as mãos e, apenas com os lábios, exclama "que amor!" — posso ouvir sua voz aguda em minha mente. Neste momento, a sensação de queda livre se vai e um vazio se instala em meu peito.

Estamos atuando.

Ele só está cumprindo sua parte do combinado... não é? Alguns dos momentos que passamos sozinhos invadem meus pensamentos, contrariando minhas convicções cada vez mais balançadas. Olhares, gestos, gentilezas e toques. O que os explicaria, então?

Escolho ignorar a pequena chama de esperança que ameaça se acender em meu peito.

Eu já conheço essa história. E não gosto nada de como ela termina.

QUESTÃO 15

A extensão do vestuário do indivíduo é inversamente proporcional à atenção dispendida às informações sendo apresentadas.

(Certo)

(Errado)

O cheiro de cloro está forte quando entro no clube, às oito da manhã, para o simulado do TAF. Apesar do vento frio, meu corpo está quente, mesmo após os quase trinta minutos de caminhada da minha casa até aqui — bem a justificativa que usei para negar a carona de Leonardo, que comentou que viria ajudar no simulado. Encontro Amanda me esperando próximo à entrada, e ela me guia até o local de encontro dos alunos enquanto jogamos conversa fora.

Mesmo com o carro na oficina — e graças a toda a ajuda do Léo, preciso admitir —, essa foi uma boa semana: além de bater as metas de horas diárias, não perdi nenhum dia de treino; variei entre corridas na rua, treinos de força na praça e musculação na academia do prédio.

No entanto, está longe de ter sido uma semana normal. Pegando quatro dias de carona com Leonardo — do escritório para a Focus, e da salinha para casa —, acabamos passando muito tempo juntos. Sozinhos. E ainda não consigo lidar muito bem com essa proximidade.

Estar perto dele causa efeitos no meu corpo que preferiria ignorar. Tá, quem quero enganar? Sim, eu me sinto atraída por ele.

Fisicamente, quero dizer. E não é minha culpa, esse tipo de atração é incontrolável, quase que... instintiva, digamos assim.

Amanda mesmo disse que vários alunos da Focus têm uma queda pelo professor — e que muitos só não admitem que têm. Bom, não há para onde fugir quando o cara meio que preenche quase todos os requisitos de um bom partido, e ainda alguns extras.

Chega a ser irritante.

É claro que sua personalidade fria e distante — pelo menos como é conhecido por aqui — o faz perder alguns pontos, mas... pelo menos comigo, não sei identificar a partir de quando, exatamente, Leonardo tem se mostrado atencioso, prestativo e até mesmo gentil, contrariando a imagem inicial que tive dele.

Inclusive, passando tanto tempo com ele, presenciei vários de seus sorrisos.

E, *nossa*.

Se os alunos que ainda não admitem gostar dele vissem esses sorrisos... teríamos uma nova estatística.

— Bom dia, pessoal! Sejam bem-vindos ao quarto simulado do TAF organizado pela Focus Salas de Estudos. — Uma voz masculina, poderosa e professoral toma a pista de corrida, onde cerca de quinze alunos se reúnem em pequenas rodas. — Para quem não me conhece, sou o Guilherme, *personal trainer*, e vou assessorá-los hoje! — Ele abre um sorriso malicioso, encarando-nos por trás de seus óculos escuros. — Não quero ver ninguém enrolando, hein?

Meus olhos estudam o desconhecido. Seu cabelo castanho-avelã, fino, farto e curto espeta-se despreocupado por toda a cabeça, contrastando-se com o rosto liso, sem nenhum fio de barba em seu maxilar marcado. Ele veste uma regata branca com uma estampa geométrica em laranja e um short de academia azul-escuro. Os tênis coloridos destacam-se contra as meias pretas que quase chegam ao joelho, dando-lhe um ar de crossfiteiro dedicado.

No entanto, o que mais me chama a atenção é seu antebraço, imobilizado por um gesso branco novinho e apoiado por uma tipoia. É... Nada de demonstrações do professor. Entretanto, de todo modo, ele ajudará nas instruções e no julgamento da minha execução dos movimentos. Então um outro homem entra em meu campo de visão.

Observo Leonardo se aproximar de Guilherme, a regata verde-musgo fazendo um péssimo trabalho em esconder seu peitoral largo, além de deixar seus braços torneados completamente à vista. O *short* preto pelo menos tem um maior senso de profissionalismo e quase chega aos joelhos — mas não faz milagres, e suas panturrilhas seguem à mostra, mais grossas que meus braços.

— Eu te entendo, Mel. — Mandi dá três batidinhas brincalhonas nas minhas costas. — Até porque aposto que esse é justamente o motivo pelo qual aquelas ali, ó — ela indica com a cabeça um trio de garotas empolgadas, do qual reconheço apenas Daniella —, também vieram ao último treinamento. Aliás, acho que você está perdendo chances preciosas de se aproveitar mais desse colírio, viu? Se um homem desses fosse meu namorado...

Fecho os olhos e expiro o ar em uma risada silenciosa.

— Ele não é, Mandi.

— Detalhes, detalhes — ela brinca.

— Longe disso — replico.

À nossa frente, os dois professores se cumprimentam com uma batida na mão e um soquinho — sim, um *soquinho* — antes de trocarem algumas palavras. Guilherme abre um largo sorriso e, retomando sua voz de professor, anuncia:

— Como podem ver, hoje não poderei fazer as demonstrações. — ele ergue o gesso e o sacode no ar. — Mas o Leozinho, aqui — ele dá uma leve cotovelada nas costelas do amigo —, vai mostrar tudo direitinho para vocês. Eu mesmo o treinei, então não se preocupem.

Leozinho. Não consigo segurar uma risada, e os olhos safira me fuzilam de longe.

— Eles são amigos? — sussurro para Amanda.

— Sim. O Guilherme me contou, no último simulado, que

são melhores amigos desde a época do colégio. Eles malham juntos também, acho que são bem próximos.

É minha vez de encará-la:

— O Guilherme te contou, é? — em um tom exagerado, pergunto: — Tem mais alguma coisa que eu precise saber, senhorita Amanda?

Ela levanta as duas mãos, as palmas viradas para mim.

— Nada mais, juro!

— Mas você — aperto os olhos — queria que tivesse?

Ela desvia o olhar, dando de ombros.

— Não estou procurando nenhum relacionamento nem nada — diz, balançando os cachos presos em um alto rabo de cavalo. — No fim, devo acabar sendo aprovada em algum outro Estado, se tudo der certo, e esse negócio de namorar à distância não é pra mim.

Encaro-a, desconfiada, mas não tenho tempo de perguntar mais nada, porque o professor nos chama para o início da pista de atletismo. Ele nos ensina alguns alongamentos e exercícios de aquecimento. Tento, ao máximo, seguir os comandos sem precisar olhar para Leonardo, quem faz todas as demonstrações — apesar de meus olhos agirem por conta própria por mais vezes do que eu gostaria.

Ao terminarmos, tem início o simulado de verdade.

— Pessoal, o primeiro exercício oficial que faremos hoje será o teste de *cooper*. Lembrem-se: vocês têm 12 minutos para percorrer a maior distância que conseguirem. Todos vão largar juntos e, ao terminar o tempo, vejam onde pararam e quantas voltas deram, por favor. Preparados? — ele pega o cronômetro e leva o apito à boca. — E... valendo!

O som agudo chega aos nossos ouvidos e todos disparamos pela pista. Tentando simular a prova de verdade, não escuto minhas músicas durante o teste. E, nossa, como é triste correr em silêncio. Costumo montar várias *playlists* para escolher a melhor, a depender do meu humor ou ânimo do dia, e isso sempre me ajuda.

Agora, no entanto, cada passo é acompanhado apenas pelo

som da minha respiração ofegante. Tento não deixar isso prejudicar meu desempenho, seguindo firme, no ritmo mais rápido que consigo.

— Tempo! — grita Guilherme.

Paro de uma vez, levando as mãos aos joelhos em busca do fôlego que se perdeu em algum lugar entre a segunda e a terceira volta. Seco o suor que escorre na testa com a barra da minha camiseta lilás, olho as marcas no chão e calculo meu resultado: corri cerca de 2.400 metros. Com essa distância, não chego à nota máxima — por um ponto —, mas já é um bom resultado, e ainda tenho alguns meses pela frente para treinar.

Ok. Vai dar certo.

Guilherme anota nossos resultados no quadro branco, posicionado no início da pista, e logo nos chama para a prova dos cinquenta metros rasos — mais uma corrida. Dessa vez, os testes são feitos em duplas e registramos nossos tempos no quadro.

Em seguida, ele nos guia até uma porção aberta do gramado onde faremos as flexões de braço. Aguardando as orientações do amigo, Leonardo se ajoelha.

— O movimento deve ser completo — explica o professor, sinalizando com a cabeça para que Léo inicie a demonstração —, e a caixa torácica deve encostar no chão para que a repetição seja válida. Em seguida, os braços devem se esticar totalmente e, só então, você poderá dar início à próxima flexão.

Leonardo faz, com uma facilidade ultrajante e em câmera lenta, algumas repetições da flexão, atendendo a cada uma das exigências de execução previstas no edital.

Então é a nossa vez. Nós nos espalhamos pelo campo, e Guilherme passa, um por um, por todos os alunos, contando e validando as repetições, assim como dando dicas práticas de execução. Na minha vez, ele se agacha ao meu lado e, como vem fazendo com os demais alunos, pergunta meu nome.

— Ah... então é você a famosa Melissa? — pergunta, sorrindo de orelha a orelha.

Faço que sim com a cabeça. Será que Leonardo falou de mim? O que será que disse? Encaro-o, esperando que elabore, mas o professor se limita a balançar a cabeça e pedir para que eu comece.

Como a flexão de braço para as mulheres é feita com os joelhos no chão, consigo completar as mais de vinte repetições necessárias para chegar à nota máxima do teste. No entanto, não é uma tarefa fácil. Depois da metade, preciso diminuir a velocidade da execução, assim como aumentar as pausas entre uma e outra — sem sair da posição, claro. Minha respiração fica irregular e subo com cada vez mais dificuldade.

Mas não desisto até o fim, e uma chama de orgulho aquece meu peito quando termino. É gratificante ver todo o esforço que emprego diariamente gerando frutos. Ergo meu corpo e troco um sorriso com Guilherme, que me parabeniza e deixa algumas dicas antes de seguir para o próximo aluno.

O último exercício em terra firme é o de barra fixa, o terror dos candidatos, por ser o que mais os desclassifica. Seguimos Guilherme até o canto do gramado, onde se espalham barras de diversas alturas, gangorras e balanços. Ele explica o exercício e, como da última vez, pede para que Leonardo faça as demonstrações.

— Lembrem-se, o queixo precisa ultrapassar a linha da barra para que a repetição seja válida. Assim.

Leonardo dá um pequeno salto, segura com as duas mãos a barra e, como quem levanta uma pluma, eleva-se até superar, com folga, a altura desejada. Ele sustenta a posição enquanto Guilherme dá mais algumas orientações e, por fim, desce lentamente.

O instrutor pede para que ele realize algumas repetições seguidas conforme dá algumas dicas de execução e velocidade. Leonardo obedece e faz o exercício com a maior facilidade do mundo enquanto os alunos absorvem, concentrados, cada nova explicação.

À exceção de mim, que não presto atenção em absolutamente nada que não nos músculos das costas dele, marcados pela regata escura, úmida com o suor. Se, no outro dia na salinha, pensei estar no show do Magic Mike, o que é isso hoje? Pornô?

— Nove... 10! Boa, Leozinho, valeu!

Ao saltar de volta para o chão, Leonardo se afasta da barra, bate as mãos no *short* e limpa o suor da testa. Quando ele ergue a cabeça, nossos olhos se cruzam, e me dou conta, tarde demais, de que meu rosto denuncia minha estupefação. Ele curva um dos cantos dos lábios para cima, em um sorriso, antes de desviar o olhar.

— Eu disse, Mel — Mandi sussurra no meu ouvido —, esse seu *boy* magia vale ouro.

Minhas bochechas queimam, mas, como já devo estar avermelhada do esforço físico, não me preocupo em me esconder.

Dando continuidade ao simulado, Guilherme nos separa em dois grupos e cada um forma uma fila à frente de uma das barras para a realização dos testes individuais. O professor fica com o primeiro grupo, ao passo que Leonardo vem em direção ao meu.

Engulo em seco e observo, do terceiro lugar na fila, um aluno desconhecido fazer suas repetições, enquanto Léo faz a contagem e avaliação da execução do exercício. Tenho até um pouco de pena do meu colega: depois das demonstrações impecáveis de Leonardo, qualquer um ali vai parecer desengonçado, inclusive eu.

Antes de mim, Amanda faz sua tentativa. Ela usa uma caixa de madeira posicionada na lateral do equipamento para se elevar e segura a barra com ambas as mãos, já com o queixo por cima, seguindo o padrão do teste feminino, no qual não é necessária a execução completa: a candidata deve sustentar seu peso pelo maior tempo que conseguir. No caso de Amanda, exatos...

— Três segundos. — Leonardo pausa o cronômetro.

Mandi solta um risinho, indiferente ao resultado. Além de não ter TAF nos concursos de tribunais, ela me disse não se interessar em fortalecer os braços.

— Melissa — chama Leonardo.

Vou até o aparelho, posicionando-me, e olho para cima. Apesar de não ser baixinha, estou longe de dar altura para conseguir subir naquela barra sem ajuda, mesmo pulando. Miro, então, a caixa que Amanda havia usado e faço menção de levar o pé até ela e... De repente, não é mais necessário.

Em um segundo, estou no chão e, no outro, duas mãos calejadas me seguram pela cintura e me erguem, como se eu não pesasse *nada*, até a barra. Aperto o metal agora à minha frente para tentar dar um fim àquele toque, mas meu namorado de mentira demora um pouco mais que o necessário para me soltar. Pendurada, viro o rosto para trás e encaro Leonardo, que, em resposta ao meu olhar confuso, simplesmente sorri como se aquela fosse a situação mais natural possível e dispensasse explicações.

Uma arfada seguida por alguns cochichos vindos da fila onde eu estava me lembram de que estamos em público, e volto minha atenção ao exercício. Como estou deixada abaixo da barra, sou obrigada a fazer a primeira repetição e, só então, sustentar meu queixo na altura prescrita. No entanto, não vejo problema nesse esforço extra; na verdade, quanto mais, melhor.

O *bip* do cronômetro sinaliza o início da contagem. Mesmo eu tendo conseguido, em meus treinos, segurar-me por tempo o suficiente para obter a nota máxima, trinta segundos, o exercício nunca se tornou fácil para mim. Por isso, não é nenhuma surpresa quando, por volta dos vinte segundos, minhas costas e meus braços reclamam.

— Trinta segundos — diz Leonardo, com a voz serena de quem só está marcando o tempo. Antes que eu possa soltar a barra, no entanto, ele continua: — Fique mais dez.

Aperto os lábios e aceito o desafio, puxando ainda mais forte a barra. Minha respiração fica ofegante e meus músculos ardem com o esforço, mas me recuso a soltar.

— Três, dois, um... — Ele conta. — Deu!

Solto as mãos e logo meus pés chegam à areia, o alívio se espalhando por meu corpo. Balanço os braços, satisfeita.

As incertezas que me tomam quando penso nas provas teóricas não têm vez em se tratando do TAF. Isso porque o teste é, de certa forma, previsível, de modo que posso comparar as minhas métricas com aquelas exigidas na etapa e ter uma noção de como será meu desempenho. Como estou agora, se não me lesionar e puder continuar com os treinos, acredito ter uma chance altíssima de conseguir uma boa pontuação na prova.

— Muito bom, Melissa. — Leonardo estende a mão em punho em minha direção. — É só se manter assim que não terá problema nenhum no TAF. A execução foi ótima também.

Pisco para a mão à minha frente. Hoje é o dia dos soquinhos, então?

Retribuo o gesto e batemos as mãos. Ainda atordoada, caminho até Amanda, que me espera sorrindo de orelha a orelha. Paro ao seu lado, a alguns metros da barra, e me viro para ver a próxima da fila fazer sua tentativa. A garota branquinha, com os cabelos loiros presos em um rabo alto, espera ansiosa, por alguns instantes, até sua expressão murchar e ela levar o pé à caixa de madeira.

Nada de elevador para ela.

— Tratamento VIP, hein, Mel? — Mandi brinca, dançando com as sobrancelhas.

Viro o rosto, envergonhada, mas não consigo impedir o sorriso que se abre.

Apesar de não ser minha peça mais bonita, estou satisfeita por ter escolhido usar meu maiô preto para a natação. Nunca fui sócia de nenhum clube e, mesmo tendo nadado bastante até me formar na faculdade, onde tinha acesso a uma piscina semiolímpica, tenho pouquíssimas oportunidades de praticar para essa prova — isso que dá morar em uma cidade que não tem praia. E se alguém consegue se concentrar nos movimentos com um biquíni ameaçando se soltar a qualquer momento, esse alguém não sou eu.

Enquanto trocávamos de roupa no vestiário, as nuvens deram uma pequena trégua e abriram espaço para um sol ousado de fim de manhã. Bem a tempo de tornar a natação mais divertida.

Eu e Amanda entramos juntas na água morna, na porção da piscina reservada pela Focus para aquela manhã, onde cerca de metade dos alunos aproveita para dar uma relaxada enquanto os outros não chegam.

— Nossa! — reclama minha amiga, de pé e brincando com o movimento da água. — Estou morta. Ainda bem que essa é a última prova.

— Também já estou cansada — concordo, boiando de barriga para cima. — Quando fazemos os exercícios com toda essa atenção e pressão, fica bem mais difícil.

Ela concorda com a cabeça.

— E tô com fome — reclama, torcendo os lábios. — Esperta é a Priscila, que vai direto para o restaurante depois, sem ter que fazer todo esse esforço. Você vai com a gente também, né?

— Vou, sim. Hoje, pretendo tirar o resto do dia para descansar, estou precisando.

Não obtenho nenhuma resposta.

Franzindo as sobrancelhas, piso no chão da piscina, endireitando-me. Na minha frente, Amanda pisca duas vezes, encarando boquiaberta algo do lado de fora. Eu me viro na direção de seus olhos e é minha vez de ficar sem palavras. Mandi, no entanto, encontra novamente as suas:

— Caralh...

— Amanda! — interrompo-a, tapando sua boca com a mão.

No entanto, quero dizer exatamente a mesma coisa.

— "Amanda" nada! — ela se desvencilha. — Melissa do céu, isso é algum tipo de sonho lúcido?

Em nossa direção, vem o promotor.

Sem camisa.

Se a imagem dele de regata foi afrontosa... temos aqui um verdadeiro crime, então — e, se me empenhar o suficiente, posso processá-lo por ato obsceno ou algo do tipo. A luz do sol se reflete em seu torso, demarcando o contorno do peitoral firme, onde quicam, ao ritmo de suas passadas, duas correntinhas douradas, um pingente cada. Pelo visto, é, sim, possível sentir ciúmes de objetos inanimados.

Em seguida, meus olhos escapam até os músculos de seu abdome definido e me frustro por não conhecer mais sobre a anatomia humana para criar uma descrição à altura da cena para Jéssica mais tarde. Na verdade, nem sabia que tínhamos todos esses músculos na região das costelas. Mas, agora que sei, acho que eles se tornaram meus favoritos.

Leonardo continua se aproximando, os pés descalços guiando seus passos com confiança, e vejo com mais clareza seus oblíquos — sim, esses eu conheço das aulas de abdominais — e... *uau*. Essa é a tal da "entradinha". E essas veias... Como veias podem ser sexy? Tem alguma coisa errada comigo?

Com certeza.

Ele agora usa um *short* preto mais curto e, na linha da cintura, uma fina faixa branca denuncia a sunga que usa por baixo. Se ele tirar aquele *short*, vamos ter problemas.

Então é possível ter um corpo assim na vida real? Eu achava que esses físicos só existiam em filmes ou... nem sei onde.

Na verdade, sei, sim. Nos meus sonhos.

— Nossa, dá pra lavar umas boas roupas nesse tanquinho, Mel. — Amanda me tira do transe, e consigo desviar o olhar, ou sou eu quem acabaria sendo processada.

Rimos juntas, e não posso deixar de concordar com a cabeça.

Uma vez, o Sr. Concursado escreveu um *post* sobre disciplina; e um trecho marcante foi o de que, normalmente, quando alguém é — ou, melhor, se torna — disciplinado, essa aplicação reflete-se nas mais diversas áreas de sua vida.

Sem dúvida, para ser aprovado no concurso do MP, um dos mais difíceis e concorridos do país, Leonardo precisou desenvolver uma disciplina enorme para os estudos. Ele deve ter estendido essa força de vontade a outras áreas, como, talvez, para uma dieta saudável e atividades físicas constantes.

Isso explica por que, nas duas vezes em que liguei para ele, ele estava na academia; ou mesmo seu comentário de que não comia doces no dia em que montei o lanche na salinha — sou quase uma criminosa por ter maculado aquele corpo perfeito com meu bolo de chocolate. *Quase*, pois, pelo visto, não houve dano algum.

Amanda olha para os lados como quem procura algo e, de repente, murcha. Acompanho seu olhar e encontro Guilherme vindo em nossa direção, com as mesmas roupas de antes, incluindo o gesso em seu braço.

— Decepcionada, Mandi? — provoco-a, e é minha vez de quicar as sobrancelhas.

— Ah, não dispenso um bom show. — Ela tenta parecer indiferente e dá de ombros. — Mas fica para o próximo simulado.

— Então, você já presenciou o tal "show" do Guilherme antes? — faço o sinal de aspas quando digo "show", e ela assente, apertando os lábios. — Mandi, sua safada!

Guerreamos com a água até que ela ergue as mãos em rendição. Os dois amigos param à beira da piscina, e Leonardo se senta na borda, as mãos apoiadas ao lado do corpo, e afunda os dois pés na água. Ele está tão perto que preciso firmar os pés no chão para não ser arrastada por sua gravidade.

Léo ergue o olhar e me pega encarando-o.

Nós nos prendemos em um jogo silencioso de "quem piscar primeiro perde", até que ele se rende com um sorriso e abaixa a cabeça, desviando os olhos em direção à água.

— Bom, pessoal — chama Guilherme —, essa é a última prova do dia. Depois dela, almoço!

Trocamos sussurros animados, mas logo todos voltam a prestar atenção às instruções. O professor explica as regras da natação e pede para que Leonardo demonstre alguns movimentos para ilustrar as proibições — tenho certeza de que vários de nós não conseguiram prestar muita atenção à execução do exercício, inclusive eu.

Por fim, Guilherme se compromete a observar cada um dos alunos e dar dicas individualizadas, apesar de marcarmos os tempos em duplas, como nos tiros. Ele nos divide em três grupos. Como eu e Amanda ficamos com outros três alunos no segundo, esperamos no canto da piscina enquanto os primeiros se posicionam dentro d'água.

Nessa prova, cada aluno precisa percorrer cinquenta metros, em nado livre, no menor tempo possível. É similar ao teste de corrida de cinquenta metros rasos, em que precisamos dar o máximo por um curto intervalo. É do tipo que mata.

Guilherme apita e água se espalha por todo lado com o bater dos pés dos alunos. Os primeiros de cada dupla vão e voltam na piscina e, ao analisarem os visores dos cronômetros, alguns comemoram, ao passo que outros se lamentam. O professor visita aluno por aluno, dando orientações pontuais a cada um.

Agora é a vez do outro membro das duplas, que se impulsiona na parede após o agudo do apito ressoar pela piscina. Passo os olhos pelos nadadores, tentando identificar falhas ou vícios que possa corrigir em mim.

Até que algo parece estranho.

Mandi segura meu antebraço e, arfando, grita para Guilherme, à nossa frente.

— Gui, alguma coisa aconteceu com a Dani! — ela aponta com o dedo para a colega.

Sigo a direção indicada e lá está Daniela, na raia mais à direita, no meio do seu percurso de ida. Ela não avança mais, apenas bate freneticamente os braços tentando manter o rosto para fora d'água.

Sem pensar, começo a correr em direção à colega, para pular na raia mais próxima a ela e tentar ajudá-la. Entretanto, antes que o faça, sou ultrapassada por Leonardo, que, em um segundo, já está na piscina passando o braço pela cintura de Daniela. Parando de bater os braços, ela os prende atrás do pescoço de seu salvador e se deixa levar até a borda.

Solto o ar aliviada.

Neste momento, ofereço minha mão para auxiliar a garota a sair da água, o que faz com dificuldade. Ainda com uma expressão de muita dor em seu rosto e ofegante, ela tenta esticar a perna à sua frente, mas não consegue. Guilherme faz alguns testes movimentando seu pé e tenta acalmá-la, enquanto me afasto para dar-lhes espaço.

— Deve ser uma câimbra — Mandi diz, chegando atrás de mim, a apreensão transparecendo em sua voz.

Concordo com a cabeça.

Neste momento, todos pararam de nadar e assistem ao resgate, preocupados com a colega. Então, Leonardo se ergue, com Daniela outra vez em seus braços à la lua de mel, e sai, anunciando que a levará à enfermaria.

Sou obrigada a desviar o olhar.

Vê-lo se afastando com outra em seus braços faz algo arder dentro de mim. E o pior é que nem tenho o direito de me sentir assim. Ele não é meu de verdade.

Nunca foi.

QUESTÃO 16

A simulação só produz efeitos jurídicos quando perante terceiros.

(Certo)

(Errado)

Meus olhos se fecham com a claridade do meio-dia quando saio do vestiário com os cabelos lavados e a mochila no ombro, sobre a alça do meu vestido cinza de algodão. As luzes e cores dançam soltas, até que tomam forma e revelam Leonardo logo à minha frente, escrevendo algo no celular com um dos pés apoiado no muro alaranjado.

Ele veste uma bermuda bege, com dois bolsos laterais, e uma camisa cinza-clara de tecido frio e leve, a gola em "V" contornando seu pescoço adornado pelas correntinhas. Seus cabelos, escurecidos pela umidade, estão jogados para o lado e para trás; algumas mechas finas ainda se rebelam, caindo sobre o rosto corado pelo sol.

Leonardo levanta apenas os olhos e, ao me ver, ergue a cabeça. Ele me estuda de cima a baixo e vejo-o engolir em seco. Paro de andar em meio a um passo, e as pedrinhas pretas que contornam a barra do vestido imitam o som de um chocalho ao baterem contra minhas coxas. Desviando o olhar, eu me forço a seguir o caminho para encher minha garrafinha no filtro, que, conforme as instruções de Amanda, fica na lateral do prédio da academia.

Ignorando minha ignorada, ele se impulsiona com o pé e

vem em minha direção. Caminhamos lado a lado em silêncio, até que pergunto:

— Daniela está bem?

— Sim — responde, a voz inexpressiva. — Ela distendeu o músculo da panturrilha, mas nada muito grave. O médico da enfermaria fez algumas massagens e colocou uma compressa.

Depois do resgate, quando vimos que tudo ficaria bem, Guilherme retomou o simulado até que todos pudéssemos nadar pelo menos uma vez.

— Que bom — digo, apenas, apressando os passos.

Não sei por que estou brava, mas estou. A imagem de Leonardo com Daniela em seus braços insiste em me assombrar, fazendo meu peito queimar e um gosto amargo preencher minha boca. Minhas sobrancelhas apertam meus olhos e, se me conheço bem, uma expressão carrancuda toma conta do meu rosto.

Qual é, Mel? Ela não tem culpa de ter tido uma câimbra. Nem ele, por ajudar.

Em silêncio, viro à direita, entrando no beco entre o prédio da academia e o dos vestiários, e consigo ver o filtro ao fim do corredor.

— Está com ciúmes? — Leonardo pergunta, de repente, com a voz leve.

Eu o ignoro, apertando o passo, mas ele segura meu punho, obrigando-me a parar de andar. Procuro seu rosto e encontro o esboço de um sorriso ameaçando surgir em seus lábios. Desvio o olhar, torcendo para que ele não veja a resposta nos meus olhos.

— Claro que não. — *Claro que sim.* — Eu não teria motivos para isso. — Respiro fundo e minha voz sai quase como um sussurro. — Nós não temos nada de verdade. — pigarreio. — Inclusive, se você quiser terminar nosso namoro de mentira, tudo bem. Sei que já passamos muito do tempo combinado e imagino que você tenha seus... sei lá... rolos.

Assim que as palavras deixam minha boca, eu me arrependo. Até agora, não me deixei pensar muito sobre Leonardo com outras mulheres, porque... *ugh*. Dói só de imaginar. Mas ouvi-lo confirmar com as próprias palavras vai doer bem mais.

Ele solta meu punho e corre a mão pelos cabelos úmidos, sua expressão séria enquanto estuda meu rosto.

— Eu não tenho — diz, fechando os olhos e balançando a cabeça para os lados.

Quando os abre novamente, um lampejo decidido ilumina seu rosto e seus olhos são um oceano de possibilidades. Leonardo dá dois passos em minha direção e, sem que eu precise mandar, meus pés caminham para trás, tentando manter nossa distância.

Meus pés sabem da verdade. Eles sabem como verdadeiramente me sinto perto do homem à minha frente, ao mesmo tempo que sabem o que acontecerá se me aproximar. Eles tentam fugir por mim.

Mas não conseguem.

Meu coração acelera quando meu calcanhar e as palmas das minhas mãos chegam à parede do prédio branco. Meus olhos encontram os de Leonardo, que leva o antebraço à parede sobre minha cabeça e se inclina para frente. O cheiro refrescante de seu xampu me faz querer enterrar meu rosto em seus cabelos e só... respirar.

Os dedos da sua mão livre pousam em meu ombro e, queimando por onde passam, deslizam até minha mão, entrelaçando-se aos meus. Uma bomba de adrenalina explode em mim quando ele se aproxima ainda mais e, levando sua boca até meu ouvido, sussurra:

— Melissa... — O calor de sua respiração alcança meu pescoço, e os pelos da minha nuca se arrepiam em resposta. — Você sabe que... não tem mais ninguém.

O alívio me toma ao ouvir essas palavras.

Fecho os olhos e inclino meu rosto para o lado até sentir sua pele quente contra a minha. Um grunhido escapa do fundo da sua garganta quando sente meu toque, e o som faz meus joelhos bambearem.

Ele gira o rosto sobre o meu, nunca desfazendo nosso contato, até repousar sua testa sobre a minha. Ao meu redor, o clube fica silencioso, apenas o som de nossas respirações ofegantes preenchendo o vácuo.

Leonardo desentrelaça nossos dedos, e os meus, em reflexo, vão até seu braço, segurando seus músculos firmes. Em seguida, ele desfaz o contato de nossos rostos e, traçando com um dedo o contorno do meu maxilar, guarda uma mecha ainda molhada do meu cabelo atrás da orelha e descansa, por fim, a mão no meu pescoço.

Abro os olhos, e o azul-escurecido dos seus suga toda minha visão.

Não pisco.

Não desvio o olhar.

Não respiro.

A antecipação faz a adrenalina correr em minhas veias quando seu olhar toma seu tempo em meus lábios, e sinto que vou enlouquecer.

Por favor...

Ele se aproxima, parando apenas quando milímetros nos separam. Seu corpo rijo se aperta contra o meu enquanto ele estuda meu rosto, em busca de algum sinal de recusa ou incerteza. Sei que não encontra nada. Seu olhar se ilumina, e ele inclina a cabeça, aproximando-se em um movimento lento, quase imperceptível, como que me dando a oportunidade de pará-lo, se assim quisesse.

Eu não quero.

Seus lábios roçam suavemente os meus, enviando uma onda de choque por meu corpo, mas logo se afastam alguns milímetros, como se Leonardo também a tivesse sentido. Nossas respirações se fundem em um único arfar enquanto seu coração bate forte contra mim.

Neste momento, ao perceber sua própria inquietação, minhas inseguranças são ofuscadas pelo desejo. Eu quero mais. Preciso de mais. Subo minha mão livre até seu rosto, seu calor parece certo sob minha palma fria.

Nós nos olhamos, como que para nos certificarmos de que o outro está ali mesmo, que este momento é real. A gravidade entre nós se torna forte demais, e ele se inclina mais uma vez.

— ... irmos logo para o... Ah! — exclama uma voz feminina conhecida.

Abro os olhos abruptamente, assustada, e nós dois nos viramos em direção à entrada do beco, onde Amanda parou entre um passo e outro, as duas mãos cobrindo a boca.

Leonardo se afasta depressa, colocando as mãos nos bolsos da bermuda, ao mesmo tempo que saio da parede e passo as mãos pelo cabelo, em uma tentativa inútil de fingir que nada estava acontecendo.

— É... — diz Mandi, desconsertada. — Vou... te esperar ali pra gente ir pro restaurante, Mel.

Antes que eu possa responder, Leonardo diz com voz inalterada:

— Eu levo vocês.

Alguns minutos depois, estamos os três no carro. Léo dá a partida e seguimos em um silêncio constrangedor. Na tentativa de aliviar o clima, ligo o rádio e coloco minha *playlist* favorita no modo aleatório. Arrependo-me imediatamente quando o refrão de "Are You Gonna Kiss Me or Not", da dupla Thompson Square, toca nos alto-falantes. Olho para Amanda, desesperada, e ela arregala os olhos para mim de volta, apertando os lábios.

Em um segundo, inundamos o carro com nossas gargalhadas; e mesmo Leonardo, que dirige sério ao meu lado, abre um leve sorriso e balança a cabeça para os lados, em censura.

Passo para a próxima e "Dirty Little Secret", de The All-American Rejects, só serve para me lembrar da minha preferência por músicas românticas — e, bem, é estranho ouvi-las agora, logo depois de... O que foi aquilo, afinal? Um quase beijo?

Aliás, onde diabos eu estava com a cabeça?

Entre outras risadas, encontro uma *playlist* pública de músicas para malhar, e um rap pesado faz os alto-falantes tremerem. Ótimo, com isso eu consigo lidar.

Meu celular vibra em meu colo com uma notificação da amiga do banco de trás.

Amanda: MEU DEUS! DESCULPA, MEL!

Amanda: Você disse que ia encher a garrafinha, aí fui atrás de você e... ai, meu Deussss! Me conta tudo!

Viro-me para trás, onde ela junta as mãos em um pedido silencioso de desculpas.

Melissa: hahaha sem problemas, Mandi.

Melissa: Não faço ideia do que aconteceu, pra falar a verdade.

Amanda: Mas vocês estavam CLARAMENTE... você sabe.

Amanda: Vocês se beijaram?

Balanço a cabeça para os lados, olhando para ela. Mandi faz um beicinho e volto para o celular.

Melissa: QUASE.

Amanda: Ai, meu deus... SORTUDA!!! Ou melhor... seria mais ainda, se não fosse por mim! DESCULPA!!!

Amanda: Vou entender se mandarem me matar e jogar meus restos mortais no mar.

Não consigo conter uma risada.

Amanda: E não tinha ninguém para ver, né? Quero dizer, vocês não estão mais fingindo, então?

Melissa: Não sei. É... não tinha... acho que não...?

Melissa: Não sei?

Ao meu lado, Leonardo pigarreia.

— Por acaso, as duas mocinhas querem que eu desça do carro para poderem conversar melhor? — brinca.

— Ah, muito gentil da sua parte, Leonardo! — entro na brincadeira, fingindo não estar envergonhada. — Mas pode continuar dirigindo, porque estamos morrendo de fome.

Ele dá uma risada silenciosa e seguimos o percurso ao som da batida de um rap nada romântico, a única música com que consigo lidar agora.

Já estou faminta quando Leonardo estaciona o carro na rua do restaurante de comida típica mineira; uma casa tombada, estilo barroco, como as que encontramos na cidade de Ouro Preto. Nunca fui fã de feijoada, mas sempre tive uma queda por um bom tutu de feijão, uma couve refogada na hora e um frango com quiabo. Só de pensar, minha boca enche de água.

Bato a porta do carro e escuto, atrás de mim, Amanda fazer o mesmo. Caminhamos em direção à entrada do restaurante, mais leves após deixarmos as mochilas no porta-malas. Depois de dar alguns passos ao meu lado e sem qualquer aviso, Leonardo segura minha mão. Sentir o calor da sua pele contra a minha me faz perceber como queria seu toque de novo em mim.

No entanto, depois do que aconteceu no clube, nossos toques ganham um novo significado e parecem diferentes; verdadeiros, até. Será que Amanda está certa?

Independentemente das dúvidas que se acumulam, continuo caminhando. Logo, entramos no restaurante e somos guiados pela recepcionista até uma grande mesa — ou melhor, quatro mesas emendadas, de quatro lugares cada — onde uma meia dúzia de alunos e os donos da salinha estão sentados, conversando e tomando suas bebidas.

Os tios de Leonardo são os primeiros a nos ver e se levantam para cumprimentar o sobrinho. Vendo a movimentação, os demais alunos também viram suas cabeças e somos recebidos com vários cumprimentos e acenos — assim como expressões curiosas de alguns colegas que ainda não haviam nos visto juntos.

Leonardo faz um discreto carinho com o polegar em minha mão, lembrando-me de que não estou sozinha, mas o gesto não é o suficiente para impedir um calor de se espalhar por minhas bochechas.

Depois de trocarmos cumprimentos e sorrisos, nós nos sentamos nos lugares ainda vagos na porção central da mesa. Ficamos longe de Priscila, mas ela já parece enturmada com os colegas à sua volta. Leonardo solta minha mão e descansa o braço no encosto da minha cadeira, as pontas dos seus dedos delicadamente se encostando em meus ombros e mandando pequenas correntes elétricas pela minha pele.

Nossos colegas retomam a conversa, e fico feliz em contribuir quando Lara reclama sobre estar tendo dificuldades para acordar cedo:

— Tem uma coisa que me ajudava bem quando ainda não estava muito acostumada — digo, relembrando minha tática. — Eu colocava meu despertador do outro lado do quarto, aí, quando ele tocava, eu era literalmente obrigada a me levantar para desligá-lo. Depois disso, corria para o banheiro para lavar o rosto.

Rafael e Lara riem da minha ideia inusitada e vários colegas prometem tentar a estratégia. Sorrio, satisfeita. Essa convivência com pessoas que estão trilhando o mesmo caminho me faz muito bem. Não fico mais com a sensação de que sou a excluída do mundo e que todos estão curtindo suas vidas enquanto continuo estagnada.

Entre relatos, conselhos, risadas e lamentações, nós nos levantamos para entrar na fila do bufê, já bem longa.

Enquanto rio de uma das piadas da Amanda sobre o que ela faria se fosse aprovada — envolvendo nudez e lugares públicos —, Leonardo, que até então só acompanhava nossa conversa, inclina-se para a frente e pergunta:

— Quando você passar, o que vai querer fazer?

Adoro o fato de ele dizer "quando", e não "se", e abro um sorriso.

— Não sei — dou mais um passo na fila e viro-me para ele. — Talvez viajar para algum lugar? Nem lembro a última vez que aproveitei de verdade uma semana de folga, sem ser adiantando os estudos ou tirando o atraso.

— Acho que uma praia seria legal — sugere.

— Praia?

Inesperado.

— Sim. Quando passei, fiquei uma semana tomando sol em Maragogi, dormindo, caminhando, nadando. Eu nunca vi um lugar tão bonito, ainda quero voltar um dia.

A imagem de Leonardo sem camisa correndo na praia surge em minha mente sem ser convidada, mas se torna muito bem-vinda. Sorrio e concordo com a cabeça.

— Está se divertindo? — ele me pergunta baixinho.

— Claro, é muito bom conversar com outras pessoas que estão passando pelas mesmas dificuldades que eu. Ou que já passaram

— digo, olhando para ele. — Ajuda bem nessa caminhada solitária.
Leonardo pega minha mão e avançamos juntos na fila.
— Você não está mais sozinha, Melissa.

Algumas horas depois, deixamos o restaurante e seguimos em direção à casa de Amanda — apesar de ela insistir que não precisa da carona — por volta das três da tarde. Dessa vez, não preciso usar músicas pesadas para disfarçar nenhum silêncio constrangedor, o que não falta é assunto: conversamos sobre a próxima prova que ela vai prestar, sobre como Lara e Rafael pareciam estar flertando no almoço, e Mandi reclama de como seu cabelo ficou ressecado depois de todo aquele cloro.

— E o que achou do simulado hoje, Amanda? — pergunta Leonardo, olhando-a pelo retrovisor.

— Quase morri, pra variar. Mas foi bom, como sempre. — ela fica em silêncio, e então pergunta: — O que houve com o Guilherme? Com o braço dele, digo.

Viro-me para ela com minha melhor expressão de "eu sei que você tem uma quedinha pelo professor", e ela me dá um tapa, rindo.

— Ah, ele caiu da moto quando estava indo dar uma de suas aulas — Leonardo responde. — Mas não foi nada de mais, logo ele está cem por cento.

— Hmm... — ela murmura, pensativa. — Ele é *personal*, né?

— Isso, dá aulas lá na academia onde malho e também na casa de alguns alunos.

Alguns minutos depois, deixamos minha amiga e seguimos para minha casa, o que não deve levar mais do que 15 minutos neste domingo calmo.

— Guilherme tem namorada? — pergunto.

Leonardo olha para mim, mordendo o lábio inferior.

— Não. — e, voltando-se para frente, ele coça a garganta. — Por quê?

— Hmm... Será que ele e Amanda dariam certo?

Léo solta o ar e responde:

— Será? Não sei, nunca pensei nisso. — ele inclina a cabeça para o lado, parecendo fazer algumas considerações. — Talvez. Os dois, pelo menos, têm um senso de humor bem parecido.

— Vocês são muito próximos?

— Ele é meu melhor amigo. — Leonardo olha para mim, com um meio-sorriso. — Mas não sei se ele diria isso, já que tem uma vida social bem mais... agitada, podemos dizer assim, do que a minha. Ele sempre teve muita facilidade em fazer novos amigos e se relacionar com as pessoas, ao passo que eu sou mais na minha, você sabe. Ele também gosta muito de sair, principalmente para dançar forró, e eu sou mais caseiro.

Não consigo evitar um sorriso ao ouvir a palavra "caseiro". Até tive uma fase mais festeira quando adolescente, mas, agora, tudo o que mais quero é passar o final de semana em casa, sob as cobertas, maratonando programas de perseguição policial na TV, colocando a leitura em dia, aprendendo as coisas mais aleatórias no YouTube...

— O que gosta de fazer quando está em casa? — pergunto.

— Ah, nada de mais. Gosto de ler. — ele se vira para mim. — Isso, você já percebeu, né? Mas também gosto de assistir a filmes e séries... Os canais de *streaming* comprometeram ainda mais minha vida social.

Ele sorri, tranquilo, e é sem dúvida a melhor coisa que vi hoje — e olha que a concorrência foi acirrada.

— Que tipo de séries você gosta de ver?

— Assisti a *Game of Thrones* umas três vezes, apesar daquele final desastroso. — concordo com a cabeça. Foi lamentável. — Deixa eu ver... *Breaking Bad* é excelente. *Prison Break* é ótima, se você ignorar essa última temporada que eles fizeram recentemente, claro.

— Ah! Amo *Prison Break*! — interrompo. — Apesar de que eu provavelmente deveria ficar do lado dos policiais.

Ele dá uma risada baixa e diz:

— Quando quero dar uma espairecida, gosto de ver séries como *How I Met Your Mother, Friends*...

— *Friends* — repito, incrédula. Leonardo assente e não consigo conter minha animação. — Eu *amo Friends*! Se não for minha série favorita, já que é impossível escolher só uma, com certeza está no meu Top 3. Sei mais falas de cor do que deveria.

Leonardo ri, embalando o carro para subir o morro à nossa frente.

— Ainda estou na segunda temporada — diz —, mas confesso que é bem divertida, ainda mais depois de um dia estressante de trabalho.

— Ai, meu Deus. Tem *tanta* coisa pra acontecer ainda. — Viro-me para ele e balanço seu braço. — Você tem que terminar!

Ele solta outra risada e esse é oficialmente meu som favorito.

— Tá bom, Mel. Pode deixar, vou assistir.

Eu me derreto sempre que ele usa meu apelido. Dessa vez, não é diferente.

— Podemos ver juntos — ofereço, no calor do momento.

Logo me arrependo. E se ele não quiser? E se ele achar que estou com segundas intenções? *Eu*... estou?

Ou pior: e se ele *quiser*?

Continuo encarando seu perfil, atenta, esperando uma resposta. Leonardo se inclina em minha direção, até nossos olhares se encontrarem. Os lábios apenas levemente curvados, até então, dão lugar a um largo sorriso, que se abre bem em minha frente. Daqueles raros, gentis, acompanhados pelos olhos, que se enrugam nas laterais. Queria vê-lo sempre assim.

— Claro — concorda, e uma onda de alívio passa por mim. — O dia em que você tiver um tempinho, você me fala, e a gente combina. — e, voltando sua atenção à rua, pergunta: — E o que você gosta de comer quando vê TV?

— Hum... Deixa eu ver... Pipoca, sorvete, um pacote de Oreo... Doces em geral.

— Certo, bom saber.

— Você pretende me alimentar quando formos assistir? — brinco.

— Claro — responde. — Te deixar com fome deve ser perigoso.

Sorrimos, e percebo quanto é fácil e bom estar com ele, agora que nos acostumamos um ao outro.

— E como andam os estudos? — Leonardo pergunta. — Faltam uns 2 meses até a prova, não é?

— Exatos 56 dias. — solto um suspiro. — Vão bem, dentro do possível. Inclusive, você tem me ajudado muito.

— Eu?

— Uhum. Se não fosse por você, essa minha semana teria sido péssima. Não só pelo tempo que eu levaria com o carro, mas todos os atrasos que teria andando de ônibus todos os dias. Então... muito obrigada novamente.

Noto seu pomo de Adão se movimentar quando ele engole.

— Ah, isso. — Ele coça o queixo. — Não foi nada, Melissa. Quero ajudar como puder. — Ele desvia os olhos da rua para encontrar os meus. — Você já tem a tendência de se esforçar além da conta.

— Que nada, tem muito mais que eu poderia fazer — digo. Ele franze as sobrancelhas. — Mas não se preocupe, sei me cuidar sozinha.

Não é isso que venho fazendo nos últimos anos? Venho construindo uma vida que é minha, em que ninguém pode estalar os dedos e apagar tudo o que eu mesma conquistei ou ainda vou conquistar. Pode soar solitário viver assim, mas é mais seguro.

— Sei bem — ele afirma, sua voz grave. — Mas seria tão ruim assim deixar alguém cuidar de você?

Seguimos em silêncio por mais dois quarteirões enquanto

reflito sobre as palavras não ditas.

Seria ruim? Não.
Bom? Muito provavelmente.
Certo? Talvez.
Perigoso? Com toda a certeza.

Venho abaixando minhas defesas cada vez mais, perto de Leonardo, e isso me assusta. Estou longe de estar pronta para mais uma decepção, para ter minha confiança traída de novo. Ser deixada... Não saber, não controlar... Não suportaria viver tudo isso outra vez.

E, principalmente, não *agora*, com minha prova tão próxima.

Leonardo estaciona em frente ao meu prédio e, depois de ligar o pisca-alerta, seus olhos me encontram:

— Você não precisa carregar tudo sozinha, Mel.

QUESTÃO 17

Se enfermo, o indivíduo tem direito:
(a) a uma falta remunerada ao trabalho;
(b) ao cuidado domiciliar por terceiro de sua escolha.

Acordo com a certeza de que um caminhão passou por cima de mim. Duas vezes.

Minha cabeça lateja e o ar passa com dificuldade pelo nariz enquanto calafrios apostam corrida por todo meu corpo, que protesta quando tento me levantar. Concentro-me em respirar e juntar forças para, pelo menos, sentar-me na cama. Nada feito.

Desde segunda-feira, depois do treinamento no clube, uma gripe vem me assombrando. Ela chegou como um simples nariz escorrendo e alguns espirros espaçados, mas ontem os sintomas gradualmente se intensificaram. Aos poucos, fui me sentindo mais fraca e vertigens me visitaram cada vez mais; até que, ao final do dia, uma dor de cabeça insuportável me obrigou a voltar para casa direto do trabalho.

Mal tive tempo de tomar um banho antes de me refugiar sob as cobertas e cair no sono. Agora, hoje... Levo a mão à testa: está pelando.

Tudo o que eu precisava.

Meus olhos ainda custam a se abrir, então tateio a cômoda em busca do telefone. Minha mão encontra o aparelho gelado e o traz para debaixo da coberta, onde me refugio do frio que só eu sinto.

Abro a conversa com o Sr. Concursado e lhe envio uma mensagem:

> **Melissa:** Bom dia! Uma pergunta boba... Como você fazia para estudar quando estava doente? Tem alguma dica?

Não me lembro de ter visto algum *post* sobre isso na página, talvez até lhe dê uma ideia para escrever.

Rolo para o lado, fazendo meu cérebro chacoalhar na cabeça — *ugh* —, e finalmente consigo me sentar na beirada da cama.

O quarto gira em volta de mim enquanto os calafrios se intensificam e uma gota de suor frio escorre em minha nuca. Quando os móveis se fixam no lugar, eu me arrasto até a gaveta da cômoda, onde pego o termômetro. Quando ele apita, tenho meu diagnóstico: 38,5 °C de febre.

É... Nada de trabalho hoje.

Envio uma mensagem explicando minha situação para Silvio, que logo responde e me libera a tirar o dia para descansar e melhorar — e diz que, mesmo ontem, ele já havia achado que eu não parecia muito bem.

Jogo-me na cama, exausta, como se eu não tivesse acabado de dormir mais de nove horas direto. Meu estômago ronca, demandando atenção. Quando foi mesmo a última vez que comi? Mando uma mensagem para Jéssica pedindo para que ela me traga um copo de suco de laranja quando acordar e, assim que aperto "Enviar", caio no sono.

— Mel... Mel... — A voz de Jeh me chama, distante. Tento

abrir os olhos, mas eles continuam pesados. — Mel, você está bem? — acho que consigo dar um grunhido em resposta. — Eu trouxe seu suco.

Venço a batalha contra as pálpebras e encontro minha colega de apartamento sentada na beira da cama, com o copo da bebida na mão. Levanto com sua ajuda e me encosto na cabeceira, sentada.

— Obrigada, Jeh. — Quase não reconheço minha própria voz, fanha e arrastada. Pego o suco e dou algumas goladas lentas. — É só uma gripe.

Jéssica aperta os olhos.

— Você não parece nada bem, Mel. Sua ideia é que isso seja seu café da manhã? — ela faz sua pior cara de censura quando assinto. — Eu vou preparar um misto-quente pra você, ainda tenho alguns minutos.

Jeh se levanta e franze as sobrancelhas para o termômetro ao meu lado.

— Você está com febre?

Faço que sim com a cabeça enquanto tomo mais um gole do suco, rezando para que a vitamina C faça algum tipo de milagre dentro de mim.

— Vou trazer uma compressa e uma jarra de água. Você precisa comer bem, tomar muito líquido e dormir, tá entendendo? — Sob o vão da porta, ela para e me adverte: — E nem pense em estudar hoje, ouviu?

Solto um gemido de frustração, mas concordo com a cabeça outra vez — aparentemente, minha voz voltou a dormir antes de mim.

Quando minha colega sai do quarto, pego meu celular. Pisco para a tela quando vejo várias mensagens do Sr. Concursado.

Sr. Concursado: Bom dia, Melissa. Por que a pergunta, você está bem?

> **Sr. Concursado:** Tudo dependia do quão doente eu estava. Se fosse uma coisa boba, como uma coriza ou algo assim, eu tentava estudar normalmente. No entanto, se estava me sentindo muito mal — enxaqueca ou febre, ou uma gripe muito ruim —, eu tentava descansar para melhorar mais rápido.

> **Sr. Concursado:** Não tem robô estudando para concursos, tá? Se você estiver doente, foque em cuidar de si primeiro, depois você retoma a rotina.

Pelo visto, ninguém é de ferro.

Fecho os olhos. É, hoje, eu definitivamente me encaixo na categoria "me sentindo muito mal". Acho que, nem se tentasse, eu não conseguiria estudar — ou, pelo menos, aprender alguma coisa de verdade.

> **Melissa:** Está tudo bem, não se preocupe. Obrigada mais uma vez! Acho que esse pode ser um tema legal para um próximo post, talvez ajude outros concurseiros.

Antes que eu bloqueie o telefone, seu nome surge na tela:

> **Sr. Concursado:** Claro. Excelente sugestão, farei isso.

Um sorriso tímido surge em meu rosto, ainda me sinto especial sempre que ele responde minhas mensagens.

O familiar cheiro de misto-quente se esgueira em meu quarto e, logo, Jéssica entra com um prato em uma das mãos e uma jarra de água na outra.

— Pra você, querida. — Ela me entrega o café da manhã, que faz minha boca salivar imediatamente. — Já volto com a compressa.

— Obrigada, Jeh.

Dou a primeira mordida e meu corpo comemora, eu estou com *fome*.

Enquanto mastigo, meu celular se acende sobre a cama e o pego com a mão livre.

Leonardo: Bom dia, Melissa. Ainda está mal?

Meu coração, que já mal funciona direito, resolve saltitar com a mensagem. Ele ficou preocupado comigo porque ontem dispensei sua carona e vim direto para casa?

Melissa: Sim. Na verdade, dei uma piorada, então vou ficar por aqui hoje, tá?

Leonardo: O que você tem?

Melissa: Nada de mais, deve ser só uma gripe mesmo, mas hoje acordei com um pouco de febre e o corpo ruim... Vou dar uma descansada para ver se melhoro.

Aguardo alguns minutos, mas ele não responde mais. Será que já está no trabalho?

Jéssica volta com uma bacia de água e gelo e uma toalha de rosto branca e felpuda. Ela recolhe meu prato e o copo de suco — ambos vazios, muito obrigada — e me ajuda a me deitar. Eu me aconchego sob o cobertor e ela coloca o tecido molhado sobre minha testa.

— Mel, tenho que ir agora. — Sua expressão é séria e preocupada. — Seu celular está carregado? — faço que sim com a cabeça. — Ótimo. Eu vou ficar com o meu o tempo todo. Se você piorar ou precisar de mais alguma coisa, é só me chamar, tá?

— Obrigada, Jeh. Eu vou dormir um pouco agora e acho que estarei melhor quando acordar.

Espero.

— Vai estar, sim. — Minha colega sorri de leve e dá uma apertadinha na minha mão antes de ir embora.

São pouco mais de onze da manhã quando acordo. Sinto-me um pouco melhor, mas, não, nada de milagres por aqui. Tomo um copo da água que Jéssica trouxe e coloco o termômetro sob o braço. Ele apita em alguns segundos e... nada de febre.

Graças a Deus.

Respiro fundo, junto forças e, dessa vez, me levanto — devagar, mas me levanto. A cabeça ainda lateja, mas os calafrios se foram e o corpo já não está mais tão impossivelmente pesado. Na escala de um a 10, acho que fui de quatro para seis. Hoje não é o meu dia.

Vou ao banheiro e, sem me dar tempo de pensar, entro embaixo do chuveiro. Minha mãe diz que um banho é o melhor remédio — não me pergunte o fundamento científico por trás dessa afirmação, mas é um costume da família. Não coloco a temperatura muito alta e tento relaxar sob a água.

Alguns minutos depois, quando saio, sinto-me pelo menos mais limpa. Eu havia suado muito por causa da febre e dos cobertores e já estava ficando incomodada; eu *detesto* me sentir grudenta. Visto meu conjunto favorito de moletom, o camuflado. Adoro usá-lo quando vou ficar o dia todo em casa — normalmente, aos domingos. Ele é bem confortável, além de ser uma gracinha.

Enquanto escovo os dentes, minha vista se escurece quando uma fraqueza toma conta do meu corpo; mas, após me apoiar na pia e abaixar a cabeça um pouquinho, eu me recupero. Mal termino de fechar a pia quando o interfone toca.

Estranho, será alguma entrega? Caminho vagarosamente, arrastando os pés até o aparelho.

— Pois não? — digo, ainda mais fanha do que gostaria.

— Melissa. — Uma voz masculina inconfundível murmura do outro lado da linha. — Sou eu. — Ela aguarda alguns segundos. — Leonardo.

— Léo? — pergunto, mais para me certificar de que não estou alucinando do que por ter alguma dúvida de quem seja.

Silêncio.

— É... Eu trouxe um almoço pra você.

Por essa, eu não esperava.

— Pra mim?

— Sim. Imaginei que talvez você não tivesse preparado nada para comer... por conta da gripe.

Meu estômago vazio concorda com ele.

— Ah, muito obrigada. Pode subir, por favor.

O cômodo ameaça girar, mas, apoiando-me nos móveis, consigo chegar à porta. Encaro meu reflexo no espelhinho do nosso porta-chaves, na entrada do apartamento. Não é a melhor das visões, mas pelo menos eu tomei um banho. Corro as mãos pelos cabelos ainda molhados — pretendia secá-los quando o interfone tocou —, tentando colocá-los no lugar.

Abro a porta no mesmo momento em que o elevador chega. Leonardo sai e... bem, mais uma vez, ele está no meu *hall* de entrada; o terno cinza-escuro e a gravata azul-marinho combinando com seus olhos, como se ele tivesse saído direto de um catálogo de ternos da Hugo Boss.

Seu cabelo está um pouco mais comportado que o normal, por ainda estarmos no início do dia, e não sou capaz de decidir como prefiro — mas a vontade de passar a mão pelos fios para ver se são tão macios como parecem ainda persiste.

O promotor arqueia a sobrancelha com sua discreta cicatriz.

E com ele ali, parado na frente da minha porta, uma pasta de couro preta em uma mão e uma sacola de papelão do que imagino ser meu — nosso? — almoço na outra, não consigo espantar a sensação de que ele realmente se importa. Ele curva um dos cantos da boca para cima.

— Você está encarando, Melissa.

Pigarreio, disfarçando.

— Não estou. — eu me viro de lado e sinalizo para que ele entre no apartamento. — Só não estou raciocinando muito bem ainda.

— Por causa da gripe — afirma.

— Por causa da gripe — concordo.

Fecho a porta e o guio até nossa mesa vazia.

— É... — digo, procurando as palavras. — Obrigada por vir. Acho que eu acabaria almoçando algumas bananas mesmo, sabe como é.

Ele balança a cabeça, em reprovação, enquanto abre a sacola.

— Você tem que melhorar — sua voz é gentil — e não vai ser ficando sem comer.

Sento-me, resignada, em uma das cadeiras. Minhas pernas ainda estão fracas e tenho medo de me desequilibrar perto do promotor — ele acabaria achando que estou pior do que na realidade, apesar de eu não estar nenhuma Brastemp.

O cheiro de arroz, feijão e carne enche o cômodo quando ele tira duas embalagens da sacola — uma para mim e uma para ele — e duas garrafinhas, que imagino serem de suco. Colocando uma delas em minha frente, Leonardo retira a tampa e anuncia:

— Trouxe uma comidinha mais normal. — ele me olha com

expectativa. — Eu não gosto de comer nada muito pesado, frito ou empanado quando estou doente. É melhor algo mais saudável, não é?

Sorrio e concordo ao analisar meu almoço: porções de arroz, feijão, legumes no vapor, filé e uma salada verde estão organizadas nas várias divisórias do recipiente.

— Parece uma delícia, obrigada.

Assentindo, ele também abre sua refeição, igual à minha. Então junta as tampas e dobra a sacola de papelão, colocando tudo ao lado da pia.

— Talheres? — pergunta.

Aponto para a primeira gaveta no armário, e logo ele me entrega um garfo e uma faca antes de se sentar ao meu lado, como se fizéssemos isso toda quarta-feira.

Na iminência da refeição, a fome fica mais urgente e ataco meu prato.

— Muito boa, a comida. De onde é? — pergunto.

— É de um restaurante lá perto do trabalho, costumo almoçar por lá. — Ele sorri, partindo pacientemente um pedaço da carne. — Eu gosto também.

— Você está no seu horário de almoço?

— Sim. — ele endireita o corpo. — Na verdade, eu tirei o resto do dia hoje em *home office*.

Prendo a respiração. Teria sido por mim?

— Ah, sim — digo entre fungadas. — Você pode fazer isso sempre?

— Não quando tenho alguma audiência ou reunião no gabinete, mas, caso contrário, sim. — ele abre uma das garrafinhas brancas e toma um gole da bebida. — Agora, à tarde, não tenho mais nada marcado, vou só conferir alguns processos.

Se estivéssemos em um desenho animado, meus olhos estariam brilhando agora. Como eu quero um dia fazer parte disso também: abrir meus próprios inquéritos, conduzir investigações, ouvir as testemunhas... Solto um suspiro, e ele me encara, inclinando a cabeça.

— Não é nada. Só fico sonhando com o dia em que terei meu cargo também. Deve ser *tão* legal.

Leonardo sorri em resposta.

— E é. Tenho certeza de que você vai adorar. — Sua mão pousa sobre meu antebraço esquerdo. — E deve fazer um ótimo trabalho.

Ignorando o formigamento no meu braço, dou mais uma garfada e quase posso sentir as forças voltando para o meu corpo — ou tentando. Ele abre a outra garrafinha e a coloca em minha frente. Agradeço e dou um gole na bebida.

— Limonada? — indago.

Ele dá uma risada baixa, recolhendo a mão.

— Um dia, eu tinha que comprar uma pra você.

Balanço a cabeça, rindo também.

Depois de comermos, Leonardo se levanta e, ignorando meus protestos, arruma a cozinha: ele joga fora os itens descartáveis, lava os talheres, seca a pia e passa um pano sobre a mesa. Seu blazer agora descansa sobre o encosto da cadeira, e as mangas da camisa estão dobradas até os cotovelos. Ele se apoia no balcão e leva as mãos aos bolsos da calça, enquanto continuo sentada onde estava, ainda tomando o restinho da limonada.

Vê-lo ali desperta em mim uma sensação de... pertencimento? Não, não sei se é bem essa a palavra. É como se ele vir me ajudar em um momento de fraqueza não fosse um fardo, mas sim algo natural, como colocar um curativo no próprio machucado — você não se lamenta, nem mesmo considera a possibilidade de não o fazer, só... faz.

Sinto como se fôssemos parte de um todo harmônico que talvez pudesse permanecer assim, inteiro, ao invés de se quebrar em pedacinhos. Seria possível?

— Como está se sentindo? — pergunta, uma pontinha de preocupação transparecendo em sua voz.

— Melhorando... acho. — Tento respirar fundo, mas o ar entra e sai com dificuldade. — Ainda não muito.

Um pouco de energia entrou em meu corpo com a refeição, mas o nariz ainda escorre, a cabeça reclama e a cama me chama cada vez mais alto.

— Já mediu sua febre?

— Quando me levantei, há um tempinho, ela tinha passado.

Ele aperta os olhos e se aproxima. Acompanhando seus passos, minha cabeça se ergue aos poucos, até ficar quase na vertical, e, antes que eu possa perceber, a palma de sua mão está sobre minha testa. O promotor leva a outra mão sobre a própria pele, lembrando-me dos gestos que minha mãe fazia ao aferir minha temperatura.

— Hum... não sei, não, Melissa. — Ele olha ao redor. — Onde está o termômetro?

Levo minha própria mão à testa e faço uma careta: estou *quente*.

— Na cômoda, ao lado da cama, eu...

Sem esperar que eu termine a frase, Leonardo já está a caminho do quarto e logo volta com o termômetro e a jarra quase vazia. Ele me entrega o primeiro e vai até o filtro encher de novo o recipiente com água. Quando o termômetro apita, ele se vira e me encara, erguendo as sobrancelhas em uma pergunta silenciosa.

— É... 37,8 °C — digo. — Não é tão mal.

— Não é nada bom, também. Quer se deitar?

Faço que sim com a cabeça e, em um piscar de olhos, ele está ao meu lado, ajudando-me a me levantar. O promotor passa um braço por minha cintura e vamos a passos lentos até meu quarto. Um sentimento de tranquilidade me toma com a segurança de estar em seus braços.

— Não seria melhor secar o cabelo primeiro? — ele pergunta.

Ops. Tinha me esquecido.

— Sim, verdade. Meu secador está no banheiro. — Aponto para a porta.

Ele me ajuda a chegar lá e, enquanto abro a gaveta, volta para a cozinha. Quando ele retorna, traz uma cadeira e indica com a cabeça para que eu me sente. Minhas pernas não estão mesmo me passando muita confiança, então obedeço sem reclamar. Leonardo pega o secador da minha mão e, com um vento morno e brando, seca meu cabelo, passando as mãos pelos fios.

— Não precisa — protesto por meio do barulho, estendendo-lhe a mão. — Eu...

— "Eu dou conta sozinha" — ele me interrompe, alterando a voz.

— Isso foi sua tentativa de me imitar?

Ele assente, rindo, e se abaixa para falar próximo ao meu ouvido:

— Eu sei que você dá conta, Melissa. — Ele se inclina, olhando em meus olhos. — Mas posso?

Aperto os lábios e concordo. Volto-me para frente, onde encontro meu reflexo me encarando de dentro do espelho, e culpo meu estado febril pelas bochechas coradas. Pego a escova sobre a pia e desembaraço o cabelo enquanto Leonardo manobra o secador — ou corro o risco de ficar parecendo alguém que acabou de chegar de uma longa viagem em um carro conversível.

Nossos olhares se encontram pelo espelho, e ele me presenteia com um breve sorriso. Quando meu cabelo fica seco o suficiente, faço um joinha com o polegar, e Leonardo desliga o secador. Depois de ele enrolar cuidadosamente o fio e guardar o aparelho de volta na gaveta, seguimos em direção à cama. Ele levanta as cobertas para que eu me deite e, em seguida, acomoda-as sobre mim.

Eu poderia me acostumar com isso.

Meu corpo relaxa, agradecendo a segurança e o conforto da nova posição.

— Você devia dormir mais um pouco agora — ele diz.

Concordo com a cabeça, falar voltou a ser um grande desafio. Pisco demoradamente, os olhos ficando cada vez mais pesados. À minha frente, em vez de se despedir para ir embora, o promotor se senta na minha cadeira de rodinhas. Ele abraça o encosto e, descansando o queixo sobre o antebraço, gira de um lado para o outro.

— Você se importa se eu ficar aqui até a Jéssica voltar? — ele pergunta, estudando meu rosto. — Não queria que ficasse sozinha assim, você ainda não está bem.

— Não precisa, Léo — respondo. — Não quero te atrapalhar, você ainda tem trabalho para fazer hoje e...

— *Home office* pelo resto do dia, lembra? Meu computador está ali na sala, é só trazê-lo para cá... — Ele faz uma pausa, ainda girando na cadeira. — Se você permitir, é claro.

— Sim, por favor — concedo.

O promotor sorri em retorno e se levanta, caminhando em direção à porta. Quando ele está sob o batente, junto as forças para dizer, baixinho:

— Obrigada.

Ele para e se vira para mim.

— Não precisa agradecer — murmura. Meus olhos perdem a batalha contra o sono e se fecham, mas ainda escuto quando, já da sala, ele completa: — Eu disse que queria cuidar de você, não foi?

Quando meus olhos resolvem me obedecer e se abrem, levo alguns segundos para me acostumar à luz alaranjada que passa pelas persianas, criando listras na parede. Giro a cabeça, não encontro ninguém.

O silêncio no meu quarto é tal que o som dos carros acelerando na rua chegam até mim. E somente eles. Minha respiração ainda é arrastada, mas funciona, lembrando-me de que tudo bem estar sozinha; não preciso de ninguém para sobreviver.

Uso as mãos para me erguer e arrasto meu corpo para trás até apoiar as costas no travesseiro inclinado. O fato de esse mínimo movimento me deixar ofegante prova que ainda não estou muito bem.

Pego o celular, já são quase seis da tarde. Solto um suspiro. Um dia inteiro, eu perdi um dia inteiro. Abro o aplicativo do calendário e faço uma conta rápida: faltam 53 dias para minha prova.

Ótima hora para ficar doente, Melissa.

Quer saber? Nem tudo está perdido ainda. Abro o aplicativo de questões e uso filtros rápidos para selecionar algumas para resolver. Se eu ficar quietinha aqui, acho que consigo resolver umas trinta ou cinquenta delas, como revisão, assim não vou perder tanto o ritmo de estudos que venho mantendo.

Bom, é melhor que nada.

Erro as duas primeiras questões — xingando baixinho, reviso os comentários deixados pelos professores —, mas respiro aliviada quando acerto as três seguintes. Erro mais uma. E outra. Tento ler a oitava, mas a fome vem com força, atrapalhando minha concentração. Não posso culpá-la, visto que boas horas já se passaram desde minha última refeição. O almoço, que Leonardo trouxe para mim.

Sua falta se faz mais presente agora.

E eu esperava que ele ficasse aqui a tarde inteira? Encosto a cabeça na parede, fechando os olhos. Ele deve ter muitos compromissos e afazeres e, além disso, eu estou perfeitamente bem sozi...

— Acordou, Bela Adormecida?

Abro os olhos e, bem ali, sob o vão da minha porta, está ele.

A expressão suave, os lábios relaxados, o cabelo já se soltando, os primeiros botões da camisa agora abertos e as mangas ainda dobradas até o cotovelo. Uma onda de alegria me cobre só por vê-lo ali, e meus pulmões encontram um bom motivo para voltarem a funcionar. Meu corpo sabe muito bem quando tento mentir para mim mesma — e gosta de esfregar isso na minha cara.

— Acordei. — nos encaramos em silêncio. — Você ainda está aqui, então?

— Claro. Só fui até a portaria buscar... — Ele levanta uma sacola de papelão, que eu ainda não havia notado. — Isto aqui.

Minha boca enche de água.

— Jantar? — pergunto, minha voz saindo como a de uma criança pedindo pela sobremesa.

Ele faz que sim com a cabeça, uma expressão satisfeita em seu rosto.

— Eu imaginei que você acordaria com fome, então pedi um prato de um restaurante que achei aqui perto, espero que você goste.

— Imaginou certo, sr. Promotor. — Leonardo sorri. — Acho que depois de comer vou conseguir estudar melhor, meu desempenho está uma vergonha.

Sua expressão se altera abruptamente, e Leonardo fica sério.

— Estudar — repete, a voz vazia. — Você estava estudando?

— Hum... um pouquinho. — Será que não deveria? — Só resolvi algumas questões aqui, pelo celular mesmo, mas estou errando muitas.

— Melissa... — ele murmura, soltando um suspiro exasperado. — Você precisa descansar para melhorar. — o promotor se senta na beirada da cama e pousa a mão sobre meu pé, por cima das cobertas. — Estudar é cansativo e desgasta seu corpo, ainda que você não sinta: você precisa se esforçar para entender e processar as informações. Essa não é uma boa hora.

— Mas... — minha respiração fica entrecortada. — A prova está chegando, e hoje eu não consegui trabalhar nem estudar nada. — Meus olhos ardem com a névoa que se forma, mas digo: — O que quer dizer que amanhã também não conseguirei estudar direito, porque estarei atolada de tarefas no escritório. E isso sem contar que ainda estarei lerda por causa da gripe e... — um nó do tamanho de uma bola de tênis se forma em minha garganta e quase não consigo respirar. — E eu quero muito passar nessa prova, muito mesmo.

A última frase sai entre soluços e, antes que eu perceba, uma lágrima escorre em minha bochecha. Eu a seco com o dorso da mão. Ele se levanta, deixando a sacola no pé da cama, e se senta ao meu lado. Seus olhos, a centímetros de mim, são gentis e compreensivos, e não me deixam impedir as palavras de continuarem vindo:

— Eu só queria poder estudar e ter uma chance, sabe? Ainda que eu não passe, eu quero chegar na prova sabendo que eu pelo menos dei o meu melhor. Que eu fiz tudo o que pude.

Leonardo pega minha mão e a abriga entre sua própria e a cama. Uma segunda lágrima escorre em meu rosto, e me sinto nua, vulnerável.

Ele estuda meu rosto, sério. Sua própria expressão se torna um reflexo da minha dor, e é quando eu sei que ele a entende. Ele não acha que é besteira, que é exagero. Não acha que é só uma prova, não acha que é "só um dia".

Ele *entende*.

Os dedos de Leonardo tocam minha bochecha úmida e, com a parte de trás do indicador, ele seca uma lágrima que escorre pela minha bochecha.

— Eu sei, Mel. Eu sei — ele sussurra, e, por um instante, acredito que vai ficar tudo bem. — Você vai chegar preparada na sua prova, mas não desse jeito. Você precisa descansar para melhorar logo, tá?

Finalmente cedo, concordando em um aceno leve de cabeça.

Seu olhar ainda está em mim quando ele diz:

— Você não precisa dar nenhum passo hoje, Mel.

QUESTÃO 18

Segundo o Código Civil, é nulo o negócio jurídico simulado; mas subsistirá o que dissimulou, se válido na substância e na forma.

(Certo)

(Errado)

— Seu carro vai ficar pronto na segunda-feira mesmo? — pergunta Leonardo ao dar seta para sinalizar uma conversão à direita.

O álbum *Evermore*, da Taylor Swift, toca no rádio. Depois da resistência inicial, o promotor aceitou que essa fosse a trilha sonora das nossas (curtas) viagens diárias de carro, e desconfio que até tenha passado a gostar de algumas das músicas. Hoje mesmo, eu o flagrei tamborilando no volante duas vezes e cantarolando alguns trechos de *Willow*. Será que ele ouviu mesmo sem mim?

— Sim — respondo —, liguei hoje mais cedo e disseram que no final da manhã já poderei buscá-lo. Ainda vão confirmar direitinho.

Um sentimento agridoce toma meu peito. É claro que é bom ter meu carro de volta, mas já estava me acostumando às caronas de Leonardo e... meio que venho contando as horas — tá, os minutos — para cada uma delas. E hoje é nossa última.

— Quer que vá com você? — oferece, ainda olhando para a frente.

Aproveito a oportunidade para observar seu perfil. O nariz esculpido compõe um todo harmônico com o queixo marcado e a barba castanha por fazer; e por trás dos traços desenhados, Leonardo parece esconder força, seriedade e um mistério que ainda não consegui desvendar.

— Não precisa. Pego um Uber rapidinho no horário do almoço e de lá volto direto para o escritório.

— Certo. — ele olha para o retrovisor e muda para a faixa da esquerda. — Qualquer coisa, pode me ligar.

Sorrio, agradecida, mas não me deixo levar pelo excesso de zelo; não costuma acabar bem.

— Obrigada. Hum... Se precisar, te mando uma mensagem.

Uma ruga se forma entre suas sobrancelhas.

— Mensagem?

— É, em vez de ligar. — dou de ombros. — Eu detesto fazer ligações.

— Uma advogada que detesta fazer ligações. — ele abre um meio-sorriso. — Interessante.

Dou um tapa de brincadeira em seu braço.

— Eu ligo quando é estritamente necessário, ou uma emergência, sei lá. Mas, em geral, prefiro resolver tudo o que for possível por mensagem ou *e-mail*. Você precisava ver como foi difícil trocar o meu plano de saúde por *e-mail*. — Hesito. — Ou melhor, foi impossível: eu tive que acabar ligando, de toda forma.

Leonardo ri ao meu lado.

— Imagino. — Balança a cabeça, sorrindo. — Tudo bem, pode me mandar uma mensagem se precisar de algo. Vou ficar com o celular em mãos.

Um bocejo chega desavisado, mas aproveito para dar uma espreguiçada e estico os braços no máximo permitido pelo meu blazer de alfaiataria verde-escuro. Uma espiada no visor do rádio me diz que ainda são nove e meia da noite, e Léo está me levando para casa depois de termos passado cerca de três horas na salinha.

— Cansada?

— Muito. — Torço os lábios. — Imagino que as mulheres da

minha idade devam estar se arrumando para sair nessa bela sexta-feira. Já eu... Tudo em que consigo pensar agora é a minha cama, em dormir.

— Não é assim, Melissa — ele diz, a voz gentil. — Você só está passando por uma fase de maiores restrições, com sua prova chegando e ainda tendo que conciliar tudo com o trabalho no escritório e os treinos.

Paramos em um sinal vermelho, e ele se vira para mim.

— Daqui a pouco mais de um mês, isso tudo vai ter acabado, e você até terá energia para sair toda sexta-feira à noite.

Uma chama de esperança esquenta meu peito, mas logo é apagada por um vento forte:

— Mas... e se eu não passar?

Leonardo se vira para frente quando uma luz verde ilumina seu rosto, e, com o semblante sério, arranca o carro.

— Ainda assim... não estando com outra prova marcada, você poderia reduzir um pouco a carga horária, para seguir estudando em um ritmo mais sustentável. — Ele leva a mão direita até a minha e a aperta antes de soltá-la, enviando uma onda de calor pelo meu braço. — Mas isso não vai acontecer. Não gaste seu tempo e energia construindo cenários negativos, tá?

Molho os lábios e concordo com a cabeça.

Na verdade, faço mesmo muito isso. A todo momento, as piores situações possíveis se reproduzem como um curta-metragem na minha mente. Nela, eu já cheguei atrasada e perdi a prova; já levei a caneta de cor errada e uma sem tinta. Já deixei o celular no bolso da calça e fui expulsa ao passar pelo detector de metais do banheiro; já me esqueci de levar água e fiquei com sede o tempo todo; já troquei várias questões certas ao passá-las para o gabarito...

Enfim, tudo o que pode dar errado no grande dia já deu na minha imaginação. E um pedaço do meu sonho morreu em mim em cada um desses cenários.

Não falamos nada por um tempo, apenas o som de "Cowboy Like Me" preenchendo o silêncio do carro.

— E amanhã? — Leonardo pergunta.

— O que tem amanhã?

— Quais os seus planos para amanhã? — Ele coça a garganta, mantendo os olhos firmes na pista. — Se você tem algum, quero dizer.

— Hum... Vou correr às seis e vou estudar na salinha de oito até por volta das cinco ou seis da tarde. Depois... não tenho nada.

Ele assente. Ficamos em silêncio enquanto tento parar de remexer as mãos no colo.

— Quer sair comigo? — ele convida. *Real oficial.*

Dessa vez, não tenho o que argumentar para meus pulmões, que se esquecem de fazer seu trabalho.

— Eu e você?

Leonardo ainda olha para a frente e, ao ouvir minha resposta, seu maxilar se tensiona.

— Sim, talvez irmos jantar em algum lugar. — ele hesita. — Se você quiser, é claro.

— Sem termos que fingir pra ninguém? — a pergunta escapa de meus lábios sem que eu tenha tempo de refletir.

Ele desvia o olhar da estrada por tempo suficiente para encontrar o meu.

— Melissa... — Leonardo se volta de novo para a frente, a testa encrespada, e murmura: — Se você ainda está com essa dúvida, então não estou fazendo um bom trabalho.

Mil pensamentos colidem na minha cabeça.

De repente, estou no topo da maior subida de uma montanha-russa, a cidade se espalhando sob mim. Começo a descer sem freios quando percebo que os momentos mais marcantes que passamos juntos, de fato, foram quando estávamos sozinhos: nosso... hum, incidente?, após o simulado do TAF no domingo; ele vir correndo me socorrer quando meu carro estragou no meio da rua ou quando fiquei doente; minha caneca favorita, do "já deu seu passo hoje?"... Tudo isso sem mais ninguém para ver.

Sem motivos para fingir.

Leonardo estaciona o carro, e me impressiono quando meu prédio aparece do lado de fora — que tipo de teletransporte foi esse? Eu me preparo para sair, mas, diferentemente das demais noites em que me trouxe em casa, quando só encostava para eu descer, dessa vez ele puxa o freio de mão, tira também o próprio cinto e aciona o pisca-alerta.

E então se vira para mim.

— Me diga, Melissa. — Seus olhos estão fixos nos meus. — Qual seria o meu motivo para fazer... — ele entrelaça nossos dedos e deixa um beijo no torso da minha mão, seu olhar ainda prendendo o meu. — Isso?

O calor de seu toque espalha-se, esquentando meu peito.

— Eu... — as palavras me fogem.

Lendo minha expressão, ele se inclina para a frente, seu perfume me inebriando, até que seus lábios sussurram em meus ouvidos:

— Só estamos nós dois aqui, certo?

Concordo com a cabeça, em um movimento mínimo, e posso sentir seu sorriso contra mim.

Ele continua:

— Então qual seria o meu motivo para te tocar... — ele encaixa o rosto na curva do meu pescoço e inspira demoradamente, meus olhos se fechando em resposta. Logo após, sua expiração quente dispara arrepios em meu corpo, enquanto o beijo que ele deixa ali faz minha pele formigar. Sua voz sussurra: — ... assim?

Leonardo recua apenas o suficiente para ficarmos de frente um para o outro. Abro os olhos e encontro os seus, fixos em mim. Neles, brilha uma luz selvagem. Sua mão desliza pela lateral do meu rosto, o polegar acariciando minha bochecha.

Ali, sob seu olhar atento, meu coração retumba em meus ouvidos, calando o mundo à minha volta. Nós nos encaramos por alguns instantes, eu ainda sem encontrar as palavras para respondê-lo — ou ousar dizê-las, não sei ao certo.

Ele estuda meu rosto, milímetro por milímetro, parando,

enfim, em minha boca. Como em resposta, meu olhar também repousa em seus lábios, que se aproximam. Minhas pernas tomam a consistência de uma gelatina — agradeço por não estar de pé — e meus olhos se fecham em antecipação.

Consigo sentir seu calor cada vez mais próximo, sua respiração acelerada se unindo à minha.

Ele para. Meu corpo todo protesta, mas permaneço imóvel. Leonardo solta uma longa e entrecortada expiração e balança a cabeça para os lados, em um movimento mínimo. Sua mão desce por meu pescoço e... E então ele se afasta.

Nossos olhos travam uma de suas conversas próprias quando se reencontram. A melodia de uma música que já ouvi centenas de vezes é o único som que compete com nossas respirações aceleradas dentro do carro. Nem sequer consigo reconhecê-la. Não consigo pensar em nada que não seja o homem à minha frente. Ele recolhe a mão que ainda estava em meu pescoço e a leva até a minha, entrelaçando nossos dedos.

— Mel — ele murmura, seu olhar ainda prendendo o meu. — Sério que ainda não percebeu que eu tô louco pra te beijar?

Ao ouvir essas palavras, alguma chave se gira por aqui, fazendo meu corpo agir por conta própria. Quando me dou por mim, minha mão está em seu pescoço, puxando-o para perto, de onde ele nunca deveria ter saído.

Curvo a cabeça enquanto me inclino para frente, até nossos lábios se encontrarem em um leve roçar. O mínimo contato é suficiente para excluir por completo o mundo à minha volta e todas as implicações do que está acontecendo.

Um grunhido escapa de sua garganta e Leonardo leva a mão até meu maxilar, aprofundando nosso contato em um beijo que desperta sensações inomináveis por todo o meu corpo. Em resposta aos seus toques, eu me sinto em um avião que, passando por uma turbulência fortíssima, cai de súbito, por alguns segundos, até se firmar novamente.

É, estou em queda livre, só pode ser isso.

Tentando me segurar — e porque sonho com isso desde o primeiro dia em que o vi —, enterro minha mão nos seus cabelos, correndo meus dedos pelos fios tão macios quanto imaginei. Ele encaixa a mão no meu pescoço e me traz para ainda mais perto, circulando-me com seu outro braço.

Um beijo nunca foi tão certo antes. Sim, clichê dos clichês, mas é a única frase que faz justiça à realidade: estar com ele é *certo*. Ao mesmo tempo que totalmente novo, imprevisível e excitante, é também familiar, seguro e tranquilo, até.

Ele se afasta — contra minha vontade, diga-se de passagem — e, arfando, busca meus olhos. Suas safiras, escuras e pesadas, aprisionam a imagem de mim mesma, refletem e parecem estudar cada detalhe do meu rosto. Com a ponta dos dedos, ele traça meus contornos, como que tentando se convencer de que estou mesmo ali, de que é real, e então sussurra, sem tirar seus olhos dos meus:

— Eu quero te beijar há tanto tempo, Melissa... — Ele abriga meu rosto entre suas mãos e, com o polegar, acaricia meus lábios. — Acho que ficaria louco se precisasse esperar mais um dia.

Pouso minha mão em seu antebraço e percorro o caminho por sua pele quente até chegar a sua nuca, trazendo-o em minha direção. Atendendo ao meu pedido silencioso, Léo envolve meu tronco com seu braço e me puxa para si, dessa vez reivindicando minha boca com mais urgência, como se esperasse por isso há tempo demais. Seu toque é delicado e cuidadoso, mas seu beijo, faminto.

Nos seus braços, o peso que normalmente esmaga meus ombros desaparece. Não sei se porque deixa de existir ou porque Leonardo me ajuda a carregá-lo, com seu carinho e seu cuidado de sempre. Com ele, pelo menos neste instante, não preciso mais sonhar sozinha, lutar sozinha nem seguir sozinha.

Porque ele está comigo.

Como que concordando com meus pensamentos, seus toques me fazem uma promessa silenciosa.

Dessa vez, mesmo com medo do que virá em seguida e do quão despedaçada eu ficaria caso ele não a cumprisse, decido que vale a pena acreditar. Que *ele* vale a pena. Se for para alguém me quebrar em pedacinhos, a ponto de não ter mais volta, que seja o homem à minha frente.

Aos poucos, desacelero nosso beijo e, ainda ofegante, eu me afasto o suficiente para perguntar:

— Você quer subir? — minha voz, rouca, quase falha. — Não é bom ficarmos no carro aqui à noite e...

Leonardo passeia com os lábios pelo meu maxilar e desce minha garganta, deixando beijos por onde passa — e, a mim, sem fôlego outra vez. Deveríamos ter feito isso *bem* antes.

Ele nega com a cabeça, ainda contra minha pele, e sussurra:

— O que eu mais quero, Melissa, é subir com você. — Sou presenteada com novos beijos no caminho de volta, até o canto da minha boca. — E passar a noite toda com você. — Meus pelos se arrepiam com a confissão, que soa como mais uma promessa. — Mas, hoje, não. — ele me beija novamente sobre os lábios, e o desapontamento causado por suas palavras briga com o calor de seu contato. — Hoje você precisa dormir.

Faço uma careta. Consigo listar várias outras coisas de que preciso — e dormir está *bem* no final da lista. Um sorriso malicioso surge em seu rosto.

— Não me olhe assim. — Ele exala o ar com força. — Já estou usando toda a força de vontade que tenho para ir embora.

— Fácil, só não ir! — Faço um beicinho, puxando sua correntinha dourada com a ponta dos dedos.

Mal pisco e ele está mordiscando meu lábio inferior.

— Eu disse que nunca te atrapalharia, não disse? — sussurra, puxando-me para mais um beijo.

Quando nos afastamos, tomo fôlego.

— Isso é o oposto de me atrapalhar.

Ele me recompensa com um sorriso e acaricia minha bochecha com a ponta dos dedos. Não sabia que um carinho tão inocente poderia ser tão bom.

— Amanhã, não quero que atrase seus estudos por minha causa. — seu polegar roça meus lábios. — Você quer acordar cedo, não é?

Se precisar, nem durmo.
Fecho os olhos.
— Sim — respondo, resignada.
— Não precisamos ter pressa. Temos todo o tempo do mundo.

Solto um suspiro e, inclinando-me para a frente, encaixo meu rosto na curva de seu pescoço, absorvendo seu perfume tão único — e agora entendo por que Mia Thermopolis falava *tanto* sobre o cheiro do pescoço do Michael.

Não consigo conter um sorriso quando sou surpreendida pelo som de seu coração batendo acelerado contra o peito e percebo que não sou só eu que pareço estar correndo uma maratona por aqui. Ele desliza as mãos por meus cabelos, aconchegando-me no que está muito perto de ser minha nova posição favorita.

— Mas amanhã à noite — ele quebra o silêncio, a voz firme —, quando der seu horário de saída, podemos continuar, tudo bem? — faço que sim com a cabeça, os olhos ainda fechados, aproveitando meus últimos instantes do seu cheiro, que agora me estragou para qualquer outro perfume. — O que gostaria de fazer?

Ah, o que eu gostaria de fazer...

A memória de uma de nossas muitas conversas no carro me vem à cabeça, então me afasto para encontrar seu olhar.

— O que acha de uma maratona de *Friends*?

Ele solta uma risada, como se aquela fosse a última sugestão que esperava.

— Não prefere sair para algum lugar? — diz. — Podemos ir jantar, tem um japonês ótimo aonde eu queria te levar...

— Sim, podemos. — é minha vez de dar o sorriso malicioso.
— Mas não amanhã. Normalmente, sábado à noite fico bem esgo-

tada, e o que mais quero fazer é me jogar no sofá, comer alguma coisa gostosa e assistir a algo relaxante.

Leonardo me puxa para si.

— Entendo. — Ele deixa um beijo no topo da minha cabeça. — O que você quiser, eu quero também.

Meu cérebro tem milhares de ideias, mas me contento em assistir a alguns episódios de uma das minhas séries favoritas nos braços do homem mais lindo deste planeta. É bom o suficiente. Mais que bom.

Ele continua:

— Quer ver aqui ou na minha casa?

— Pode ser na sua? Jéssica costuma ver programas de arquitetura com o namorado nos sábados à noite.

Eu me afasto e me ajeito no assento. Meu corpo precisa funcionar direito para eu conseguir chegar ao elevador.

— Claro. Podemos pedir algum *delivery* e eu faço uma sobremesa para a gente, o que acha?

— Achei que não comesse doces.

— Normalmente, não. — Leonardo dá um sorriso hesitante. — Mas abro exceções em situações especiais.

Encaro-o por um segundo, antes de dizer:

— Acho que vou contrabandear uma barra de chocolate. Não sei se confio nas suas habilidades culinárias.

Ele dá uma de suas raras risadas, das que transformam todo o seu rosto.

— Pode ficar tranquila, tenho um pacote de Oreo de *backup*. Mas você vai gostar da sobremesa que vou fazer também.

— Veremos. — desafio, dando uma piscadinha.

Ele balança a cabeça, ainda sorrindo.

— A que horas quer que te busque?

— Não precisa, eu peço um carro por volta das sete.

Leonardo solta um suspiro resignado e juro ter murmurado algo relacionado à minha teimosia antes de ceder.

— Tá bom. Te mando o endereço por mensagem, então.
Há algo diferente em seu olhar, sua expressão é leve, serena.
— Combinado. — Levo a mão até a maçaneta, pronta para abrir a porta, mas não resisto e dou uma última espiada, virando-me para ele. — Te vejo amanhã?
Antes de responder, ele me puxa pelo punho, até unir nossos lábios em um beijo de despedida.
— Claro. Boa noite, Melissa. — Ele se inclina ainda mais em minha direção e sussurra em meu ouvido: — Tenha bons sonhos.
Eu me arrepio inteira.
Ah, se eu vou ter.

QUESTÃO 19

A refeição de um terceiro será sempre melhor que sua própria, salvo se houver intercâmbio entre as partes.

(Certo)

(Errado)

— Você está praticamente saltitando, Mel. — a voz de Jéssica me pega de surpresa quando cruzo nossa sala.

Eu estranho vê-la sozinha de pijama, em frente à bancada, preparando algo para comer em uma sexta à noite. Antes que eu possa perguntar algo, no entanto, ela insiste:

— Anda, desembucha. — Jeh quica as sobrancelhas. — Algo me diz que isso tem a ver com o promotor bonitão.

O sorriso que me acompanhou desde o carro se alarga em meu rosto.

— Tão óbvio assim?

— Estampado na sua cara, amiga. — Voltando-se para a maçã que pica no prato, demanda: — Fala logo!

Aperto os lábios.

— Então... — brinco com a alça da minha mochila. — Meio que nosso namoro de mentira deu um pequeno passo em direção a um verdadeiro.

— Ai, meu Deus! — Jéssica dá um gritinho e larga a faca na bancada, agarrando-me, entre pulinhos animados, em um abraço apertado. — Eu sabia que esse homem estava caidinho por você,

Mel! Me conta todos os detalhes!

Pego uma maçã na fruteira para mim também e, depois de picá-la, nós nos sentamos no sofá com os pratos no colo. Conto tudo para a minha amiga, que assente vigorosamente a cada nova informação e me enche de perguntas indiscretas que me recuso a responder.

— Ai, não acredito que ele não subiu! — Jéssica reclama. — Mas é mesmo um *gentleman*.

Rimos juntas enquanto meus olhos vagam até a porta do meu quarto, onde quase consigo vê-lo comigo.

— Nem me fale, Jeh. — Faço um muxoxo. — Mas, no fim, é melhor assim. Aí, quando as coisas derem errado, pelo menos não vou ter atrapalhado meus estudos, ainda mais faltando pouco mais de um mês para minha prova.

Minha confissão me rende um tapa no braço.

— Ou! — reclamo.

— Sempre otimista, não é? — Ela ativa seu modo "mãe dando bronca". — Você poderia, *por favor*, pelo menos dar uma chance direito para o cara? Diferente daquele Zé Ruela, que eu nunca aprovei pra você, esse aí parece ser um bom partido, gato... — ela faz uma pausa dramática. — E com certeza muito bem-dotado, se você me perguntar.

— Jeh! — solto uma risada, arremessando uma almofada em sua direção.

Ela se protege com as mãos e continua, inabalada:

— Não tenho culpa, Mel. São observações objetivas e científicas: não tem como um bonitão como ele deixar a desejar no instrumento. — Ela aperta os olhos na minha direção. — Duvido que você não esteja imaginando aí, nessa sua cabecinha, aquele pedaço de mau caminho bem como veio ao mundo.

Jogo outra almofada contra minha colega de apartamento, que se defende entre risadas.

— Escolho exercer meu direito de silêncio, Jéssica — digo,

enquanto Leonardo desfila sem camisa nos meus pensamentos. Precisando desesperadamente de uma mudança de assunto, pergunto: — E você, o que faz sozinha aqui em plena sexta à noite?

Um suspiro pesado chega até mim e muda todo o clima da sala.

— Ai, amiga... — Sua voz perde toda a animação. — Eu e PH tivemos um pequeno... desentendimento, então vim embora esfriar a cabeça.

— O que houve? — indago, preocupada.

— Ah, essa coisa toda de abrir nosso próprio escritório... — ela passa a mão pelos cabelos e a descansa outra vez sobre a almofada em seu colo. — Não sei se é pra mim.

— Mas vocês estavam tão animados! Por que não?

Ela desce o olhar para as mãos e mexe nos bordados com os dedos.

— Você me conhece. — ela dá um sorriso triste. — Não curto muito essa coisa toda de fazer hora extra, trabalhar aos finais de semana, nem nada disso. Gosto de ter um tempo livre, descansar, aproveitar a vida...

Isso é verdade. Jéssica sempre foi adepta à lei do menor esforço. Desde o colégio, ela costumava estudar apenas o estritamente necessário para ser aprovada e, mesmo sendo muito inteligente e aprendendo os conteúdos em velocidade recorde, ela sempre passava na média. Como arquiteta, ela é — além de muito talentosa — muito competente, mas o principal ponto para ter aceitado seu trabalho no escritório foi ter horas fixas.

— E o planejamento do novo escritório está lhe tomando muito tempo?

— Nossa, você não imagina. — Ela suspira, recostando-se entre as almofadas. — Hoje mesmo, em plena sexta-feira, o PH queria me encontrar para fecharmos as planilhas com todos os orçamentos e fluxos de caixa, para podermos escolher uma data oficial de abertura e... isso levaria horas, Mel, ou mesmo a noite toda. Por que não podemos deixar isso pra segunda? — seus olhos se enchem de lágrimas, e isso aperta meu peito. — Não quero ser escrava do trabalho desse jeito.

Assinto. Até eu, que tenho uma rotina difícil, entendo.

— Mas você *quer* ter o seu próprio escritório, Jeh?

— Querer, eu quero, Mel. Ia ser incrível poder fazer tudo do meu jeito, sabe? Ver meus projetos, cem por cento meus, ganharem vida. Mas, sei lá... — ela corre a mão pelo rosto. — Sinto que preciso pagar um preço alto demais, sabe? Não sei como você consegue comprometer tantas horas do seu dia pra estudar além do seu trabalho no escritório.

— Sabe, Jeh, uma vez eu li um texto do Sr. Concursado sobre disciplina em que ele explicava que ter disciplina é o mesmo que ser livre. — uma linha de confusão surge entre as sobrancelhas de Jéssica. — É sério. Só com disciplina, esforço e trabalho duro e constante é possível realizar aquilo que quer de verdade. Por exemplo, se você quer aprender uma nova língua, ser livre é justamente conseguir se sentar todos os dias para estudá-la um pouquinho e, em algumas semanas, conseguir formar suas próprias frases.

Cruzo as pernas sob meu corpo e explico:

— Eu sei que é o contrário do senso comum, mas liberdade não é ficar o dia inteiro deitado no sofá vendo TV; porque isso, na verdade, só te levaria ao destino contrário àquele para o qual realmente quer ir, sabe? E, no fim, uma vida sem esforço e compromisso só resultaria em muitos arrependimentos e frustrações.

Ela morde os lábios, ainda olhando para baixo.

— Com o Sr. Concursado, aprendi que a verdadeira liberdade é aquela que permite você escolher o seu destino e se libertar daquelas tentações momentâneas que querem te tirar do caminho, sabe?

Pego sua mão, e Jéssica ergue os olhos.

— Eu sei que na maior parte do tempo, ou quase sempre, sentar na cadeira e estudar ou trabalhar em um projeto extra, depois de já ter passado tantas horas no escritório, é um verdadeiro saco e extremamente exaustivo... Mas não é isso que vai te levar para onde você quer?

Assentindo, ela se recosta ainda mais no sofá, deitando a cabeça para trás.

— E será que você e o PH não merecem essas horas extras até conseguirem abrir as portas e se estabilizar? — ela respira fundo, pensativa. — Quando saírem do escritório e estiverem apenas com o próprio negócio, conseguirão se organizar melhor. O trabalho será muito e puxado, mas vão fazer tudo por vocês mesmos, não é? Vai poder planejar e executar tudo do seu jeito. Seus clientes vão ser uns sortudos!

Ela ergue a cabeça e solta um suspiro resignado.

— Esse Sr. Concursado daria um ótimo *coach* motivacional.

Dou um risinho.

— Ele é incrível, né?

Um sorriso preguiçoso surge, aos poucos, em seus lábios.

— Tá bom, Mel, você venceu. — Ela se levanta e vai até a pia deixar nossos pratos vazios. — Vou conversar com o PH e vamos nos acertar. Vou marcar com ele para continuarmos os trabalhos aqui amanhã.

Sorrio de volta.

— Bom mesmo. Quando for delegada, vou encomendar em algum lugar incrível feito por vocês!

Perto do meio-dia do sábado, a fome chega, e, no horário combinado, eu, Amanda e Priscila vamos à copa almoçar. Ao entrarmos, encontramos Alexandre e Rafael comendo no balcão. Trocados os devidos cumprimentos, vamos até o micro-ondas para esquentarmos nossas marmitas, Mandi primeiro.

— Uma vida de *glamour*! — brinca Amanda, apontando com a cabeça para seu omelete.

Todos na sala riem.

— Concurseiro não tem disso — diz Priscila, tirando sua marmita da bolsa térmica —, mas, quando for concursada, não vou querer comer da minha comida tão cedo. — Ela torce os lábios. — Nunca fui boa na cozinha, preparando tudo com pressa, então...

— Acho que você terá dinheiro para ir a um bom *self-service* todos os dias — Rafael comenta entre uma garfada e outra de seu próprio almoço.

Todos concordamos, sorrindo. Um quentinho toma meu peito: cada um aqui, à sua maneira, esperançoso por um futuro pelo qual está lutando, apoia o outro em sua própria jornada.

Quando o micro-ondas apita, Mandi pega seu porta-marmita e senta-se no pufe — aparentemente, seu lugar favorito na copa. Em seguida, Priscila também esquenta a sua e se senta ao lado de Rafael, no balcão. Coloco a minha no aparelho e, enquanto ela gira lá dentro, um reflexo na superfície espelhada do eletrodoméstico faz com que eu me vire de uma só vez, o sorriso se alargando no rosto.

— Boa tarde, pessoal — Leonardo cumprimenta os alunos.

Ele pousa seus olhos em mim, curvando os lábios para cima, e abre a geladeira para pegar uma bandeja de sushi — *yummy*.

O sushi, claro.

— Seu almoço? — pergunto, espiando as peças.

Ele assente.

— Hum... Você sempre come japonês?

— Nem sempre — responde, retirando o plástico filme que envolve a comida. — Normalmente, quando não tenho tempo ou paciência para preparar alguma coisa.

Leonardo analisa meu rosto, e seu olhar salta para o micro-ondas.

— Você trouxe uma marmita?

— Como sempre — respondo, enrugando o nariz.

— Quer trocar? — oferece.

Pisco duas vezes.

— Trocar?

Ele faz que sim com a cabeça.

— Eu... — *Quero, muito!* — Não. Pode deixar, você não ia gostar da minha comida. Fiz o que pude com os ingredientes que tinham sobrado da semana, mas não sou das melhores cozinheiras.

— Que nada. Tenho certeza de que vou gostar. — ele sorri. — Depois de anos comendo a comida da minha mãe, sou capaz de comer até pedra, hoje em dia, e gostar.

Não consigo conter uma risada.

— Sua mãe não cozinha bem?

Leonardo ri baixinho.

— Nem de longe.

O micro-ondas apita e ele se adianta, abrindo a porta. Antes de pegar meu prato quente, Leonardo me entrega sua bandeja, já desembalada, e os hashis. Tento negar mais uma vez, mas ele insiste com um movimento de cabeça.

— Obrigada. — Sorrio, ao mesmo tempo rendida e satisfeita. — Adoro sushi.

— Claramente — provoca. — Eu, com certeza, teria uma baita dor de barriga por causa do seu olho gordo.

— Ou! — protesto, dando um soco leve em seu braço.

Hello, tríceps. Saudades.

Ele se encolhe, fingindo sentir dor, mas não consegue conter a risada — meu som favorito, o retorno. Nós nos encaramos, sorrindo como bobos, até que sinto os olhares arregalados de todos os meus colegas sobre nós dois. Eu me contenho — talvez tarde demais —, vou em direção ao pufe e me sento perto de Amanda, que me encara com um sorriso malicioso.

Leonardo logo ocupa o lugar ao meu lado, seu peso sobre o pufe disforme fazendo com que eu deslize até ele — não que eu vá reclamar nem nada disso. As laterais de nossas pernas se encontram, assim como nossos braços, e o calor de seu corpo espanta o frio que trouxe comigo da salinha. Meu coração, é claro, decide ser essa uma boa hora para dançar cancã no meu peito.

Ficamos assim, praticamente grudados, enquanto ele come o que seria meu almoço — arroz integral, sobrecoxa desossada, moranga cozida e couve refogada — e eu me delicio com minha comida japonesa.

— Acho que essa é a melhor coisa que já comi na minha vida — digo, entre uma peça e outra.

Ele dá um risinho silencioso.

— Sua comida também não é nada mal, Melissa.

Neste ponto, ninguém mais está disfarçando; e os quatro concurseiros, incluindo Amanda, nos encaram descaradamente, suas expressões em algum lugar entre o espanto e o divertimento.

— Vocês estão namorando? — Alexandre pergunta, do nada.

Eu me engasgo com um sushi.

— Sim — responde Leonardo, com uma naturalidade que eu jamais conseguiria ter.

Viro-me para ele, meus olhos perguntando "o quê?". Ele apenas sorri e completa, montando distraidamente uma nova garfada:

— Há algumas semanas, já.

Ah, *esse* namoro.

QUESTÃO 20

No caso de bem indivisível e infungível, a impossibilidade de sua fragmentação ou substituição implica na necessidade de permanência da coisa inteira com o usufrutuário.

(Certo)

(Errado)

— Bem-vinda à minha humilde residência. — Leonardo abre a porta de seu apartamento no início da noite, e me deparo com uma versão casual dele.

O terno dá lugar a uma bermuda bege-clara, um sapatênis marrom e uma camisa preta básica. Espreitando sob a gola em "V", está sua correntinha dourada, que me faz inveja vez e outra.

— Michel Teló? — brinco. — Sério?

Ele dá de ombros.

— Não sei sobre a música, mas a expressão veio para ficar.

Balanço a cabeça, rindo.

— Se você diz... — murmuro, passando pela entrada.

Fico em silêncio, absorvendo o ambiente à minha volta. Não aparenta ser um apartamento muito grande; ainda assim, é bem maior do que o que eu teria se morasse sozinha. Ainda na sala, sou recebida por uma estante embutida que cobre por inteiro uma das paredes.

Eu me aproximo para analisar os livros, ansiosa por conhecer mais daquele homem. Leonardo me acompanha com passos leves enquanto corro os olhos pelas lombadas. Na primeira parte da estante, encontro mais livros jurídicos do que ousaria pensar em ter — detalhe: organizados em ordem alfabética. Na outra seção, estão obras literárias que penso estarem distribuídas aleatoriamente, até que percebo que foram dispostas de acordo com os nomes dos autores, e não dos títulos. Sorrio, isso é a cara dele.

Passo os dedos pelos livros: Emily Brontë, Ernest Hemingway, Fiódor Dostoiévski, Franz Kafka, Jane Austen, Machado de Assis, Milan Kundera, Oscar Wilde... *Uau. Ok.*

Leonardo parece ler algo em minha expressão:

— Eu disse que meu pai é dono de um sebo, lembra? — sua voz vem gentil por trás de mim. — Lá, eu encontrava muito dos clássicos, então... a gente acaba desenvolvendo um gosto pela coisa. — Ele dá de ombros. — Agora há pouco, mesmo, estava no telefone com ele. Disse que encontrou uma edição de *Crime e castigo* que é a minha cara.

— Lindo?

Ele ri, balançando a cabeça.

Analiso o restante do cômodo, dividido em dois ambientes: uma sala de jantar, com uma mesa de vidro de seis lugares e um bufê de madeira escura apoiando algumas garrafas de bebida variadas, que devem ser mais decorativas do que qualquer outra coisa, e alguns enfeites abstratos de metal; e uma sala de TV, onde um extenso sofá em "L", bege e coberto por almofadas azul-escuras, descansa em frente a um painel de madeira ripada, que suporta uma televisão imensa.

— Posso ver o resto da casa? — peço, curiosa.

Ele assente e, sorrindo, sinaliza o corredor com a mão. O próximo cômodo em que entramos é seu escritório, onde — surpresa! — há outra estante, com ainda mais livros, e uma escrivaninha comprida acumula pilhas de papéis. Pergunto com o olhar se posso vê-los, e ele permite com um leve aceno de cabeça.

A primeira pilha é formada por artigos jurídicos, sobre matérias criminais. Corro os dedos pelas marcações coloridas — marca-textos amarelo, laranja e verde — e anotações em caneta azul, feitas na mesma letra com que escreveu em meu caderno semanas atrás.

Ergo a cabeça.

— Para o mestrado?

— Sim, são as referências que usei na minha dissertação. Estou revisando-as para me preparar para a defesa. — ele põe as mãos nos bolsos da bermuda sarja amarronzada e me presenteia com um meio-sorriso. — Não gosto de estudá-los pelo computador, por isso acabo imprimindo tudo. Prefiro sentir o texto na mão e rabiscar tudo; além de ser mais fácil de consultar.

Assinto.

— Também prefiro ter os materiais em papel, mas às vezes fica demais, então acabo me rendendo ao computador. — ergo o olhar. — E você já tem a data da defesa?

— Sim, agendamos com a banca ontem mesmo. Será na terça-feira, em pouco mais de duas semanas, em um dos auditórios no prédio do Direito. — ele hesita. — Gostaria de assistir?

— Posso? — pergunto, animada com a possibilidade de ver o promotor em toda a sua glória.

— Claro — Leonardo sorri —, seria muito bom te ter lá comigo.

— Combinado!

— Depois te envio o convite virtual que meus tios fizeram, tem todos os detalhes lá — diz, levando a mão à nuca.

— É a cara do Carlos fazer algo assim. — rio baixinho e, subindo na ponta dos pés, seguro seu rosto ao sussurrar contra seus lábios: — Estarei lá.

Ele me presenteia com um beijo, e continuo minha inspeção, curvando-me sobre outra pilha de papéis, menor. Encontro provas escritas, já respondidas, cada uma com uma caligrafia diferente.

— São do seu curso de discursivas?

— Uhum, da aula de hoje. Vou corrigi-las para a próxima semana.

— Deve ser puxado, não? — pergunto, erguendo a coluna e

virando-me para ele. Como em um movimento automático, natural, as mãos de Leonardo pousam em minha cintura. — Além do trabalho na promotoria, você ainda está terminando o mestrado, dá aulas aos sábados, tem que corrigir os trabalhos dos alunos... — deslizo minha mão por seu braço, terminando com uma apertadinha nos músculos firmes. — E ainda parece não furar nenhum treino.

O último comentário me rende uma risada. Leonardo pega minha mão e a leva até os lábios, arrepiando meus pelos da nuca. Tento fingir normalidade.

— A academia não é sacrifício nenhum — responde. — Pelo contrário, me ajuda a relaxar. Quanto ao resto, já me acostumei com o ritmo. — ele torce os lábios. — E agora que terminei as aulas do mestrado, não está tão mais pesado assim. Elas eram à noite, durante a semana mesmo. — um sorriso triste surge em seu rosto. — Nessa época, eu ficava morto.

— Nossa, imagino. Estou custando a conciliar meus estudos com o trabalho e os treinos. Acho que, se colocasse qualquer coisinha a mais, ficaria louca.

Ele nega com a cabeça, seu olhar penetrante vem ao encontro do meu.

— Você estuda por muito mais horas do que eu, mesmo somando as horas em que estou dando aula. — ele sorri para mim, acariciando meu rosto com o torço dos dedos. — Estamos quites.

Retribuo o sorriso e continuo com o *tour*.

Entramos onde presumo ser seu quarto: uma suíte bem ampla, com uma cama enorme — será que é a tal da *king-size*? — e uma televisão fixada em um outro mural de madeira escura que cobre toda a parede à frente. Em cada um dos lados da cama, há uma cômoda cinza-clara, com duas gavetas cada. Sobre uma delas, estão três livros empilhados e um carregador de telefone; na outra, descansa apenas um abajur em formato de ampulheta. Um alívio enche meu peito e agradeço por aquele lado ainda não pertencer a ninguém.

Eu me aproximo da cama gigante, a mais convidativa que já vi, e me sento na beirada, acariciando o edredom macio e branco.

— Uau, aqui é igual a uma suíte de hotel. Dos caros.

Uma risada chega por trás de mim.

— O quarto ficou grande demais quando coloquei uma cama de casal comum — ele aponta para trás com o polegar sobre o ombro. — Acabei levando-a para a casa dos meus pais no interior e comprei essa *grandona* pra cá. Ela preenche o ambiente, e não posso negar que é muito confortável dormir com o pé todo no colchão.

— Você não costuma caber?

— Infelizmente. — Ele solta um suspiro. — Já dormi com o calcanhar para fora da cama mais vezes do que gostaria.

Não consigo segurar uma risada.

— E quanto você mede? — pergunto, analisando-o com o olhar de cima a baixo. Ele, com certeza, não caberia na minha cama.

— Tenho 1,88.

— Hã... certo. São 21 cm de diferença.

Eu me levanto e ele dá um passo em minha direção antes de dobrar os joelhos até seus olhos se alinharem aos meus.

— Isso é um problema? — pergunta, uma luz se acendendo em seus olhos.

— Nenhum — respondo sorridente.

Muito pelo contrário.

E então fecho o espaço entre nós.

Nossos lábios se unem e logo se entregam em um beijo paciente, devagar, como se tentando prolongar o momento. Seu braço contorna minha cintura e me puxa para si, abrigando-me na segurança de seu peito. Levo minha mão até seu pescoço, onde desenho pequenos círculos preguiçosos, e sorrio quando sinto seus pelos se arrepiarem sob meu toque.

Eu não sabia que beijar poderia ser *tão* bom.

No entanto, de repente, seu celular vibra alto com uma notificação, e Leonardo solta um grunhido baixo do fundo da garganta.

— Pode ser nosso jantar — ele diz contra meus lábios e se ergue para ver do que se trata. — É. Ele está a caminho — anuncia e aperta os lábios. — Melhor eu ir ajeitar a mesa.

— Quer ajuda? — ofereço, ainda atordoada.

— Não precisa — responde —, mas quero sua companhia.

Ele acaricia a lateral do meu rosto e, antes de voltarmos para a sala, deixa mais um beijo em meus lábios.

Durante o jantar — um delicioso filé à parmegiana com uma limonada fresquinha, que não poderia faltar —, conversamos sobre tanta coisa que, quando percebo, já se passaram quase duas horas e sorrimos como bobos sobre pratos vazios há tempos.

Leonardo me contou mais sobre sua infância em Paracatu e o quase *bullying* que sofria na escola por causa da mania de ler durante os intervalos; contou sobre como os pais são seu modelo favorito de casal, que, mesmo estando juntos há quase 40 anos, ainda fazem questão de andarem sempre de mãos dadas e saírem em encontros pelo menos uma vez por semana.

Contei sobre como minha mãe me ajudava nas matérias da escola, ouvindo-me explicar os conteúdos enquanto ela lavava as vasilhas e eu arrumava a cozinha; sobre como Jéssica e eu alugamos nosso apartamento de um tio rico dela, que nos deu quase trinta por cento de desconto quando nos comprometemos a não inundar o lugar como havia feito o antigo morador.

Quando tomo o último gole da limonada, Leonardo me dá um beijo na bochecha e pede para que me sente no sofá enquanto tira a mesa.

— Certeza de que não quer ajuda? — ofereço.

Ele faz que não.

— Hoje é minha convidada. — Recebo um meio-sorriso,

mas me derreto por inteiro. — Além do que, não quero estragar a surpresa.

— Surpresa? — pergunto, aconchegando-me no canto esquerdo do sofá.

— A sobremesa que fiz pra gente.

Meu estômago comemora com a menção de açúcar.

— O que é?

Ele ergue uma sobrancelha.

— Uma surpresa.

— Ou! — protesto.

— Calma, já levo pra você. — ele aponta para a mesinha à minha frente. — O controle da TV é esse maior. Pode ir colocando o seriado pra gente, por favor?

Não aguento esse "por favor".

— Claro. — Pego o controle e me ajeito, sentando-me sobre as pernas cruzadas, uma almofada laranja no colo. — Você sabe em qual episódio parou?

Ele parece buscar a resposta na memória, o tilintar dos pratos sendo colocado na lava-louças preenchendo o silêncio.

— Hum... O último que eu vi, se não me engano, foi um que teve a participação da Julia Roberts.

— Sei! Coitado do Chandler! — Solto uma risada, pegando meu celular. — Vou dar uma olhada em qual é.

Ficamos em um silêncio confortável, eu pesquisando o episódio e ele retirando a mesa.

— Achei! — comemoro. — Vou colocar o próximo aqui, então. Segunda temporada, episódio quatorze... Ai, meu Deus! — Dou um gritinho.

Ele se vira de repente, os olhos arregalados.

— Que foi?

Solto uma risada.

— Desculpa, não resisti. Esse é um dos melhores! "Aquele com o vídeo de formatura."

Leonardo balança a cabeça, sorrindo.

— Você ainda me mata um dia — murmura, quase que para si mesmo, mas alto o suficiente para eu escutar.

— Espero que não *desse* jeito — retruco.

— Melissa... — ele reclama, apertando o topo do nariz, mas sem recolher o sorriso. — Sério, o que eu vou fazer com você?

— Por ora — respondo, fingindo inocência —, você vai me dar algo doce pra comer e se sentar aqui ao meu lado para assistir a um dos melhores seriados comigo.

— Sim, senhora.

Sorrio, satisfeita.

Alguns instantes depois, Leonardo está onde mandei e me entrega um bolo de pote de Oreo com a melhor cara do mundo, com direito a um biscoito inteiro no topo. Examino o recipiente transparente, através do qual consigo identificar quatro camadas molhadinhas: duas de chocolate preto e duas com o maravilhoso recheio branco de baunilha.

— Tem uma baba bem aqui — ele brinca, tocando o canto da minha boca com o indicador.

Dou uma risada sarcástica.

— Foi você quem fez isso? — pergunto, impressionada.

— Uhum. — Léo me olha com os olhos de uma criança entregando um desenho para a professora. — Experimenta!

Sorrio e dou a primeira colherada, tentando pegar um pouquinho de todas as camadas. Não consigo segurar um gemido quando a mistura perfeita de sabores entra em minha boca: o meio amargo das camadas aveludadas do bolo de chocolate misturando-se com o doce do recheio de Oreo e, suspeito, um amargo suave de *cream cheese* que dá equilíbrio à receita.

Uau.

— Gostou?

— Essa é, de longe, a melhor sobremesa que já comi em toda a minha vida! — exclamo. — Como aprendeu a fazer?

Leonardo ri, levando a mão atrás do pescoço, e não consigo evitar me inclinar até ele para deixar um beijo em sua bochecha: ele fica ainda mais irresistível assim, parecendo tímido.

— Quando me mudei para cá, não fazia ideia de como me virar em uma cozinha. Passei uns bons meses vivendo de *delivery*, mas sabia que não era uma opção sustentável no longo prazo. — ele leva a colher à boca e continua alguns segundos depois: — Então comecei a acompanhar canais culinários no YouTube para tentar aprender a cozinhar. No início, foi um desastre, mas agora até consigo fazer algumas receitas que prestem.

— Depois quero experimentar mais delas.

— Claro, vai ser um prazer.

Trocamos sorrisos e então aperto o *play* no controle, para assistirmos à série, enquanto saboreio cada colherada.

Na TV, os seis amigos aprontam, como sempre, a maior confusão; e mesmo sabendo as falas de cor, rio de todas as piadas. Em alguns minutos, para minha tristeza, termino meu bolo, raspando até deixar o potinho quase brilhando. Eu comeria mais uns dois desses, fácil — apesar de não ser muito indicado, com o TAF vindo aí e tudo o mais.

Eu me inclino para a frente e apoio o pote vazio sobre a mesa antes de me acomodar de novo em meu cantinho. Volto os olhos para a tela, mas algo entra em meu campo de visão e, ao ver uma colher caprichada da sobremesa — com bastante recheio —, abro a boca em reflexo. Fecho os olhos para saborear mais da minha nova sobremesa favorita e, ao abri-los, encontro Leonardo me observando satisfeito.

— Gostou mesmo, hein? — pergunta, parecendo orgulhoso.

— Você não?

Ele responde com uma risada silenciosa e, depois de comer uma colherada do doce, me presenteia com mais uma, sorrindo. Volto-me para o episódio, em que os amigos, no apartamento de Mônica, assistem a uma filmagem antiga na qual ela e Rachel estão prontas para irem à formatura — o famoso *prom* americano.

No vídeo, Ross — irmão de Mônica e, desde sempre, apaixonado por Rachel —, de última hora, se arruma para levar Rachel, uma vez que seu acompanhante, Chip, ainda não apareceu e ela está desolada. No último momento, no entanto, Chip chega, e todos saem, animados, para a festa, deixando Ross sozinho, pronto, em seu terno, com flores em uma mão e decepção na outra.

Meus olhos se enchem de lágrimas, como sempre — eu disse que é um dos meus episódios favoritos.

— Nossa, essa doeu — murmura Leonardo. — Coitado do cara!

Concordo com a cabeça.

Mas aí — alerta de *spoiler*! —, vendo o que se passou anos atrás, a Rachel do presente se levanta, atravessa o quarto em direção a Ross e... temos o melhor beijo de toda a história da televisão. Não consigo evitar: solto um gemidinho de alegria, batendo palmas, animada.

— Aleluia! — comemora. — Estou torcendo para eles se acertarem desde o início.

— Né? São meu casal preferido!

Ele concorda com a cabeça. Algo parece se passar em sua mente; entretanto, sua expressão fica mais séria quando diz:

— Realmente... descobrir algo sobre uma pessoa, ainda que lá do passado, pode mudar por completo a forma como a enxergamos.

— Sim — respondo, pensativa. — Para o bem e para o mal, eu acho.

Seu maxilar se contrai, mas ele assente.

Os créditos finais surgem, anunciando o fim do episódio.

Ao meu lado, Leonardo raspa o interior do potinho transparente, juntando todo o resto da sobremesa em uma última colherada. Aperto os olhos, encarando aquele pecado em forma de bolo de pote. Ele me olha com uma expressão divertida e leva a colher em direção à própria boca, até que, no último segundo, ele a redireciona e leva até a minha.

— Tem certeza? — pergunto.

— Claro.

Com o tamanho do meu sorriso, mal preciso abrir a boca para comer a última colherada. Solto um grunhido, satisfeita com a explosão de sabores. Leonardo sorri e apoia seu pote sobre a mesinha à nossa frente antes de se aproximar mais, passando o braço ao meu redor. Deslizo um pouco para baixo e deito minha cabeça sobre seu peito. Inspiro fundo e seu perfume entra em meu nariz, relaxando todo o meu corpo.

— Essa é minha nova posição favorita — admito, inspirando.

Leonardo deixa um beijo no topo da minha cabeça.

— Ah, é? — indaga. Posso ouvir o sorriso em sua voz.

Faço que sim, balançando a cabeça contra seu peito, e aproveito para me aconchegar ainda mais no calor de seu corpo.

Algumas horas depois, os créditos do quinto episódio rolam na tela enquanto continuo aninhada em Leonardo. Durante toda a maratona, só nos separamos quando ele foi buscar um cobertor, depois de eu ter apertado meu pé gelado sobre sua panturrilha quente e ele quase ter dado um pulo. Não tenho culpa se o apartamento dele é bem mais frio do que o meu, de modo que meu *short* jeans larguinho e a blusa branca canelada — com uma gola alta que eu amo — talvez não tenham sido minha melhor escolha.

Ele pausa a TV e se vira para baixo, buscando meus olhos.

— Já passou da meia-noite, Mel. Posso te levar em casa?

Nego com a cabeça e enterro meu rosto em seu peito. Algo me diz que minha negativa em ir embora não tem nada a ver com querer assistir mais TV.

— Melissa... — ele sussurra, o tom divertido, enquanto desenha pequenos círculos no meu braço com o polegar.

Solto um suspiro.

— Tudo bem — Eu me rendo e, erguendo os olhos, desafio-o: — Mas só se eu puder levar o seu braço e seu tronco comigo, nunca mais quero sair dessa posição.

Leonardo ri baixinho, e me aperta um pouco mais contra si.

— São seus, para usá-los quando quiser.

Levo minha mão até seu rosto e deslizo o indicador por seus lábios.

— Sua boca também?

Ele sorri sob meu toque e assente. Nós nos olhamos em silêncio, e seu céu, outrora azul, anuncia uma tempestade. Não suportando mais a distância, enredo os dedos em seu cabelo e me ergo para que nossos lábios se encontrem em um beijo. Inicialmente lento, quase delicado, ele vai ganhando ritmo até que o arfar de nossas respirações aceleradas preenche o novo silêncio da sala.

Ele explora meu corpo com as mãos, como se eu fosse um texto em braile escondendo os mistérios do mundo. Por onde seu toque passa, um formigamento o segue, até que se espalha por toda minha pele. No entanto, em vez de dormentes, meus sentidos se afiam, intensificando as sensações, e a cada novo toque fica mais difícil respirar.

Sem pensar, passo minha perna sobre ele e me sento em seu colo. Aproveito a nova posição, frente a frente, para admirar seu rosto e mapear seus traços com a ponta dos dedos, memorizando cada detalhe.

Mas não tenho muito tempo, porque, logo em seguida, Leonardo desce as mãos pelo meu tronco até encaixá-las em minha cintura e me puxar para ainda mais perto. Enterro meu rosto em seu pescoço e inspiro fundo seu cheiro, agora também em mim. E é quando vejo a muralha que venho construindo pela vida inteira se desmoronando.

Eu me ergo de novo, para mergulharmos em outro beijo, agora voraz e impaciente. Cada segundo em seus braços é imortal e, ao mesmo tempo, efêmero, e luto para que os instantes não escorram por entre meus dedos.

Isso não pode ser real.

Em um devaneio, eu me pergunto se morri e, por um acaso, esse é algum tipo de paraíso particular, que realiza nossos mais profundos desejos. No entanto, antes que eu leve essa dúvida adiante, o sangue correndo em minhas veias, impulsionado pelo batimento já ultrapassando o limite do possível, lembra-me de que ainda estou viva.

Sonhando, talvez?

Se estou, acordo quando uma mão quente desliza em minhas costas, sob o tecido fino da minha blusa. Tenho certeza de que ele pode sentir cada fio de cabelo do meu corpo se arrepiando com seu toque. Tento abafar um gemido mordendo o lábio, mas o som escapa mesmo assim.

Grande erro — *acerto?* —, uma vez que minha reação faz os movimentos de Leonardo se tornarem ainda mais urgentes, e não sei se meu corpo aguenta muito mais dessa montanha-russa de sensações.

Minhas mãos agem por conta própria, partindo de sua nuca, descendo pela turbulência de seus braços fortes e subindo pela escada de seu abdome, até se espalharem por seu peitoral. Quero sentir tudo. *Preciso* sentir tudo. E essas roupas estão começando a me atrapalhar.

A imagem de Leonardo sem camisa no clube me vem à mente — se é que já deixou de estar ali por um minuto sequer — e a antecipação que se acumula em mim chega a doer. Agora, de volta sob meu comando, minhas mãos vão até a barra da blusa dele e tento levantá-la.

No entanto, ao perceber minha intenção, ele interrompe o beijo e me encara. Suas safiras agora são verdadeiros buracos negros, com apenas um fino anel azul ainda contornando sua íris. Leonardo fecha os olhos, como se quisesse aprisionar a fome que vi ali há um instante, e expele o ar com força.

Imitando o homem, o tempo também para.

O único movimento que percebo é o de suas mãos, agora leves, deslizando preguiçosamente sobre a pele das minhas costas. Elas terminam o percurso nas minhas coxas, onde param, e esperam. Prendo a respiração, estudando seu rosto.

Até que, libertando o relógio — e meus pulmões —, Leonardo abre os olhos, agora mais contidos, e encaixa seu rosto na curva do meu pescoço antes de sussurrar contra minha pele:

— Quero o que você quiser, sabe disso, não é?

Ah, eu quero muitas coisas. Procuro sua boca, em uma resposta silenciosa. Ele me entende e, sem interromper nosso beijo até o último segundo, ergue a camisa sobre a cabeça, jogando-a no sofá. Desesperada pelo calor de sua pele na minha, imito seu movimento e minha blusa se junta à sua.

Os olhos azuis, famintos outra vez, passeiam pelo meu corpo. Seu pomo de Adão se move quando ele engole em seco.

— Tão linda — Leonardo sussurra, abrindo um sorriso que acende toda a sala.

Sem desviar o olhar, suas mãos me puxam mais para perto e deslizam pelo meu abdome exposto, deixando uma trilha ardente sobre a minha pele. Então, ele se inclina para frente e deposita beijos ao longo da minha clavícula, abaixando a alça do meu sutiã com a ponta dos dedos. Seus lábios refazem o caminho de volta e, passando pelo pescoço, vão até minha orelha, fazendo-me suspirar.

— Seu cheiro é viciante — murmura antes de mordiscar meu lóbulo, enviando arrepios por meu corpo.

Não consigo pensar o suficiente para dizer alguma coisa — não quando suas mãos apertam a parte de trás das minhas coxas e vão subindo, um leve roçar, até beirarem a barra do meu *short*.

— Posso? — ele pergunta baixinho, seu hálito quente criando todo o tipo de sensação na base do meu pescoço.

Concordo freneticamente com a cabeça e ganho uma risadinha abafada em resposta.

— Por favor — sussurro.

Sem esperar nem um segundo sequer, suas mãos entram sob o tecido, frouxo o suficiente para recebê-las com folga. Um gemido rouco deixa sua garganta quando seus dedos afundam na minha pele.

— Deus, Melissa... Você é tão macia.

Sua voz e seu toque me fazem arquear sobre ele, enroscar meus dedos nos seus cabelos com força e encaixar seu rosto no meu, testa com testa.

— Penso em você o tempo inteiro, Mel. *Nisso*.

Recupero o ar o suficiente para sussurrar contra seus lábios:

— Eu também.

Ele dá pequenas mordidas logo abaixo do contorno do meu maxilar e consigo sentir o sorriso na sua voz:

— Ah, é?

Minha cabeça cai para trás com a onda de sensações, criando um livre acesso ao meu pescoço que Leonardo não hesita em aproveitar. Murmuro um "uhum" em resposta, e é quando ele leva a mão à minha nuca e puxa meu rosto para si, encaixando seus lábios nos meus. E, se nossos beijos já me deixavam bamba...

Eu me entrego ao momento, a ele, aos movimentos de nossas bocas e de nossas mãos, em plena sincronia. Sua respiração está tão errática quanto a minha, e não preciso de palavras para saber que ele me quer tanto quanto eu o quero.

Mas ainda não é o suficiente.

Ávida por senti-lo inteiro, desço minhas mãos devagar pela pele macia de seus ombros, passando por seu peitoral firme e abdome perfeito, os músculos rígidos se contraindo sob meu toque. Engancho meus indicadores no passante da sua bermuda e puxo seu quadril contra o meu, buscando a fricção que meu corpo anseia. Nós dois arfamos ao mesmo tempo, e afasto meu rosto por um instante para recuperar o fôlego. Começo a desabotoar meu *short*, mas Leonardo me para. Busco seus olhos, confusa, e os encontro escurecidos de desejo.

— Melissa — ele contrai o maxilar —, não vou te ter pela primeira vez no sofá da minha sala.

Franzo o cenho.

— Pois eu não vejo problema nenhum nisso.

Ele balança a cabeça, um sorriso nascendo no canto dos seus lábios.

— Teimosa como sempre — brinca, acariciando minha bochecha com o polegar. Ele se aproxima e me dá mais um beijo. — Eu tenho planos para você hoje à noite. E eles envolvem uma cama de verdade.

Meu cérebro entra em curto-circuito com a promessa que vejo em seus olhos e, quando o promotor se levanta do sofá com facilidade, vou junto, minhas pernas abraçando seu tronco quente e seus braços apertando minha barriga contra seu abdome nu.

— De preferência — ele continua, seus beijos descendo pelo meu pescoço —, aquela lá no meu quarto.

E então, depois de me impulsionar para cima, melhorando nosso encaixe, Leonardo caminha comigo em seu colo em direção à suíte, onde espero que cumpra todas as promessas que faz em meu ouvido até chegarmos lá.

Abro os olhos devagar e preciso de alguns segundos para entender onde estou, principalmente porque a única luz que entra no cômodo é a que atravessa uma *frestinha* deixada pelo blecaute da janela. Quando me localizo, meu corpo relaxa sob a nuvem de edredons brancos.

Imagens da noite anterior surgem em minha mente, muito bem-vindas, e me sinto viva como nunca me senti antes. Com a cabeça apoiada confortavelmente sobre o peito de Leonardo — que sobe e desce devagar, a respiração de quem ainda sonha — e meu braço contornando seu tronco, sorrio. É um daqueles momentos em que somos tomados pelo desejo de que o tempo pare. Ou de que, pelo menos, possamos permanecer neste instante para sempre.

Eu me aconchego ainda mais, passando minha perna sobre a sua, entrelaçando-nos como ficamos pela madrugada adentro. Inspiro o ar com calma antes de fechar os olhos outra vez, absorvendo seu perfume amadeirado e relaxando com a segurança que ele me traz.

    Talvez, sentindo minha agitação, Leonardo me aperta um pouco mais contra si com o braço que envolve minha cintura e se move sob o lençol.

    Desperto novamente e encontro meu reflexo nos olhos safira:

    — Você está encarando — brinco, minha voz ainda rouca.

    O sorriso em seu rosto se alarga ainda mais.

    — Sim. — Ele enterra o rosto em meu pescoço e me dá uma mordidinha. — Sempre que posso. — Leonardo deita a cabeça no travesseiro ao perguntar: — Dormiu bem?

    — Muito, e você?

    — Também. Acho que não acordei uma única vez em toda a noite. — ele corre a mão por meu braço, que se arrepia com seu toque, e brinca: — E o que achou de dormir na sua posição favorita?

    Não consigo segurar uma risada.

    — Mais confortável, impossível. — torço os lábios. — Se bem que, depois de ontem, agora estou em dúvida sobre qual é minha posição favorita.

    Dessa vez, é ele quem ri. Feliz, afundo o rosto em seu peito e inspiro mais um pouco do seu cheiro. Ficamos imóveis, apenas sentindo um ao outro, até que ele quebra o silêncio:

    — E quais são os seus planos para hoje? Quer continuar com a maratona?

    Suspiro, correndo a mão pelo seu abdome, e quase cogito chutar o balde por um dia, mas a razão — e meu sonho — consegue vencer.

    — Eu queria muito, mas preciso adiantar algumas horas de estudos — respondo.

    Uma pontada de culpa me pega de surpresa. Um medo de que tudo vá se repetir, de que ele pense que estou dando desculpas, ou que não me importo com ele, ou que... Apresso-me a me explicar:

    — Ainda não consegui compensar as horas que perdi por conta dos dias em que passei mal, então pensei em estudar hoje.

Leonardo tira uma mecha de cabelo que caía sobre meu rosto, guardando-a de volta atrás da minha orelha, e aproveito para correr a mão por seu peito nu.

— Entendo, Mel. — Ele desliza a mão por meu maxilar, até chegar ao queixo, e ergue minha cabeça para que nossos olhos se encontrem, os dele suaves, quando diz: — Está quase acabando, viu?

Assinto, hesitante. Um nó se forma em minha garganta quando a imagem de Matheus surge em minha mente sem ser convidada: "Você nunca tinha tempo". Minha expressão parece entregar que algo está errado.

— Melissa — ele chama, sua voz séria. — Está tudo bem. Mesmo. — ele aperta os olhos, ainda insatisfeito. — Na verdade, retiro meu convite. Também preciso estudar alguns artigos para o mestrado e...

— Mentiroso — brinco, o sorriso voltando ao meu rosto.

Ele dá de ombros.

— Eu nunca quero que você se sinta culpada por precisar de um tempo pra você, viu? — Leonardo estuda meu rosto, como se buscasse uma confirmação de que suas palavras estão chegando a mim. — O seu sonho exige renúncias e uma dedicação quase anormal, ainda que temporária. No entanto — ele se vira de lado e, com o cotovelo sobre o travesseiro, apoia o rosto sobre a mão fechada —, falando como alguém que já percorreu esse caminho, no final, vale muito a pena.

— Obrigada, Léo — agradeço, a voz engasgada com o alívio.

Ele se inclina para frente e seus lábios tocam minha testa.

— Não tem mesmo o que agradecer, linda. — Puxando-me contra si e me envolvendo em um abraço, prossegue: — Agora chega de enrolar e vamos tomar um bom café da manhã pra eu poder te levar em casa.

Respiro fundo mais uma vez, as inseguranças me deixando com o ar que expiro. Confortável. Quente. Tranquilo. Seguro. Nossa conexão é tão real, que chega a ser palpável. Circulo meus braços por seu tronco, apertando Leonardo ainda mais, e sua voz sai rouca quando murmura:

— É sério, Mel. É melhor nos levantarmos antes que eu tenha *outras* ideias. — Contrariando suas próprias palavras, ele corre uma mão pelas minhas costas nuas e me mantém firme contra si. — Estou tentando ao máximo não ser egoísta neste momento. — Ele suspira. — O que é quase impossível quando te tenho toda pra mim assim.

Sorrio contra sua pele.

— Um pouquinho de egoísmo nunca matou ninguém.

QUESTÃO 21

Em caso fortuito ou de força maior, tornando-se impossível ou excessivamente onerosa a realização do negócio jurídico, o contrato poderá ser resolvido, sem prejuízo do sofrimento de perdas e danos pelas partes.

(Certo)

(Errado)

O cansaço me faz mal conseguir entender as palavras que estou lendo quando resolvo encerrar o trabalho desta infinita segunda-feira. Priscila, ao meu lado, redige o contrato do cliente captado na semana anterior, enquanto Jorge e Diego confirmam as reuniões do dia seguinte. Corro os olhos pelo cômodo. A luz alaranjada do sol poente há pouco se despediu, dando lugar à iluminação branca e fria das várias lâmpadas do escritório.

Antes de arrumar minhas coisas, no entanto, abro uma nova aba no navegador: o *blog* de notícias de concursos que costumo acompanhar. É sempre bom — e necessário — saber das novas oportunidades e movimentações.

Quando a página termina de carregar, adrenalina inunda minhas veias: saiu o resultado preliminar do concurso que prestei há alguns meses para o Tribunal. Apesar de o salário ser um pouco menor que o meu atual, desde que me tornei plena, a carga horária de trabalho também é — oito horas diárias, com intervalo para o almoço, e não nove ou dez horas, almoço só quando possível e muitas noites viradas. Justamente o que preciso.

Prestei esse concurso com o objetivo de conseguir uma rotina mais regular de trabalho e, é claro, de estudo. Além do que, foi uma ótima oportunidade de testar meu desempenho em uma situação real de prova: ainda que o conteúdo não seja o mesmo daquele do concurso policial, muitas disciplinas coincidem, inclusive as de base.

Abro a lista de aprovados e, com o coração retumbando em meus ouvidos, procuro meu nome. Meu estômago gela ao ler um "M", mas logo percebo que são meus olhos me pregando uma peça; pois, não, infelizmente não respondo por "Marina". Continuo rolando pela lista, mas as letras se embaralham, então abro a barra de localizar e digito "Melissa".

O tempo para.

Até que a resposta vem fria, sem compaixão, como se o universo não pudesse se importar menos.

Nenhum resultado.

Pisco uma vez. Duas. Ainda sem querer acreditar, releio toda a lista de nomes, apertando os olhos para tentar fixar as palavras embaralhadas no lugar.

Nada.

Não me encontro nem na lista do cadastro de reserva. É isso.

As memórias das últimas semanas anteriores à prova invadem meus pensamentos, mostrando-me como eu encontrava tempo para sair com Matheus, ainda que ele incansavelmente reclamasse não ser o suficiente; como trocávamos mensagens com frequência, inclusive durante minhas sessões de estudo.

Bem-feito, Melissa.

Meus olhos ardem quando avanço até o dia em que o vi com outra naquela festa; as lágrimas e as inúmeras noites em claro que se sucederam depois daquilo. E então estou no dia da prova, quando, apesar de as lágrimas não mais tentarem fugir dos meus olhos, meus pensamentos não me obedecem e seguem, desordenados, para onde bem entendem.

Eu me vejo resolvendo a prova discursiva com dificuldade, quando cada frase que tento formar sai vazia, sem sentido, desconexa. Meu cérebro, parecendo pouco se importar com os assuntos exigidos, drena toda sua energia tentando responder às perguntas "por quê?" e "o que eu fiz de errado?" que se repetem em *loop* na minha cabeça.

O arrependimento, a frustração e a tristeza fecham minha garganta.

A primeira lágrima escorre por minha bochecha e seu calor não serve de afago.

Reprovada.

O gosto amargo de bile sobe pela minha garganta. Eu me levanto, empurrando a cadeira para trás, e, sem fazer contato visual com ninguém, marcho para o banheiro.

Como fui estúpida. Eu me deixei levar pelos sentimentos e fiz exatamente o que sempre me neguei a fazer: confiei, me entreguei. Tudo isso para quê? Achei de verdade, naquela época — pelo menos por um momento —, que talvez as coisas poderiam ser diferentes com o Matheus. Talvez eu estivesse exagerando quando pensava que, no fim, não podia confiar em ninguém.

Mesmo não acreditando ser possível, também queria viver o "felizes para sempre", e não o "e ela continuou dando seu jeito para sempre" a que estou fadada. Até eu já assisti a inúmeros filmes com finais felizes. E chorei todas as vezes, quando a esperança de que um desses seria possível para mim, perdia a minha convicção de que não seria. Nessa única vez, eu deixei a esperança vencer, só para quebrar minha cara logo em seguida.

Ao chegar ao banheiro, minha ânsia vai embora, então vou até a pia. Encaro meu reflexo arrasado no espelho e agradeço por não estar de rímel, ou os rastros de lágrimas furtivas que cobrem minhas bochechas seriam verdadeiras tatuagens negras. Curvo-me para a frente e lavo o rosto na pia, a água gelada acalmando um pouco o ardor que me toma.

Idiota. Idiota. Idiota.

É claro que não seria diferente com ele, onde eu estava com

a cabeça? E, no fim, acabei não só sozinha, mas desarmada e indefesa. Nem mesmo minha própria batalha consegui vencer.

A porta atrás de mim se abre e, através do espelho, vejo uma Priscila preocupada entrando no banheiro.

— O que houve, Mel? Você saiu correndo e... — Ela para quando chega perto o suficiente para ver meus olhos. — Ah, não! O que aconteceu?

Balanço a cabeça para os lados, sem palavras, e, sem nem ouvir minha resposta, ela me puxa para um abraço apertado. Ficamos em silêncio enquanto tento me acalmar, até que, entre soluços, consigo dizer:

— Saiu o resultado do TJ. — Tento respirar fundo, mas não consigo encontrar o ar. — Não cheguei nem perto.

— Ah, Mel! Poxa... sinto muito mesmo. — Ela me dá pequenos tapinhas nas costas, e sei que está buscando palavras. — Mas o concurso da polícia é o que você quer mesmo, não é? — faço que sim com a cabeça, fungando. — Pois então! É difícil se sair bem em mais de uma área quando se trabalha tanto quanto você, e...

Soluço mais uma vez e ela me solta do abraço, ficando de frente para mim. Quando consigo me recompor, digo:

— Não foi só isso, Pri. Eu fui muito estúpida. — Ela inclina a cabeça, enrugando o nariz. — É sério. Foi bem na época em que... Bom, eu estava saindo com o Matheus e...

— Sempre suspeitei que vocês tinham algo. — Foi minha vez de encrespar a testa. Sempre fomos muito discretos no escritório e, apesar de não haver nenhuma proibição formal contra relacionamentos entre advogados, nunca conversei com meus colegas sobre nós. — Sério, Mel! Pelo jeito que ele te olha...

Balanço a cabeça para os lados e então conto para ela tudo o que aconteceu: desde o início do nosso relacionamento, até seu desastroso e previsível fim. Conto como não soube lidar bem com tudo aquilo, deixando a tristeza e a frustração atrapalharem meus estudos e, por fim, a prova.

— Nossa! — Priscila arregala olhos e me passa mais uma toalha de papel para secar as lágrimas. — Você não merece isso, não. Ele foi um babaca! Ainda mais te culpando por uma merda que ele fez!

Sua revolta genuína faz com que uma risada escape entre minhas lágrimas.

— Mas agora você tem o Leonardo, Mel. — Minha colega aperta meus ombros, a animação voltando aos seus olhos. — Ele não tem *nada* a ver com o Matheus. Sério, dá pra ver o tanto que ele gosta de você de verdade, Mel. Além de entender exatamente pelo que você está passando! E, o melhor de tudo — ela dá uma piscadela —, ele é muito mais gato!

Pisco duas vezes, e as luzes do banheiro ficam mais escuras à minha volta quando o enjoo volta.

— Não — murmuro, apenas.

Priscila inclina a cabeça, confusa.

— Não?

— Eu não posso. — Novas lágrimas escapam dos meus olhos e meu nariz escorre. — Não posso cometer o mesmo erro, Pri.

— Como assim, Mel?

— Essa prova é importante demais para arriscá-la dessa forma. — Minha voz é um fraco sussurro. — É tudo o que eu sempre quis. É minha maior chance.

— Mas como assim, arriscar? — Priscila me encara, e agora a preocupação toma seu semblante.

— Não posso continuar com ele — anuncio em voz alta para que, talvez assim, eu consiga entender o comando. — Se terminar agora, tenho chance de me recuperar de tudo isso a tempo e retomar o ritmo antes da prova. No entanto, se eu arriscar e acontecer algo como na última vez... eu não vou aguentar.

Assim que as palavras deixam minha boca, deixo meu próprio corpo e assisto à cena de cima, como quem vê um filme. E este é um drama, daqueles que você sabe que vai dar tudo errado no final, mas você fica e persiste porque, talvez, ao acompanhar uma história tão infeliz, a sua pareça mais aceitável.

O choro contra o qual tento lutar enfim me derrota, e desabo o rosto sobre as mãos, que se molham com as lágrimas, cada uma delas tentando me convencer do que preciso fazer.

Minha mão enfim alcança o teto, e uma dose de endorfina é liberada em minhas veias, exatamente o que vim buscar. Olho para baixo, onde treze metros de altura me separam do chão — ou melhor, dos colchões amortecedores azuis, que se contrastam com o paredão branco coberto por agarras coloridas dos mais diversos formatos.

Os sons familiares e, ao mesmo tempo, nostálgicos de cordas se friccionando, de pés batendo contra o chão e de atletas ofegantes preenchem o ambiente. Por um minuto, eu me sinto em casa.

A escalada fez parte da minha rotina por muitos anos, eu amava cada segundo das práticas. No entanto, ao me mudar para o apartamento com a Jéssica — a mais de cinquenta minutos da academia — e começar a estudar para concursos, não tive como continuar, não podia dispor do tempo.

Prioridades.

Ainda assim, é sempre para cá que fujo quando minha cabeça está tão quente que de nada adiantaria tentar estudar. É meu refúgio. Aqui, minha raiva, frustração ou dor se derretem aos poucos, com cada gota de suor, com cada subida. É aqui que tento me reerguer para continuar no caminho certo.

Não uso a corda para descer; prefiro retroceder, agarra por agarra, até estar de volta em terra firme, minha respiração ofegante pelo esforço bem-vindo enquanto solto o mosquetão.

O relógio no fim do salão aponta 8h15 da noite, estou aqui há mais de uma hora. Os braços fadigados e as mãos, brancas de magnésio, queimando — prevejo muita ardência no banho de mais tarde —, também pedem para que eu pare.

Abro o armário do vestiário e pego minha mochila e meu celular, que brilha com uma notificação de quarenta minutos atrás.

Leonardo: Você não vem hoje na Focus?

Um aperto na garganta prende minha respiração.
Ler seu nome dói.
Assim como dói saber que o que passamos nos últimos dias foi só um sonho. Como fui tola por achar que não precisaria acordar. Esse tipo de felicidade não existe no mundo real; uma hora ou outra, ela se desmancharia, e eu seria lançada à força de volta à realidade. Essa hora chegou. E me recuso a permitir que isso atrapalhe a minha prova. Não de novo, não essa.

Com as mãos trêmulas, respondo a mensagem.

Melissa: Hoje, não. Vim escalar.

Coço a cabeça. Depois que busquei meu carro, pensei que Léo voltaria a sua rotina normal, de ir à salinha apenas às terças, quintas e sábados.

Melissa: Você foi hoje?

Os três pontinhos surgem instantaneamente na tela, seguidos por sua resposta:

Leonardo: Sim, eu queria te ver :(

Uma carinha triste? Não estava preparada para isso.
Um mal-estar me lembra da minha decisão de algumas horas atrás.

Leonardo: Mas... escalar?

Melissa: Sim. Eu costumava vir toda semana, mas dei uma parada desde que comecei a estudar.

Melissa: Ainda venho quando preciso esfriar a cabeça.

Leonardo: Aconteceu alguma coisa?

Pisco para a tela tentando me decidir sobre como responder. Resolvo ir com a alternativa mais coerente: contar a verdade. Talvez, assim, ele entenda o porquê de eu precisar me afastar.

Melissa: Na verdade, sim.

Leonardo: O que houve? Tem algo que eu possa fazer?

Melissa: Saiu o resultado do TJ.

Melissa: Não passei.

Ao digitar essas duas palavras, meus olhos ardem, o sentimento de fracasso me engolindo outra vez.

Leonardo: Ah, Mel... Você checou se cabe algum recurso na discursiva? Posso te ajudar nisso.

Respiro fundo. Não queria que ele fosse tão bom para mim,

isso torna as coisas tão mais difíceis.

> **Melissa:** Não cabe. Fui mal de verdade, não foi um bom dia.

Leonardo: Sinto muito mesmo.

Os três pontinhos surgem na tela novamente.

Leonardo: Posso te ligar?

Fecho os olhos. Se ouvir sua voz agora, não terei chance alguma. Vou desabar, implorar para vê-lo, para me refugiar em seu abraço, mas não posso. Não mais. Não agora.

> **Melissa:** Melhor não, aqui não posso atender.

Leonardo: Posso te encontrar em casa?

A náusea cada vez mais forte escurece minha visão.
Eu odeio isso, odeio machucá-lo.

> **Melissa:** Podemos conversar amanhã?

Leonardo: Claro, o que você precisar.

Leonardo: Se eu puder ajudar em qualquer coisa, você me chama?

> **Melissa:** Sim, obrigada, Léo.

Enfio o celular na bolsa e caminho em direção à saída, o aperto no meu peito dizendo que precisarei voltar em breve.

No dia seguinte, vou à Focus, mas mal consigo me concentrar. Mesmo sendo a terceira vez que assisto ao mesmo trecho, é impossível focar na fala do professor. Esfrego o rosto. O relógio indica 6h30 da noite e, em breve, ele estará aqui. Em vez de em uma cabine de estudos, estou presa em um navio enquanto luto para não tombar em meio à pior das tempestades.

Duas partes de mim batalham pelo que está por vir: a que não quer, de jeito nenhum, terminar o que quer que esteja nascendo entre nós; e aquela que sabe que é necessário. Pelo meu próprio bem.

Mas o fato de certos sacrifícios serem inevitáveis não os torna menos difíceis.

Fecho os olhos e tento acalmar meus batimentos cardíacos. Agora, pode estar tudo bem, pode até parecer que nada de errado vai acontecer ou que ele talvez seja minha chance de um final feliz...

Mas não posso confiar em algo tão fora do meu controle, preciso fazer valer essa minha chance com tudo o que tenho. Muito pode acontecer nessas semanas que me separam da prova mais importante da minha vida, da minha chance de conquistar o que sempre sonhei e voltar a viver "como uma pessoa normal", como Jéssica sempre diz.

Sei que, no futuro, depois que tudo acabasse e Leonardo me deixasse por alguém mais interessante, ou mesmo preferisse ficar sozinho e seguir sua própria vida, eu jamais me perdoaria por ter falhado e perdido minha chance por causa de um homem. Que teria me abandonado. E a história se repete, como foi com meu próprio pai, como foi com Matheus.

Inspiro e solto o ar devagar. Eu sei que é o certo a se fazer, mas por que dói tanto?

Esfrego os olhos, e meu celular se acende.

> **Leonardo:** Eu estou na garagem da Focus. Prefere conversar aqui no carro, para ter mais privacidade?

É agora ou agora. Nem sei com que forças me levanto da cadeira, mas, alguns minutos depois, abro a porta do banco de passageiro e me sento ao seu lado. O perfume cítrico que não sai da minha memória preenche todo o ambiente, e meus olhos se fecham de forma espontânea, como que para me permitir aproveitar ao máximo aquela sensação. Pela última vez.

Tomo coragem e me viro para Leonardo. Vê-lo ali me faz questionar 1.000 vezes o que estou prestes a fazer. Ele está lindo como nunca, apesar da sombra escura sob seus olhos e dos cabelos desarrumados. O que será que houve? Respiro fundo para tentar ganhar forças, mas seu cheiro, tão unicamente seu, só me enfraquece ainda mais.

Léo corre os olhos pelo meu rosto, procurando algum sinal do que vou dizer, e parece entender que ainda não estou pronta para falar. É sua vez de respirar fundo.

E, então, ele me puxa para si. Descanso minha cabeça em seu peito, onde consigo sentir a batida ansiosa de seu coração e o ritmo entrecortado do seu respirar. Ele acaricia minhas costas até sua mão parar em minha nuca e me deixa um leve beijo no topo da cabeça, tão leve que talvez eu o tenha imaginado.

— Melissa — sussurra —, vai ficar tudo bem.

Mas não vai. Não assim.

Ele me faz um carinho suave com o polegar e, sem conseguir me controlar, uma lágrima derrete por meu rosto. Enterro-me ainda mais em seu peito, absorvendo o máximo do seu calor enquanto ainda posso. Inspiro fundo e seu cheiro me transporta para uma floresta calma, vasta, e segura, afastando meus problemas e medos — mas a lágrima quente contra minha pele me lembra do que está acontecendo.

Só mais um minuto, digo para mim mesma, *e aí farei o que é preciso*.

Mas é ele quem quebra o silêncio:

— Eu também reprovei no concurso que fiz logo antes da prova do MP daqui e... foi horrível, Mel. — Ele pousa o rosto em meus cabelos e posso jurar que inspira meu cheiro. Interpretei aquilo como um sinal claro de que ainda não estava preparado, ou de que talvez nunca estaria, não para um concurso desse nível. Leonardo solta o ar em um expiração pesada e sussurra: — Eu quis desistir.

Aquelas palavras me pegam de surpresa — eu e minhas presunções de que os aprovados sempre têm trajetórias perfeitas. Ele corre os dedos pelas mechas do meu cabelo enquanto diz:

— Minha prova seria dois meses depois daquele resultado e, ao invés de enxergar esse tempo como uma oportunidade para trabalhar nas minhas fraquezas, quase joguei tudo pro alto. — Ele para por um longo instante, e posso sentir seu maxilar se contrair. — Mas uma pessoa não permitiu que eu desistisse. Ela me falou que eu não podia desperdiçar todo o esforço que já havia empregado nessa jornada e que, por mais que não parecesse, eu estava, sim, cada vez mais perto. Ela disse que acreditava em mim e me fez prometer que seguiria firme até o final. Se não fosse por ela, eu não teria conseguido.

Ao me afastar, Leonardo ergue meu queixo com a mão livre, para nossos olhos se encontrarem. Nos seus, transparecem uma preocupação genuína e um outro sentimento que me dói ver nele. Dor?

— Quero ser essa pessoa para você, Mel. Quero te ajudar a chegar lá, porque eu *sei* que você vai conseguir.

Suas palavras doces e a ternura em seu olhar rasgam meu peito, abalando minha convicção. Seria possível mesmo que ele seguisse comigo até o final? Seria seguro arriscar? E se ele fosse mesmo diferente?

Não, Melissa. Você já sabe como isso acaba.

Confinando outra vez essa esperança, bem no fundo, de onde não poderei libertá-la, levo minha mão até seu rosto e desenho com os dedos o contorno perfeito de seu maxilar, os pelinhos da barba por fazer espetando de leve minha pele.

Tento decorar seus traços, para quando eu não puder mais vê-lo. A dor da separação queima em meu peito, quero sair de mim e fugir para bem longe. Quero que esse momento acabe ou que nunca aconteça. Queria que tudo pudesse ser diferente. Não quero ser alguém que responda àquelas palavras tão doces com uma despedida. Conheço a dor de ser deixada e nunca quis estar no papel de quem se vai.

Uma última lágrima escorre pelo meu rosto.

— Eu... — Minha voz sai fraca e tão incerta como me sinto. — Me desculpe, Léo, mas eu não posso.

Seus olhos buscam os meus, confusos. Tento me explicar:

— Toda aquela história com o Matheus aconteceu na véspera da minha prova e... eu não soube lidar muito bem com isso.

Uma sombra de apreensão e dor cobre seu rosto, mas ele pisca devagar e ela se vai.

— Tive insônia por várias noites e muita dificuldade de me concentrar. — Me afasto dele e meu corpo todo reclama quando me recosto no banco de passageiro. — No dia da prova, foi ainda pior. Principalmente na hora da discursiva, eu não conseguia conectar as ideias. Me odiei por isso. — Olho para baixo, dobrando e desdobrando a bainha da blusa. — Mas ainda achava que poderia ter alguma chance por causa do meu bom desempenho na objetiva. — Viro-me para ele com um sorriso triste. — Bom, não foi o suficiente. Nem sequer entrei na lista.

Ficamos em silêncio, e Leonardo aperta o maxilar, os olhos vítreos. Volto meu olhar para baixo.

— O que quero dizer é que... eu não posso continuar com...

isso que há entre nós. — Um nó na garganta quase impede minha fala. — Não agora. Não quando há tanto em jogo. Tenho trabalhado tanto pra isso e... — Meus olhos ardem e a firmeza dá lugar a uma voz quebradiça.

Uma mão quente encobre a minha e tudo fica bem. Mas só por um instante, há um limite de quanto podemos fugir da realidade.

— Mel, eu nunca faria nada para te atrapalhar. — Ele abaixa a cabeça, buscando meu olhar, e, no seu, vejo um lampejo de... medo? — Você sabe disso, não sabe?

Eu sei.

Solto o ar devagar. Como não quero magoá-lo... E, por Deus, como não quero ficar sem ele. O tempo que passamos juntos se tornou o ponto alto dos meus dias nas últimas semanas. Ainda assim... o risco é alto demais dessa vez.

Não é só todo o meu esforço dos últimos dois anos que estaria apostando, mas também tudo por que minha mãe passou durante minha criação. Suas próprias renúncias e trabalho duro eram para que eu pudesse me dedicar aos estudos, cursar uma boa faculdade e, finalmente, construir uma boa carreira, minha própria carreira.

Os incentivos que me dava; as horas que passava me ajudando, mesmo depois de um dia inteiro de trabalho, a fazer meu dever de casa; os livros didáticos que ela conseguia ganhar de suas clientes ou mesmo comprar usados... tudo foi para que eu pudesse ser alguém na vida, para que tivesse minhas próprias conquistas e meios, para que ninguém nunca pudesse me privar do meu próprio futuro.

— Eu sei, mas, ainda assim, tenho que me resguardar e agora não é a hora. — Minha voz falha, assim como minha respiração. — Talvez, se tivéssemos nos conhecido em outro momento, não sei. Eu só... — As palavras param de sair.

— Em algum momento, você sentiu que me coloquei entre você e seu sonho? — pergunta baixinho, o calor da sua mão ainda sobre a minha. Balanço a cabeça para os lados. — Então, Mel. Conseguiremos juntos, eu e você. É só me dizer do que precisa, e será seu.

Não me permito pensar antes de dizer:
— Preciso ficar sozinha agora.
Não consigo suportar seus olhos quando termino a frase, então desvio os meus. Leonardo recolhe a mão e a apoia, cerrada, sobre a coxa; as juntas brancas como se as apertasse com força. Seu peito sobe e desce depressa, na mesma velocidade em que meu coração se quebra em pedacinhos.
— Se é o que você precisa, Mel... — O promotor esboça um sorriso que não chega aos olhos. — Se a única forma de eu te ajudar for me afastando — ele hesita, e vejo seu maxilar se contrair —, é o que vou fazer.
Leonardo vasculha meu rosto por alguns segundos, e vejo refletida em si a dor que me paralisa. E é quando sei que ele está lutando contra si também ao ceder por mim. Minhas mãos querem abraçá-lo; minha boca, beijá-lo. Cada nervo do meu corpo grita por seu calor. Mas não me movo.
Ele esfrega o rosto e solta um longo suspiro.
— Mas — murmura —, se você precisar de alguma coisa... qualquer coisa... — ele parece sem fôlego. — Me chame. — E, buscando meus olhos outra vez, acrescenta: — Por favor.
Memorizo seu rosto uma última vez antes de assentir com a cabeça, as palavras se recusando a voltar. E, reconhecendo meu limite, minhas mãos se movem até a maçaneta e minhas pernas juntam forças o suficiente para me levantar.
Antes de fechar a porta, no entanto, posso ouvi-lo atrás de mim:
— Não vou a lugar algum, tá?
O caminho de volta para a sala é um borrão completo.
Sei que fiz a coisa certa, mas por que, então, meu coração, triturado em mil pedaços dentro do peito, dói tanto?

QUESTÃO 22

A casa é asilo inviolável do indivíduo, ninguém nela podendo penetrar sem o consentimento do morador, salvo:

(a) em caso de flagrante delito ou desastre;

(b) durante os sonhos, a qualquer hora.

Assim que acaba a audiência da manhã e não tenho mais em que me concentrar, a dor volta a me perfurar, e me sinto como uma criança: distraída de seu machucado por um sorvete, mas que, ao terminá-lo, volta a chorar com a ardência.

Os primeiros dias foram quase insuportáveis; as lembranças dos momentos que compartilhamos estavam impregnados em todos os cantos da Focus, e a saudade me espreitava a cada esquina. Exausta, preferi não ir mais lá no restante da semana e inventei desculpas para Priscila quando, depois do trabalho, passei a voltar direto para casa e estudar em meu quarto até quase pegar no sono.

Jéssica perguntou diversas vezes o que estava acontecendo, mas, como eu ainda não conseguia falar sobre o assunto sem chorar, limitei-me a responder que estava com os estudos muito atrasados e precisava correr. Ela não pareceu engolir a desculpa, mas não insistiu mais.

Já no final da semana, parecia que eu havia sido removida da minha própria vida e a assistia de fora. Meus dias passavam como uma montagem em um filme: eu acordava, me exercitava, trabalhava, estudava e dormia.

E repetia.

E repetia.

E repetia.

O estudo, antes uma tortura, tornou-se meu refúgio. Não só queria que meus sacrifícios valessem a pena, mas concentrar-me em assuntos difíceis, resolver questões e memorizar informações tornou-se meu novo vício: eles exigiam do meu cérebro toda a energia e a atenção que eu podia dar, e eu as concedia de mão aberta.

Assim, não sobrava tempo para pensar *nele*.

Isso até que, quase caindo de sono sobre os livros, eu me deitava na cama para dormir. E era em meus sonhos que ele me visitava. Amável, carinhoso e cuidadoso como sempre. Nos meus sonhos, ele dizia que ficaria tudo bem, que confiava em mim, que sempre estaria comigo.

"Eu não vou a lugar algum, tá?"

Suas palavras ecoavam até eu acordar com o som do despertador, os olhos úmidos e um vazio no peito. Tão logo secava os olhos, trancava esses pensamentos no fundo da minha mente — apesar de eles sempre encontrarem um jeito de fugir — e me levantava para mais um dia de trabalho e estudo. Agora, quase uma semana depois da nossa conversa, ainda estou em um pesadelo do qual não consigo despertar.

Pisco para a tela do computador e, não havendo mais nada na agenda desta terça-feira, começo a me preparar para ir embora. Antes que eu possa fechar o *notebook*, no entanto, uma notificação do *blog* De Concurseiro a Concursado apita: "Simulado Nacional Polícia Civil - Prêmios para os primeiros colocados".

Inclinando a cabeça para o lado, vou até a página. Ela anuncia um simulado neste sábado de provas para os diversos cargos da Polícia Civil aqui de Minas, inclusive para o meu de delegado — apesar de ser um concurso estadual, muitos, para não dizer milhares, são os concurseiros que vêm de outras regiões do país para competir por uma vaga.

Rolo o cursor. O simulado será *on-line*, mas também haverá

algumas aplicações em salas de estudos e de cursinhos — passando os olhos, consigo encontrar a Focus entre os aplicadores. Quem participar presencialmente poderá concorrer a alguns prêmios: o primeiro lugar levará um *notebook*, fornecido pelo cursinho *online* patrocinador do simulado, ao passo que o segundo lugar ganhará um ano de acompanhamento com *coaching*, e o terceiro, um ano de acesso aos cursos de sua escolha.

Uau.

Além da premiação, haverá um *ranking* com todos os participantes e outro apenas com os presenciais — talvez porque quem participar *online* pode acabar colando.

Meu estômago se aperta só de me imaginar navegando pelo *ranking*. Não suportaria não encontrar meu nome na lista outra vez.

No entanto, não posso fugir disso para sempre. Essa pode ser uma boa forma de decidir de vez para qual cargo vou prestar o concurso agora, se o de delegado ou o de escrivão.

Se for mal no simulado, terei pouco mais de trinta dias para correr atrás das matérias da prova de escrivão que ainda não estudei e brigar por uma das vagas. Se for bem, sigo em direção ao meu sonho de ser delegada de polícia.

Agora seria um bom momento para eu conquistar uma vitória, mesmo que não seja a que mais preciso.

Estaciono do outro lado da rua da casa de Carlos e Maurício. Só de vê-la, fico sem fôlego.

Calma, Melissa.

Depois de uma semana, muitas mensagens preocupadas de Amanda, perguntas de Priscila e muitas interrupções de Jéssica entrando no meu quarto durante os estudos — de fato, é impossível estudar bem em casa —, estou de volta à Focus.

O fato de ter vindo em um dia em que *ele* não costuma vir é só um detalhe.

Recupero aos poucos minha respiração e, evitando que meus pensamentos cheguem a um certo alguém, saio do carro. Em vez de ir direto para minha cabine, passo pela copa para encher minha garrafa de água. Mal entro no cômodo e sou surpreendida por soluços e fungadas.

Minha cabeça se vira instantaneamente e encontro Daniela sentada sobre o pufe azul-turquesa, os cotovelos apoiados sobre as coxas e a cabeça enterrada nas mãos. Seus ombros tremem com o choro. Meu primeiro reflexo é sair, para dar-lhe alguma privacidade, mas, em seguida, acho que talvez o que ela menos quer seja ficar sozinha.

Eu me aproximo devagar e digo, baixinho, para não assustá-la:

— Dani? Está tudo bem?

Apesar da minha intenção, ela ainda assim dá um pulo e leva a mão ao peito. Com as sobrancelhas erguidas, vira-se em minha direção e solta o ar, aliviada, quando me identifica.

— Ah, oi, Mel. — Sua voz sai fanha, e ela funga logo em seguida. — Bem.

Seu olhar vai ao chão enquanto lágrimas voltam a encher seus olhos. Deixo minhas coisas sobre o balcão e me sento ao seu lado, dando pequenos tapinhas em suas costas.

— Se precisar desabafar… estou aqui.

Ela respira fundo, como que tomando coragem ou buscando as palavras certas.

— Domingo passado foi a segunda etapa do meu concurso para a magistratura e… e… — Daniela volta a chorar.

Sem precisar ouvir o restante da frase, já sei exatamente o que aconteceu. Levanto-me e pego um guardanapo para ela no nicho do café. Uma faca se afunda e gira em meu peito, seguida por uma dor aguda, quando vejo o pote de biscoitos Oreo bem na minha frente.

Agora, não, Melissa.

Aperto os olhos com força e levo o papel para a garota, que me agradece.

— O problema — ela diz, a voz ainda falhando — é que todos os meus amigos acham que sou burra, que eu devia deixar os estudos para lá e só assumir o escritório do meu pai mesmo. Não entendem por que tentar algo tão difícil sendo que — ela suspira e faz o sinal de aspas com os dedos — "meu futuro está garantido".

Franzo o cenho. Ótimos amigos, hein?

— Eu só queria conquistar algo com meu próprio esforço, sabe? — concordo com a cabeça e ela continua: — Me cansei de todos sempre falarem de mim pelas costas sobre como só me preocupo com a aparência ou minhas roupas, ou sobre como vivo em uma bolha só porque minha família tem dinheiro. — Ela me fita, e consigo sentir sua sinceridade. — Mas, ao mesmo tempo que dizem isso, eles me criticam por tentar conquistar algo sozinha. — Daniela respira fundo. — Não tenho como ganhar.

Levo minha mão às suas costas, dando novos tapinhas encorajadores.

— É impossível agradar todo mundo, Dani, ou mesmo ser compreendida. Mas saiba que, aqui, ninguém te enxerga dessa forma. Sempre te vejo firme na sua cabine, todos os dias, dando o seu melhor. — É verdade, nem sequer me lembro de um dia em que ela tenha faltado nas semanas em que vim. Abro um pequeno sorriso. — E esse esforço vai ser recompensado, desde que você não desista.

Daniela seca o canto dos olhos com um novo guardanapo, tomando cuidado para não borrar a maquiagem claramente à prova d'água.

— E tenho certeza de que você não é burra, que absurdo! — exclamo, revoltada. — Como teria passado para a etapa discursiva de uma prova de magistratura? É cada uma, viu?

Ela solta um risinho, satisfeita com a minha indignação honesta.

— Se serve de consolo — digo —, saiu o resultado da minha

prova do TJ para técnico na semana passada. — É minha vez de suspirar. — Nada do meu nome na lista.

Ela pisca os olhos vermelhos e inchados para mim e assente com a cabeça, pegando minha mão.

— Não têm sido bons dias para a gente aqui na Focus, não é?

— Você não imagina — murmuro.

Meus olhos ardem, mas minha fonte de lágrimas já deve ter se secado a essa altura. A copa fica em silêncio enquanto Daniela pega um estojinho na bolsa em seu colo e confere no espelho o estrago do choro em seu rosto, limpando pequenas manchas com o indicador.

— Por falar em dias ruins… — diz. — O que diabos você fez com o coitado do Leonardo?

Arregalo os olhos, surpresa.

— Oi? — é o máximo que consigo perguntar.

Ela solta o ar em um suspiro exasperado.

— O homem está se arrastando pela Focus feito um zumbi desde a semana passada. Como você não veio mais, imaginei que tinham brigado ou algo do tipo. — Ela me encara, suas sobrancelhas curvadas para cima. — É sério, Mel, você precisava ver a aula dele no sábado. Ele parecia… sei lá, *mal*.

Uma mão forte e invisível esmaga minha garganta. Tento engolir em seco, mas nem isso consigo. Fecho os olhos para me acalmar e, só depois de alguns segundos, consigo responder:

— Eu… a gente… quero dizer, eu…

Balanço a cabeça frustrada.

Eu vi uma sombra de dor cruzar seus olhos na nossa última conversa, mas, apesar de tudo, não imaginei que ele poderia ficar tão mal quanto eu.

Daniela aperta minha mão.

— Eu entendo, Mel. — Ela abre um leve sorriso. — Espero que tudo se resolva.

Tento sorrir de volta.

Eu também.

QUESTÃO 23

A situação, mesmo já desfavorável, de um indivíduo pode sempre ser agravada.

(Certo)

(Errado)

Imersa em minhas revisões para tentar ir bem no simulado, mal vejo os dias passarem até o final da semana. Sem querer me arriscar, ainda evito estudar na Focus nos dias em que Leonardo costuma frequentá-la.

Encontrei Amanda na quarta-feira e, durante o intervalo, contei tudo o que havia acontecido, desde a reprovação até o término com o Léo — se é que podemos terminar algo que nem começamos direito. Apesar de entender minha decisão, ela disse concordar mais com a parte de mim que ainda acha que com Leonardo poderia ser diferente.

Se eu não tivesse estragado tudo, claro.

Expiro o ar com força, tentando espantar o nervosismo que chega com a iminência do simulado. Em minha sacola, confiro o material: caneta, água, castanhas, um tabletinho de chocolate 85% cacau... Tudo ok.

O relógio ainda me dá 20 minutos até o início oficial da prova. Na frente da sala indicada no meu *e-mail* de confirmação, há um papel com o nome dos alunos que vão participar do simulado. Nele, reconheço o nome de Rafael e de um outro estudante da Focus; os outros dez candidatos me são desconhecidos.

Entro e me sento na carteira em que está colado o adesivo com meu número, ajeitando meus materiais. À minha volta, alguns candidatos que não reconheço estão sentados às suas mesas; alguns revisando anotações, outros mexendo no celular, e tinha até um moço com a cabeça abaixada... dormindo?

Essa é a sala em que acontecem as aulas da turma de discursivas do Léo. Nesse dia, nesse horário. Claro que ela foi desmarcada por causa do evento, mas... será que ele estará por aqui hoje? Ou pior: e se for ele quem aplicará a prova? O medo de encontrá-lo se funde ao nervosismo do simulado que está por vir, deixando-me uma bagunça completa.

Aperto os lábios e, fechando os olhos, conto devagar até 10. Ou quase, pois ainda estou no sete quando uma mão pousa em meu ombro, e dou um pulo na carteira.

— Nervosa? — pergunta uma voz masculina atrás de mim.

Eu me viro de uma vez, mas, a essa altura, já sei que não é *ele*.

Faço para Rafael minha melhor expressão de "sabe como é", e ele responde com um sorriso verdadeiro.

— Esses simulados são bons — diz. — Nos ajudam a ver se estamos em um nível competitivo e a identificar algumas dificuldades. — concordo com a cabeça, e ele continua: — No caso da nossa prova, do tipo certo e errado, o simulado ajuda também a treinar a estratégia. Você sabe como vai fazer?

— Por causa da perda de pontos?

— Isso.

— Hum... Não sei. — Mordo a bochecha. — Acho que não terei coragem de chutar muita coisa. Vou tentar responder só àquelas que sei e deixar as outras em branco.

Nesse tipo de prova, como se perde um ponto a cada questão errada, marcar uma opção sem ter certeza pode não ser a melhor das estratégias.

— Uhum. No meu caso, vai depender. Se eu conseguir responder muitas, acho que vou tentar preencher o resto da prova até igualar o número de "certos" ao número de "errados". Dizem que funciona também.

— Deve ser uma boa, mesmo. Será que o simulado virá meio a meio, igual às provas?

— Acho que sim, senão não faria sentido.

Assinto. Neste momento, do canto do olho, vejo uma figura entrar na sala a passos largos, com um pacote de papéis na mão. Será que...? Meus ombros relaxam quando Carlos para em pé, atrás da mesa do professor, e organiza as provas. Apesar da vontade de ver Leonardo, eu jamais conseguiria me concentrar com ele tão próximo assim.

Não agora.

Quatro horas depois, exausta, eu me jogo no pufe azul-turquesa. Com as duas mãos sobre os olhos, solto a cabeça para trás, sem forças.

Das 120 questões, respondi 86, apenas; 34 questões ficaram em branco. 34. Mais de 25% da prova *em branco*.

Algumas dessas questões, eu até sabia responder, de certa forma, mas não tinha a convicção necessária para marcá-las no gabarito. Eram pequenos detalhes dos quais não estava certa, e errar podia custar caro.

Infelizmente, não tenho do que reclamar: a prova estava muito bem-feita — parabéns para o Sr. Concursado ou a equipe envolvida. As questões foram bem pensadas, sem ambiguidades. Não identifiquei nenhuma margem para recursos ou questões anuladas.

O problema fui eu.

A essa altura do campeonato, a cerca de um mês da prova, eu devia estar com um desempenho melhor, ou pelo menos mais confiante. Consegui fechar todos os assuntos do edital — e sei que isso, em si, já é uma grande vitória, como o Sr. Concursado costuma dizer —, mas de que adianta se ainda não tenho a segurança necessária para responder às questões da prova?

Talvez esse tenha sido o sinal de que precisava para saber que ainda não é a minha hora. Talvez, algum dia, eu esteja pronta para prestar a prova para delegado. Mas não agora. O mais seguro a fazer talvez seja prestar o concurso para o cargo com mais vagas, menos matérias, menos etapas, menos concorrência.

Aperto os olhos, tentando prender as lágrimas que retornaram.

A porta da copa se abre e o barulho me faz levantar a cabeça de uma vez. Relaxo os músculos quando Amanda aparece em minha frente e, ao me examinar de cima a baixo, encrespa a testa, em uma expressão preocupada contornada pelos cachos negros.

— Tão mal assim? — pergunta, sentando-se ao meu lado.

Eu me limito a concordar com a cabeça.

Abro a mochila e pego os boletos das taxas de inscrição do concurso, que imprimi ontem no escritório. Um deles, para o cargo de delegado; o outro, para o de escrivão. Meus olhos pulam entre os dois.

— Ainda não se decidiu?

— Minha ideia era usar meu desempenho nesse simulado para me decidir e... — torço os lábios. — Bom, não fui nada bem, então acho que isso indica que talvez eu ainda precise de mais um tempo para enfrentar a prova de delegado. Quem sabe na próxima?

— Mas, Mel — Amanda interrompe —, não tem como saber quando será o próximo concurso, pode levar anos!

— Pode ser exatamente o que eu preciso.

Assim que as palavras saem da minha boca, meu peito se aperta ainda mais. Será mesmo esse, o fim?

Guardando o boleto da inscrição para a prova de escrivão na mochila, eu me levanto, o ingresso para o meu sonho dobrado em minha mão.

— Vou para casa, Mandi. Melhor tirar o resto do dia para

descansar e esfriar a cabeça. E preciso ajustar meu planejamento para os próximos dias.

— Mas, Mel! — Ela também se levanta. — Tem certeza? Espera mais um pouco.

— Melhor não, Mandi. Ou posso acabar sem ter chances em nenhum dos cargos. E, bom, de um jeito ou de outro, eu estaria na polícia, né? É só fazer um pequeno ajuste na imagem do que quero para meu futuro.

Faço menção de andar em direção à porta, mas meu pé se recusa a dar o passo seguinte.

O cheiro do perfume amadeirado do qual mais sinto falta toma a copa e, sob o batente, encontro Leonardo. Seu cabelo está menos arrumado que o normal e aquela sombra sob seus olhos está maior, mas ele continua deslumbrante: uma camisa azul-marinho abraçando seu torso, acompanhada por uma calça bege e um sapatênis marrom. Até do seu jeitinho alinhado de se vestir eu sinto falta.

Preciso que o tempo pare para que eu possa observar Léo mais um pouco, mas, como não é possível, meu corpo para no lugar e me permito inspirar sua presença. Pouco mais de dez dias sem vê-lo e a saudade já corrói meus ossos. Entretanto, tê-lo assim, tão próximo e, ao mesmo tempo, inalcançável, não me traz o alívio de que preciso, mas sim uma dor que eu jamais poderia imaginar.

Todos os meus músculos fazem menção de se moverem até ele. Meus pés querem se aproximar. Minhas mãos, tocarem seu rosto, acariciarem seus braços e descansarem em seu peito. Meus dedos querem entrelaçar-se aos seus, e meus lábios, beijá-lo.

A respiração acelerada não consegue me trazer o oxigênio de que preciso, e o aperto em minha garganta é ainda mais excruciante quando vejo seu peito subir e descer tão rápido quanto o meu. Nossos olhos se encontram e ficamos assim, parados.

O mundo em nosso entorno deixa de existir. Somos só nós dois.

Aperto os dedos, e o papel se amassando em minha mão me lembra de tudo o que está acontecendo. Lembra-me dos fracassos que venho acumulando e do que precisei fazer para interromper essa tendência.

Envio o comando para os meus pés, que finalmente se movem em direção à porta. Com um movimento mínimo, jogo o boleto na lixeira da copa, abandonando meu sonho da mesma forma que fui abandonada minha vida inteira.

Sigo meu percurso e, ao passar por Leonardo, dou-lhe um breve bom-dia, torcendo para que ele não note a fraqueza em minha voz nem a umidade em meus olhos. Não tenho coragem — nem forças — de escutar sua voz em resposta.

Largo minhas coisas sobre a mesa antes de me jogar na cama. Agora, na solidão do meu quarto, deixo as lágrimas escorrerem.

Arrependimento.

Raiva.

Frustração.

Uma mistura angustiante de sentimentos me incapacita sob as cobertas. Encolho-me em posição fetal, tentando me blindar do mundo; remover-me de tudo aquilo, da minha própria vida.

Será que meu problema foi ter sonhado alto demais? Talvez ser aprovada em um concurso tão difícil seja impossível para alguém como eu. Talvez eu não seja, e nunca serei, inteligente o suficiente. Talvez, por mais que me esforce, por mais que abra mão de tudo — inclusive da minha felicidade —, eu nunca consiga chegar lá. Talvez nunca consiga dar à minha família o que ela merece.

Aperto as mãos contra o rosto, desesperada por aliviar a dor que tenta me quebrar em mais mil pedaços, como se já não estivesse despedaçada o suficiente. Com o tempo, os soluços vão cessando, aos poucos, e não consigo perceber o momento em que sou engolida pelo sono.

Abro os olhos e eles estão mais pesados que o normal, inchados. Viro-me para o lado e encontro Jéssica sentada em minha cadeira, de costas para mim, trabalhando em seu *notebook*. A luz do sol ainda passando por entre as persianas me mostram que ainda estou em um dos meus piores dias.

— Jeh? — Minha voz sai rouca, fraca.

Ela se vira de uma vez, a preocupação estampada em seu rosto.

— Mel... — Minha amiga atravessa o quarto e se senta ao meu lado, na cama. — O que houve? Cheguei do almoço com meus pais, te ouvi chorando pela porta e... não sabia o que fazer, então esperei. E aí, quando ficou em silêncio, eu entrei, e você já estava dormindo... esperei mais um pouco. — Ela abre um sorriso amistoso. — Você quer conversar?

Ergo o corpo e me encosto na parede. Finalmente conto para ela tudo o que aconteceu — minha reprovação, meu término com Leonardo, o simulado de hoje cedo e minha decisão sobre o concurso. Ao contrário do que dizem, falar sobre o assunto não deixa nada mais fácil.

— Desculpa te assustar, Jeh. — Expiro o ar com força. — Acho que faço tudo errado, não sei. Talvez eu devesse me dedicar só à minha profissão de advogada, mesmo. Apesar de não gostar muito, sou boa no que faço. Agora, no estudo para concursos... — Balanço a cabeça. — Todos os sinais indicam que não sirvo pra isso, sabe?

Jéssica me encara, com suas feições incomumente sérias.

— Não — diz, por fim.

— Não?

— É, "não". — Ela dá de ombros. — Essa sua linha de raciocínio não combina com você.

Inclino a cabeça, e Jéssica pergunta:

— Há quanto tempo somos amigas, Mel? — Tento fazer as contas, mas ela só faz um sinal com a mão. — Há muito tempo, o suficiente para eu saber que você não é o tipo de pessoa que desiste fácil assim.

— Fácil? — pergunto, incrédula. — Estou há dois anos dedicando cada momento livre aos estudos, Jeh. Anos dando desculpas para meus amigos de por que não posso encontrá-los — inclino a cabeça em sua direção —, inclusive, para você; anos dormindo tarde, acordando cedo, cansada o tempo todo; anos deixando de ver séries e filmes que queria, de ler os livros que queria, de viajar... Enfim, deixando de viver.

Solto o ar com força e continuo:

— E tudo isso pra quê? Ao invés de me aproximar, pareço estar cada vez mais longe. — Enterro meu rosto em minhas mãos. — Não tenho mais energia para continuar assim, Jeh.

Minha amiga me abraça.

— Eu sei, Mel — diz, com a voz gentil. — Mais do que ninguém, sei bem pelo que tem passado. Acompanhei tudo de perto, não foi? Mas, mais do que ninguém, e mais do que você mesma, aparentemente, sei o quão forte você é. E se tem alguém que aguenta essa batalha e é capaz de vencê-la, é você.

Ergo a cabeça e encontro seu olhar tranquilo.

— É sério, Mel. Você merece isso! Pode parecer impossível agora e sei que não entendo muito de como essa coisa toda funciona, mas sei que, se você se mantiver firme, a sua vez vai chegar. — Ela abre um sorriso brincalhão. — Não quero que todo esse tempo que não pôde aproveitar comigo tenha sido em vão. Foi muita coisa que a gente perdeu por causa desse estudo, agora você tem que passar!

Nós duas rimos, eu ainda sem muito humor na voz, mas me sentindo um pouco melhor.

— Hoje vai tirar o resto do dia de folga, tá? — Ela se levanta, sacando o celular do bolso do seu jeans. — É uma ordem! Vou comprar um sorvete bem gostoso e nós vamos assistir a todos os filmes que deixamos de ver nos últimos anos e fofocaremos muito até cairmos no sono, combinado?

Faço que sim com a cabeça. Depois da turbulência dos últimos dias, acho que mereço uma noite só para mim.

Amanhã, junto meus fragmentos e sigo minha batalha.

QUESTÃO 24

Considera-se em mora o devedor que não efetuar o pagamento no tempo, lugar e forma que a convenção estabelecer.

(Certo)

(Errado)

Acabo de entrar no meu quarto, voltando da academia do prédio na quarta-feira de manhã, quando a música "Remember the Name", de Fort Minor, é interrompida pelo toque do meu celular. Retiro-o da pochete e, na tela, aparece uma foto de Amanda.

Tirando os tênis, atendo à ligação inesperada: apesar de sempre trocarmos mensagens, ela nunca me ligou antes.

— Mel! — Mandi grita dos meus fones de ouvido. — Você viu o resultado?!

— Que resultado?

— Do seu simulado! Ai, meu Deus, você ainda não viu? Hoje vim cedo para a salinha e encontrei a lista colada no corredor e... e... — sua voz está animada demais para alguém prestes a dar más notícias. — Mel, você ficou em primeiro!

Solto uma risada sem humor.

— Em primeiro de trás pra frente, né? — indago.

— Não! — Ela ri de volta. — Bem, a não ser que outra Melissa Rocha tenha feito o simulado, é você quem está na frente!

Torço os lábios de um lado ao outro.

— Mas não tem como. Eu só respondi 86 questões e...

— E acertou todas! Essa foi a maior nota! O 2º lugar ficou com 85 pontos. Foi por pouco, mas você está na frente!

Com as mãos trêmulas, abro meu *notebook*, debruçando-me sobre a mesa, e vou direto para o *blog* De Concurseiro a Concursado, em que o primeiro artigo é justamente com o resultado do simulado.

E ali está meu nome, em primeiro lugar.

— Não acredito — murmuro.

— Pode acreditar, Mel! Eu sabia que você estava bem! — Amanda dispara. — Depois que foi embora, no sábado, o Rafael chegou à copa reclamando que o simulado estava impossível, que ele não soube responder várias questões e que não tinha certeza se tinha sido uma boa estratégia chutar tantas assim. Aparentemente, não foi.

Desço até a seção de comentários e encontro uma enxurrada de concurseiros comentando sobre a prova.

— É mesmo, Mandi — concordo, ainda incrédula. — Estão comentando no *post* que a prova estava muito difícil e que foram pior do que esperavam.

Um sorriso se abre em meu rosto. Fui bem!

Nos concursos, não importa tanto sua nota absoluta, mas sim como você fica em relação aos demais candidatos, de modo que, em uma prova difícil, é natural que as notas sejam mais baixas. No entanto, estava tão cega por minhas inseguranças que achei que a prova tinha sido complicada só para mim, esquecendo-me completamente de ver o que os outros candidatos tinham achado.

— Tá vendo, Mel? — Amanda comemora. — Você arrasa! Você *tem* que prestar essa prova para delegado. Com certeza vai se sair bem, ainda mais com o tempo que ainda tem para estudar até lá!

— Eu... Será, Mandi?

— Claro! — minha amiga grita, animada.

Uma esperança aquece meu peito e uma nova energia acende meu corpo. *Ainda tenho chance!* Eu me imagino com meu distintivo em mãos, entrando na delegacia para meu primeiro dia de trabalho e...

— Ai, não! — é minha vez de gritar.

— O que houve, Mel?

— Hoje é... — meu quarto gira ao meu redor, fazendo-me despencar sobre a cadeira. — Merda.

— O que foi?

— Eu perdi o prazo para o pagamento do boleto. O último dia foi segunda-feira.

Levo a mão até o rosto e fecho os olhos.

Burra! Burra! Burra!

Eu não acredito que vai ser desse jeito que meu sonho vai acabar. Por um detalhe como esse.

— Hum... é... — Amanda diz, hesitante. — Na verdade, você meio que pagou, sim.

Franzo as sobrancelhas.

— Não paguei, Mandi. — Minha voz falha por causa do nó em minha garganta, cada vez mais apertado. — É aquele que joguei fora no sábado, lembra?

— Sim, eu sei. Então...

— Então o quê? — pergunto, impaciente.

— Naquele dia, o Leonardo meio que... Bom, ele pagou aquele boleto.

— Ele o quê?!

Meus olhos se arregalam e meu coração vai de zero a cem em um segundo.

O rosto confuso de Jéssica surge sob o batente da porta e faço para ela um sinal com o indicador, pedindo "um minuto".

— Não fique brava comigo — diz Amanda —, mas eu contei pra ele o que havia acontecido quando você saiu. Ele entendeu, mas disse que tinha medo de você acabar se arrependendo de desistir e perder a inscrição... então ele pagou lá na hora mesmo, pelo celular. Ele queria que você pelo menos tivesse a opção de fazer a prova, se assim quisesse.

Lágrimas embaralham minha visão, e Jéssica já está ao meu lado, acariciando minhas costas com círculos tranquilizadores.

— Eu... eu...

As palavras me falham mais uma vez quando uma enorme onda de alívio me atinge em cheio.

Alguns minutos depois de explicar o ocorrido para uma Jéssica tão boquiaberta como eu, consigo parar de tremer e me levanto para tomar um banho. A água quente bate contra meus ombros, ajudando a aliviar a tensão acumulada nesses últimos dias. Minha vida, antes um tanto quanto pacata — o esperado para alguém que concilia o trabalho com o estudo para concursos — virou de cabeça para baixo no dia em que saiu o edital para a prova da polícia. Ou teria sido no dia em que fui visitar a Focus pela primeira vez?

Quem você quer enganar? É claro que foi no dia em que o conheceu.

Aperto os lábios. Preciso agradecer ao Leonardo o que fez por mim.

Apesar de tê-lo praticamente expulso da minha vida, ele, ainda assim, salvou meu futuro — ou, pelo menos, minha chance de lutar por ele.

Hoje, quarta, ele não vai à salinha, então não faria sentido esperar para lhe agradecer pessoalmente. E, além do que, não sei se estou pronta para isso. Da última vez, tive de usar todas as minhas forças para me impedir de me jogar em seus braços, implorar para que esquecesse tudo o que eu havia dito e confessar que, na verdade, eu queria, sim, ficar com ele.

Para sempre, de preferência.

E agora, unindo-se ao turbilhão de sentimentos que eu já nutria por ele, está toda essa gratidão que me tomou hoje mais cedo. Dessa vez, nem todas as minhas forças seriam suficientes para me impedir de fazer uma besteira.

Quem sabe uma mensagem? Ou seria frio demais? Se bem que acho que ser fria seria bom, dada a nossa situação. Hum... com a toalha no cabelo, paro na frente do armário enquanto escolho a roupa do dia. Talvez uma ligação? Eu *odeio* ligações, mas... Meu corpo todo se agita com o mero prospecto de ouvir sua voz.

— Calma, Melissa — murmuro para mim mesma. — Será uma ligação estritamente... profissional.

Certo. Vou ligar, agradecer a ele e desligar. Rápido e indolor — em um mundo em que atravessar uma faca pelo próprio peito seja considerado indolor, claro. Ok. Só vou me vestir primeiro.

Sim, roupas.

Estou terminando de abotoar a camisa verde-musgo quando, de meu *notebook*, vem o som de uma notificação. Eu me aproximo da tela e, ao ver se tratar de um *e-mail* do Sr. Concursado, clico sobre o alerta:

Prezada Melissa, tudo bem?

Gostaria, primeiramente, de parabenizá-la pelo seu excelente desempenho no simulado.

A prova estava de altíssimo nível — sabe como dizem: treino difícil, jogo fácil, não é mesmo? — e, ainda assim, você conseguiu se destacar e ficar em primeiro, vencendo quase 4 mil inscritos espalhados por todo o Brasil.

É claro que, em concursos, nada nunca é garantido, mas gostaria que você enxergasse esse resultado como um sinal de que você está, sim, competitiva e que tem uma excelente chance de conquistar uma vaga neste próximo certame.

> Eu sei que, às vezes, pode parecer que não, mas você está no caminho certo.
>
> Como combinado, você receberá seu prêmio de primeiro lugar: um notebook novinho para você utilizar nos estudos. Posso encaminhá-lo à Focus Salas de Estudos para você?
>
> Parabéns, mais uma vez.
>
> Um abraço,
>
> Sr. Concursado
>
> P.S.: Gostaria de aproveitar e lhe agradecer pelo apoio de sempre aqui na página, por todas as suas mensagens e pelos comentários dos outros concurseiros que você costuma responder, ajudando-os a seguirem firmes em seus estudos.
>
> E, é claro, gostaria de agradecer por ter acreditado em mim, lá atrás, quando ainda estava estudando, e ter me encorajado a prestar minha prova quando pensei em desistir. Se não fosse por você, eu com certeza não estaria aqui hoje.

 Preciso piscar duas vezes, conferir o remetente outras duas e ainda reler meu nome no início do e-mail para ter certeza de que aquela mensagem é mesmo para mim.

 Bom, eu me lembro de quando sua conta ainda era "Sr. Concurseiro", há uns três anos, e eu acompanhava sua rotina de estudos. Qualquer um que visitasse seu perfil com alguma frequência chegaria à mesma conclusão a que cheguei lá atrás: em breve, ele seria aprovado. Sua determinação era clara; sua dedicação, óbvia; e sua disciplina, escancarada. Não havia dúvidas de que era apenas questão de tempo.

 No entanto, eu me lembro de uma única vez que ele pensou em desistir. Ele tinha acabado de ir mal em uma prova e, em alguns meses, teria outra, a do Ministério Público, para o cargo de promotor. Sua reprovação anterior fez com que o Sr. Concurseiro questionasse sua capacidade e seus métodos. E, então, ele fez uma postagem compartilhando o que havia ocorrido com seus seguidores, dizendo que não ia mais prestar essa segunda prova para conseguir se reorganizar e se preparar mais para uma nova oportunidade.

Ao ler aquilo, eu soube que não estava certo. Eu sentia que ele *merecia* estar lá dentro, e algo em mim dizia que ele conseguiria a aprovação se seguisse firme até o fim. Aí eu... bem, meio que me intrometi.

Até aquele dia, havíamos trocado algumas poucas mensagens, mas nada de mais. Dessa vez, no entanto, conversamos de verdade. Sei que não era meu lugar, mas insisti para que ele repensasse, para que não jogasse fora aquela oportunidade antes mesmo de tentar.

Olha quem fala, hein?

No fim das contas, ele foi prestar a prova. E passou.

Sempre gostei de pensar que eu tinha tido algo a ver com isso, mas, no fundo, sabia que era um exagero da minha parte. Até agora.

"*Se não fosse por você, eu não estaria aqui hoje.*"

Saber que pude fazer tamanha diferença na vida de alguém, ainda mais de alguém que admiro tanto, como ele, faz meu peito esquentar e uma nova determinação nascer em mim.

Assim como eu, ele havia — ainda que erroneamente — se sentido incapaz e despreparado. Ele teve suas próprias inseguranças e, mesmo tendo fraquejado por um momento, seguiu até o fim.

E conseguiu.

Será que isso significa que também posso conseguir? Será que, mesmo com todas essas dúvidas e medos, ainda posso realizar meu sonho?

Deixo para responder o *e-mail* mais tarde, porque agora preciso focar em outra pessoa que admiro. Já faz quinze minutos que estou encarando a tela do meu celular, o contato do Leonardo me encarando de volta. Seu nome me desafia a ligar ao mesmo tempo que me amedronta.

Preciso lhe agradecer, disso não há dúvidas. Mas será que, mesmo depois de tudo, ele ainda quer falar comigo? Ou eu apenas o incomodaria?

Saio da cadeira e me deito na cama de barriga para baixo, apoiando-me sobre os cotovelos. Continuo encarando o telefone, até que mordo o lábio inferior e, apertando os olhos, toco em "Chamar". Meus pulmões fazem o favor de entrar em greve, então luto para retomar minha respiração enquanto a chamada se completa.

Tuum... Tuum...

— Alô?

É normal só um "alô" de alguém causar arrepios em todo o corpo?

— É... Ei, Léo, tudo bem?

— Aconteceu alguma coisa, Melissa? Alguma emergência? — sua voz soa apreensiva do outro lado da linha.

— Ah, não. Desculpe, não queria preocupá-lo, eu só...

Consigo ouvi-lo expirar o ar com força.

— Tudo bem, só me lembrei da sua política de não ligações e achei que pudesse ter acontecido algo. — Ele respira fundo mais uma vez. — Aqui está tudo bem, sim, e com você?

Sua preocupação comigo, mesmo depois de tudo o que houve, faz meu peito doer, mas consigo lhe responder:

— Também.

Silêncio.

Vamos, Melissa, diga alguma coisa.

— É... — Limpo a garganta. — Na verdade, eu queria te agradecer. A Amanda me contou o que aconteceu, que você fez o pagamento da minha inscrição e... bem, obrigada.

— Não foi nada, Mel.

Mel.

É sério, quando esse homem me chama assim, fica difícil

pensar com clareza.
  Continuo meu agradecimento conforme o plano inicial:
  — Graças a você, eu vou ter pelo menos uma chance e... ah, e é claro que vou te pagar de volta, se puder me passar sua conta, por favor.
  — Não.
  — Não? — Franzo as sobrancelhas.
  — Não precisa me pagar de volta. Faço questão.
  — Imagina, eu...
  Um suspiro chega ao meu ouvido.
  — Você precisa ser sempre tão teimosa? — mesmo falando de longe, consigo sentir seu sorriso.
  Dou uma leve risada.
  — Tá bom. — Eu me rendo. — É... obrigada?
  — Por nada, Melissa.
  Silêncio. De novo.
  Enterro meu rosto no travesseiro e dou um gritinho frustrado, e abafado, é claro. Há tanto que eu queria dizer...
  — Parabéns pelo resultado no simulado — ele é o primeiro a falar —, eu sabia que iria bem. Primeiro lugar, hein? Feliz?
  Levanto a cabeça, animada pelo assunto seguro. Sobre isso, eu consigo conversar.
  — Muito! Nunca imaginei... Na verdade, tive que conferir várias vezes se não tinha uma outra Melissa Rocha prestando o simulado, porque não acreditei... Ainda mais tendo deixado tantas questões em branco. Pelo visto, a prova estava difícil para os outros também.
  — Certamente. — Ele hesita, parecendo não saber se deve ou não levar a conversa adiante, mas, depois de alguns instantes, continua: — Agora você pode ficar menos ansiosa, não é? Se seguir firme nos estudos até o dia da prova, terá uma boa chance de conseguir uma vaga.
  — Sim. Vou focar nas matérias para delegado e me concen-

trar em manter minha carga horária até o fim.

— Estou aqui torcendo.

Aperto os lábios.

— Você sempre faz mais do que só torcer, Léo. Obrigada.

Silêncio.

— E como andam os treinos? — indaga, e quero abraçá-lo por desviar o assunto da conversa.

— Tudo certo! Não perdi nenhum nos últimos dias.

— Está dormindo bem?

Não. Você não deixa.

— Estou me deitando cedo, sim. — Não é uma mentira.

— A alimentação?

Um sorriso se abre em meu rosto.

— Não estou comendo todos os Oreos da copa, se é o que quer saber.

Uma risadinha abafada me abraça lá do outro lado da linha.

— Eles são pra você — diz, esquentando minhas bochechas em resposta. — Mas trate de ingerir também os nutrientes de que seu cérebro precisa, não só açúcar.

Meu sorriso se alarga ainda mais.

— Sim, senhor — respondo.

Ele dá outra risada baixa e tenho certeza de que está balançando a cabeça para os lados, em reprovação.

— Terminou de estudar todas as disciplinas?

— Por algum milagre divino, sim.

— Ótimo. Não esqueça de estudar bastante a lei seca nessa reta final... e de resolver muitas questões da sua banca. Foque nas objetivas, neste momento.

Fofo.

— Combinado. Provavelmente, vou precisar de um novo exame de vista quando tudo isso acabar, mas terá valido a pena.

— Com certeza. E deixe para se preocupar com as etapas discursiva e oral depois. Eu posso te ajudar. — Ele faz uma pausa antes de completar: — Se você quiser, claro.

Um time de atletas resolve praticar saltos ornamentais no meu peito.

— Não posso aceitar, não quero te atrapalhar.

— Você nunca atrapalha, Mel.

Ficamos em silêncio, mas dessa vez sou a primeira a falar:

— E sua defesa do mestrado? Preparado? Está chegando, não é?

— Falta pouco mais de uma semana. Já finalizei o roteiro que pretendo seguir e, depois de ensaiar uma ou duas vezes, estará tudo pronto.

— Vai dar tudo certo, Léo, tenho certeza.

Silêncio.

— Então... é... obrigada de novo. A gente se vê na salinha amanhã.

— Mel?

— Sim?

— Você sabe que eu continuo aqui, né? — Sua voz é firme e gentil ao mesmo tempo. — Vou te dar o espaço que quiser, pelo tempo que quiser... mas isso não quer dizer que desisti de você. De nós. Não tem ninguém que não seja você.

Suas palavras me abraçam e me cortam ao mesmo tempo.

— Eu...

Uma risada triste atravessa a linha.

— Não se preocupe, Mel. Eu entendo, você não precisa se explicar outra vez. Só quero que saiba que você não está sozinha e que pode contar comigo. Você não precisa carregar tudo nos ombros.

Preciso lembrar meus pulmões de respirarem enquanto penso no que responder. Mas Leonardo é mais rápido e logo acrescenta:

— Só não precisa me matar do coração com ligações inesperadas no processo.

Sinto um sorriso atravessar meu rosto.

— Prometo que só vou mandar mensagens. — penso um

pouquinho. — Ou então te aviso antes de ligar.

Escuto uma risada abafada do outro lado da linha.

— Tá certo. Tenha um bom dia, Mel.

Encerro a ligação e, pela primeira vez em dias, eu me sinto inteira.

QUESTÃO 25

Um convite não perde a validade mesmo na hipótese de alteração na relação entre as partes.

(Certo)

(Errado)

É uma pena que a faculdade de Direito não fique no campus principal da UFMG. Lembro-me de ter ido lá uma vez, em uma daquelas feiras de profissões, e foi como se estivesse em um filme. O campus é enorme e arborizado de tal forma que me senti em um parque ecológico, e não em uma instituição de ensino.

O prédio do Direito, no entanto, ergue-se imponente bem no centro de BH, uma região especialmente movimentada onde ou você tem muita paciência para encontrar uma vaga, ou deixa um rim para pagar por alguns minutos em um estacionamento. Assim, como não estou em posição de ficar gastando dinheiro à toa, estou há quase meia hora rodando em busca de um lugar onde parar meu carro. A procura, ainda bem, não me atrasa, pois saí de casa muito mais cedo que o necessário para chegar no horário marcado para a defesa do Leonardo.

Estou há dias me perguntando se deveria ou não vir, com medo de que, apesar das boas intenções, minha presença possa fazer mais mal do que bem — e o que menos quero é atrapalhá-lo neste momento tão delicado. No entanto, como na nossa última conversa por telefone ele não pareceu desconfortável, imaginei que o convite ainda estivesse de pé e, juntando minha coragem, vim.

Estou nervosa. Em parte, por ele — só consigo imaginar o tanto que precisou se esforçar para conseguir cursar o mestrado e escrever a dissertação ao mesmo tempo que equilibrava sua rotina de trabalho no MP e como professor — e, em parte, por mim, porque vou vê-lo. E, dessa vez, não vai ser só pelo tempo suficiente para cumprimentá-lo e sair correndo por algum motivo qualquer antes de o meu coração parar de funcionar.

Sei que vou precisar de toda a força de vontade que venho juntando nos últimos dias para me segurar e não fazer qualquer besteira. Mas nada disso importa, porque quero estar aqui por Leonardo. Quero que ele tenha meu apoio neste momento tão importante e saiba que, apesar de não podermos estar juntos, ele pode contar comigo, como já fiz tantas vezes.

Respiro aliviada ao encontrar uma vaga na base de um morro a alguns quarteirões. Paro o carro e, guardando minha pasta atrás do banco — daqui, vou direto para o escritório, claro —, pego meu celular e o pequeno embrulho de veludo verde, no meu porta-luvas há alguns dias, e caminho a passos largos na direção do prédio do Direito da UFMG. Olho as horas: ainda tenho trinta minutos. Será que, até eu chegar, ele já terá entrado? Torço os lábios. Queria poder lhe desejar boa sorte. Se me apressar...

Chegar até o prédio é fácil. Encontrar o auditório da defesa, no entanto, é uma história completamente diferente. O que é isso, um labirinto? Os números da sala vão se misturando e não têm qualquer relação com o andar em que estão ou uns com os outros; como se seu objetivo fosse confundir os visitantes, e não orientá-los. A essa altura, estou praticamente correndo de um lado para o outro, até que me rendo e abordo um aluno que vejo saindo de uma das salas para perguntar, entre respirações ofegantes, onde fica o lugar. Seguindo suas instruções — e é claro que eu estava indo para o lado contrário —, ando depressa até entrar em um corredor vazio. Pergunto-me se não errei o caminho de novo, até que... solto o ar, aliviada.

Ali está ele.

Em frente à última sala, Leonardo anda de um lado para o outro, com a cabeça baixa e lindo como sempre, em um terno azul-marinho que parece novo e realça ainda mais a cor de seus olhos. Ele esfrega uma mão contra a outra e as guarda no bolso da calça, só para tirá-las logo em seguida e fazer movimentos rápidos de abrir e fechar, ajustar a gravata também azul e guardá-las novamente.

Quero correr até ele e abraçá-lo até que se acalme, beijando-o por todo o rosto. Mas me forço a caminhar devagar, recuperando o fôlego, ao mesmo tempo que mando minhas mãos se comportarem. Ainda se concentrando nos passos, Leonardo não me vê até que esteja bem perto.

— Nervoso? — pergunto, escondendo minha própria ansiedade atrás de um sorriso.

Ele ergue o rosto, surpreso, e seus olhos se suavizam quando encontram os meus.

— Melissa — Ele sorri e vejo seu rosto se iluminar —, você veio!

— É claro, eu disse que viria, não foi?

— Sim, mas... — Ele leva a mão à nuca e sua expressão se apaga um pouco, como se se lembrasse de tudo por que passamos desde que me convidou.

— "Mas" nada. — Mesmo conseguindo controlar minhas mãos, são minhas pernas que me traem primeiro, dando um passo a mais e me aproximando dele. — Está tudo pronto? Já foi ao banheiro? Precisa de alguma coisa?

Leonardo ri, e meu peito se aquece, o calor derretendo o gelo que tinha se instalado ali nos últimos dias.

— Sim, está tudo pronto e... — Ele se inclina, deixa um beijo na minha bochecha e, ao se erguer, seus olhos me encontram. — Agora não preciso de mais nada.

Meu rosto queima, e, mesmo sem um espelho, sei que estou vermelha.

— Hum... Então... Então ótimo! — levo a mão até o bolso da calça e retiro o saquinho verde. — Trouxe uma lembrancinha para você. Não é nada de mais, mas pensei que talvez pudesse usar hoje e guardar como recordação.

Leonardo pisca confuso para o presente, mas logo o pega da minha mão e desfaz o laço com cuidado. Encaro seu rosto sem discrição alguma e vejo sua expressão se transformar quando termina de abrir o embrulho. Sorrindo, ele segura, entre o indicador e o polegar, o prendedor de gravata prateado que encomendei especialmente para este momento. Nele, está escrito em letras miúdas "só mais um passo!".

— Obrigado, Mel — ele diz e me puxa em um abraço apertado, meu corpo se inebriando com o cheiro e o calor do qual sentiu tanta saudade.

— Tenho certeza de que vai arrasar — digo contra a curva do seu pescoço. — Você literalmente dá aulas sobre como fazer isso.

Ele se afasta e, com um sorriso lindo no rosto, encaixa o prendedor na gravata.

— Tomara. Acho que vai ser como na minha prova oral do MP: na hora mesmo, até fico tranquilo; mas, enquanto estou esperando do lado de fora, não consigo evitar ficar nervoso.

Sorrio de volta.

— Mas não tem problema ficar. Aprendi com o Sr. Concursado que essa ansiedade é normal antes de uma prova importante e que, no fim, se você fizer a sua parte, não importa se estava nervoso ou tranquilo, o que importa é o resultado prático. Ou seja, o importante mesmo é se você acerta ou não as questões ou, no seu caso, se você faz uma boa apresentação. — Minha mão vai até seu braço, deixando um carinho encorajador. — E isso, sr. Leonardo, tenho certeza de que você vai fazer, tá? Vi o quanto você se dedicou nessas últimas semanas e, se te conheço bem, fez isso durante todo o mestrado também. Não tem como dar errado.

Leonardo aperta os lábios e guarda as mãos no bolso.

— Obrigado, Mel, significa muito. — Ele engole em seco, trocando o peso nos pés. — Sobre isso, eu…

Antes que eu possa continuar, um homem grisalho sai da sala

e chama por Leonardo. Seus ombros se contraem por um segundo, e ele me dá um breve sorriso antes de acompanhar quem imagino ser seu orientador.

Vou logo atrás e corro os olhos pelo auditório quase vazio. Os dois membros restantes da banca se sentam em uma bancada de frente para uma mesa menor, isolada no centro do tablado. Logo, o homem que nos buscou ocupa o lugar entre eles e Léo se senta no lugar de destaque com uma expressão séria, mas mais tranquila que a que tinha há alguns instantes.

Na plateia, estão dois grupinhos de três e quatro pessoas, talvez alunos da graduação, com suas feições jovens e animadas. Na fila no canto superior esquerdo do auditório, encontro dois rostos conhecidos, Carlos e Maurício, que logo me veem também. Sorrio e caminho até eles, ocupando a cadeira ao seu lado.

— Bom dia, Mel! — Maurício cumprimenta. — Também veio torcer pelo nosso garoto?

— Bom dia! Claro, não podia deixar de vir, não é?

— Eu devo estar mais nervoso que ele — diz Carlos enquanto estala os dedos das mãos.

Nós três rimos baixinho, o que dissipa um pouco da tensão.

— É uma pena que os pais dele não tenham conseguido vir. Estariam tão orgulhosos! — Maurício lamenta.

— Sempre estão, né? — Carlos concorda, pousando a mão sobre a do marido. — Mas, realmente, não seria bom para o Fábio deixar a mãe enquanto ainda está se recuperando.

— Aconteceu alguma coisa? — pergunto.

— Minha mãe escorregou na semana passada e caiu — explica Maurício. — Ela está bem, não chegou a fraturar nada, mas teve várias luxações e precisa ficar de repouso por uns dias. E do jeito que é teimosa... — ele ergue o celular. — De toda forma, vou filmar tudo! Então poderão assistir depois.

Trocamos sorrisos enquanto o professor grisalho — que se apresenta como Sérgio, o orientador de Leonardo — introduz os demais membros da banca. Nomes, credenciais e reconhecimentos são pronunciados, até que a palavra é dirigida ao próprio mestrando.

E então começa.

Se Leonardo ainda está nervoso, não deixa transparecer. Suas palavras saem calmas, bem articuladas, e sua oratória é impecável enquanto passa pelos principais pontos do seu trabalho sobre a seletividade do sistema penal brasileiro e a teoria da determinação da pena. Não consigo desviar o olhar por nem um segundo sequer e só respiro porque é impossível segurar o ar por todos os trinta minutos da apresentação. Admiração e orgulho bombeiam em minhas veias, e os mesmos sentimentos emanam dos tios ao meu lado, que, de mãos dadas, assistem ao homem que ajudaram a criar.

O tempo passa depressa e logo a primeira parte da defesa acaba. Solto o ar, aliviada pela etapa vencida sem muitas dificuldades: em nenhum momento Leonardo se embolou nas palavras ou esqueceu o que ia dizer. O conteúdo também foi muito bem desenvolvido e, a meu ver, não houve nenhuma contradição nem pontos que me geraram qualquer dúvida ou estranhamento.

Com a condução do orientador, tem início a arguição. Os membros da banca não são nada misericordiosos e bombardeiam Leonardo com uma pergunta mais capciosa que a outra. Eles folheiam a dissertação e questionam detalhes, exigem explicações adicionais e um deles até pede para Leonardo opinar sobre a aplicação das ideias desenvolvidas na dissertação em um caso real que ele descreve na hora.

Eu, Maurício e Carlos nos olhamos indignados e prendemos a respiração com cada pergunta que julgamos ser difícil demais — quase a totalidade delas — ou quando um membro insiste em se aprofundar em "picuinhas". Entretanto, Leonardo responde tudo com tranquilidade, respirando por alguns segundos para organizar os pensamentos antes de iniciar cada uma das suas falas — uma técnica que já vi sendo utilizada por candidatos nos vídeos de provas orais que assisti.

Os minutos vão passando e não sei se os professores querem

encontrar uma brecha no completo domínio que Léo demonstra sobre o assunto, ou se estão mesmo interessados em entender mais sobre o que está sendo apresentado e ajudá-lo a aprimorar o trabalho para uma publicação posterior. Qualquer que seja o motivo, para quem está de fora torcendo por ele, a demora é excruciante.

No entanto, por puro egoísmo, não quero que acabe. Quero poder ficar aqui, no mesmo cômodo que ele, ouvindo sua voz e admirando seu perfil, que agora ostenta a segurança de sempre. Enquanto fala, ele mantém a expressão séria e concentrada e suas mãos entrelaçadas, casualmente apoiadas sobre a mesa à sua frente.

E assim continua, até que Sérgio, depois de confirmar com os outros membros, anuncia o término da defesa. Ele se levanta e, depois de apertar a mão de Leonardo, seguido pelos demais, pede para que esperemos do lado de fora do auditório pela discussão da banca; e, é claro, pelo resultado final. Nós três também nos levantamos, assim como os alunos que acompanharam a defesa, e seguimos para a porta.

Logo que piso no corredor, exalo com força a tensão que ainda estava em meu peito, e o alívio de mais uma etapa cumprida me acalma. Leonardo sai um pouco depois e vem até nós. Os tios, transbordando de orgulho, abraçam apertado o sobrinho, dando-lhe os parabéns e palavras de incentivo.

Ele se vira para mim, com um sorriso no rosto que derrete meu coração.

Sorrio em resposta e me aproximo com os braços abertos, o que ele logo corresponde, tomando-me em mais um abraço. Fico na ponta dos pés para alcançar seu ouvido, mas chego só até a base do pescoço, e ele se abaixa quando entende minha intenção.

— Parabéns, Léo — sussurro. — Você foi incrível!

Dou um passo para trás e absorvo mais uma vez o sorriso aliviado que ainda curva seus lábios.

— Obrigado por ter vindo, Mel. Eu sei que você não está exatamente com tempo para desperdiçar e... significa muito para mim.

Nego com a cabeça.

— Estar aqui está longe de ser um desperdício de tempo.

Nós nos olhamos em um silêncio confortável e é como se tivéssemos voltado no tempo, como se nossa conversa no carro nunca houvesse acontecido.

Mas sei que voltar no tempo é impossível e, apesar da necessidade torturante de estar com ele, os motivos da nossa separação ainda pairam sobre mim, pesando o ar que entra em meus pulmões. Então desvio os olhos para Maurício e Carlos, que haviam discretamente se afastado um pouco para nos dar alguma privacidade, e os convido com um sorriso para voltarem.

Nós quatro formamos uma rodinha e, entre cumprimentos de alguns dos alunos que estavam no auditório, conversamos sobre a apresentação, os questionamentos e respostas, e nos perguntamos, quase que de minuto em minuto, se eles vão demorar a anunciar o resultado.

O tempo se arrasta até que — aleluia! — a porta do auditório se abre e Sérgio aparece, com um sorriso satisfeito no rosto, convidando-nos a entrar novamente. A este ponto, alguns dos alunos mais novos já foram embora, mas outros nos acompanham para dentro. Léo retorna à sua mesa sobre o tablado e nós três nos sentamos mais à frente.

O orientador, após todos se sentarem, é o primeiro a falar:

— Leonardo, gostaria de parabenizá-lo pelo excelente trabalho que desenvolveu nos últimos meses. Foi um prazer orientar alguém tão comprometido, interessado e competente como você. — ele pigarreia. — Bem, vamos ao que interessa. Conforme a deliberação da sua banca, você foi *aprovado* com a nota máxima e o seguinte parecer: a banca destaca a relevância da pesquisa e da revisão bibliográfica apresentada, assim como a utilidade e a coerência da abordagem, e recomenda o trabalho para publicação no acervo da universidade e na forma de artigos.

Assim que as palavras saem de sua boca, levo a mão ao peito

e inspiro fundo, expirando devagar. Maurício e Carlos têm uma reação parecida ao meu lado enquanto trocamos olhares de alívio e alegria e batemos palmas para o mais novo mestre.

Ao me virar de volta para o tablado, encontro os olhos azuis de Leonardo. Ele leva os dedos até o prendedor ao me dizer "obrigado" com os lábios sorridentes. Nós três nos levantamos e caminhamos até a saída para esperar por ele. Apertos de mãos são trocados e o promotor finalmente vem até nós, com os passos leves e confiantes de quem acabou de sair vitorioso de uma batalha importante.

Todos damos nossos parabéns e, imitando os tios, envolvo seu tronco com meus braços em um abraço apertado. Leonardo retribui o gesto, posicionando uma mão quente em minha cabeça e acariciando minhas costas com a outra. Nossas respirações se sincronizam, e descanso meu rosto em seu peito por um segundo a mais do que deveria, mas consigo soltá-lo a tempo de ouvir Carlos convidar:

— Mel, o que acha de vir almoçar conosco lá em casa, para comemorarmos? Maurício fez seu famoso estrogonofe de frango. Você tem que experimentar!

Meu peito se aperta. Mais um convite que não posso aceitar: já vou chegar tarde ao escritório e, se quiser completar pelo menos metade das horas hoje...

— Ela não vai poder hoje, tio — Leonardo responde em meu lugar. — Precisa correr pro escritório e... — ele pousa uma mão reconfortante na curvinha das minhas costas por um instante, como se me dissesse "está tudo bem". — Você lembra como a gente fica apertado no pós-edital, né?

Dou um sorriso triste, que Carlos e Maurício logo retribuem.

— Entendo bem, Mel — Maurício diz. — O Leonardo também quase não arrumava tempo pra gente, entre trabalhar e ficar enfurnado naquele quarto estudando. Mas, quando você passar, eu preparo outro e a gente faz uma comemoração dupla!

— Combinado! — aceito, aliviada. — Vou cobrar, hein?

QUESTÃO 26

É livre a manifestação do pensamento, sendo vedado o anonimato.

(Certo)

(Errado)

O suor escorre em meu pescoço enquanto termino a última série de elevação lateral na academia abafada do meu prédio. Os braços ardem com o esforço, mas a dopamina preenche meu corpo com aquele sentimento satisfatório de dever cumprido. Os exercícios têm sido essenciais para controlar minha ansiedade pela aproximação da prova, então tenho tentado, mais do que nunca, não perder nenhum treino.

Apesar de ter conseguido estudar todas as disciplinas, ainda não estou confiante o bastante em muitos assuntos. No entanto, o trabalho no escritório anda sob controle, dentro do possível, e os estudos vão bem: tenho conseguido bater minhas metas semanais e, às vezes, até ultrapassá-las um pouquinho. E tudo isso, é claro, graças à Focus.

Entrar lá foi a melhor coisa que já fiz. Render tudo isso em casa seria impossível — ainda mais morando com a Jéssica. O apoio de Amanda, Priscila e dos demais colegas também tem feito toda a diferença: estudar por tantas horas e fazer exatamente a mesma coisa todos os dias sem qualquer garantia de sucesso não parece uma tarefa tão impossível quando estou cercada de pessoas com o mesmo objetivo. Assim, além de conseguir estudar mais — em silêncio e sem ser interrompida —, ainda consigo terminar mais cedo e ficar menos cansada ao final do dia.

Quanto ao Leonardo... desde o nosso último encontro na defesa do mestrado, no início da semana, não entrei mais em contato, o que não quer dizer que eu não tenha escrito e apagado várias mensagens para ele todos os dias. Na salinha, nós nos cruzamos algumas vezes e, em todas elas, depois de um cumprimento rápido, eu praticamente saí correndo. É cada vez mais difícil convencer o meu corpo de que me afastar dele é a coisa certa a se fazer, a luta contra o coração já está perdida.

Sério, qual é o meu problema?

É só ver seu rosto, sentir seu cheiro ou, Deus proíba, seu toque — e, sim, nós nos esbarramos uma vez, sob o batente da porta da copa, e meu braço ficou formigando por horas —, que quase perco toda a razão. Luto com tudo que tenho para conseguir conter as palavras que mais quero dizer e tenho ganhado por pouco, aquelas duas metades de mim ainda batalhando entre si: uma que quer, mais do que tudo, estar com ele; e a outra que sabe que me entregar é um risco que não posso correr, principalmente a três semanas da prova mais importante da minha vida.

Ao chegar ao apartamento, tomo um banho e preparo dois omeletes de café da manhã — um deles para Jéssica, o qual levo em sua cama em agradecimento à sua ajuda nos últimos dias. Quando enfim estou com tudo pronto e prestes a sair de casa, um alerta toca em meu celular, anunciando uma nova postagem no *blog* do Sr. Concursado.

Estranho, ele não costuma postar aos sábados. Apoio minha mochila sobre o sofá e me jogo ao seu lado, abrindo a página.

Ainda bem que estou sentada quando leio o título do *post*.

Para a mulher que roubou minha limonada,

Há pouco mais de dois meses, você entrou na minha vida sem aviso algum, quando tomou minha limonada como se fosse sua e ainda brigou comigo na fila do caixa do restaurante por querer pagá-la.

Nesse dia, pensei nunca ter visto uma mulher tão teimosa na vida.

Eu não sabia, nem você, que nos conhecíamos há anos. Eu não sabia, nem você, que o motivo de eu ter conquistado tudo o que tenho hoje foi o seu apoio, quase anônimo, lá atrás.

Ainda assim, olhando em retrospecto, acredito que meu subconsciente de alguma forma te reconheceu, já que, desde aquele encontro, não me deixou pensar em outra coisa.

Sempre fiz questão de deixar meu trabalho na internet bem separado da "vida real" e, por isso, inventei mil motivos para nunca te procurar, mesmo com nossas conversas me fazendo querer quebrar essa regra todas as vezes. No entanto, quando li seu nome no contrato pela primeira vez e descobri quem era você... foi impossível me manter longe.

Minhas mãos tremem. Minha pele se queima. Meu corpo está paralisado.

Um pensamento inteligível tenta, em vão, se formar; mas as palavras não mais se encaixam, como se toda a lógica do mundo tivesse se transformado com as frases que li. Desistindo das palavras, um turbilhão de imagens dos últimos três anos se revela de uma vez em minha mente. Conversas, encontros, especulações. Toques.

Eu me vejo acompanhando a jornada do Sr. Concurseiro até sua aprovação e, de repente, todas as suas reflexões, todo o seu esforço e as dificuldades compartilhadas conosco... tudo isso se torna infinitamente mais íntimo, mais próximo, mais pesado.

Era ele.

Agora são nossas conversas que passam como um filme. Seus conselhos, suas palavras de força e incentivo, sua compreensão, seu apoio. Sua mão, sempre ali, estendida para mim quando precisei.

Era ele.

Cada uma das imagens recebe um novo sentido, um novo peso e uma emoção completamente diferente, como se meu cérebro estivesse reescrevendo minhas memórias.

Uma pontada de dor me faz perceber que estou mordendo meu lábio. Forte.

Todo esse tempo... Leonardo era o Sr. Concursado?

Não faço ideia de como reagir a essa informação.

O que é o certo a se fazer quando você descobre que duas pessoas com um papel tão importante na sua vida na verdade são... uma só?

O sofá me engole enquanto tento reorganizar os pensamentos. Então... calma. Aquele dia no carro, quando ele disse que alguém o havia ajudado a não desistir de prestar a prova... essa pessoa era *eu*?

Meus olhos ardem, as lágrimas embaçando minha visão, e a imagem de Leonardo em seu terno, com as mãos no bolso, o cabelo arrumado e seu olhar gentil, surge em minha frente.

Quer dizer que *eu* consegui ajudá-lo, nem que um pouquinho, a realizar seu sonho?

Uma felicidade orgulhosa me aquece, e saio do transe. Um aperto no peito me lembra de respirar. Puxo o ar e continuo a leitura, com as mãos trêmulas segurando o celular.

> Desde esse dia, venho procurando maneiras de te contar sobre essa minha "dupla identidade", odiando o fato de escondê-la de você, mas... Bom, nunca falei disso aqui para ninguém, nem sabia por onde começar. Também não sabia, e ainda não sei, como você reagiria.
>
> Ficaria feliz? Com raiva? Eu conseguiria corresponder às expectativas que criou sobre mim?
>
> Tentei procurar pelo momento certo, mas, antes que pudesse encontrá-lo, você se afastou. E eu entendo. Hoje sei das experiências que teve, dos babacas que não souberam te dar valor nem cuidar de você, dos seus medos e das suas inseguranças.
>
> Mas não consigo aceitar essa sua ideia de que está fadada a estar sempre sozinha.
>
> Você merece muito mais do que isso. Merece alguém que te ampare, te ajude e te dê carinho e segurança. Eu sei que você não depende de ninguém e que é muito bem capaz de se cuidar sozinha, mas não precisa ser assim.
>
> Você não precisa carregar todo o peso do mundo nas costas. Não precisa suportar o peso das suas responsabilidades nem dos seus sonhos sozinha. Pode dividi-lo um pouco comigo e deixá-lo um pouco mais leve.

> Eu jamais me colocaria entre você e seu sonho, até porque, em algum momento, ele se tornou meu também. Mais do que ninguém, quero estar ao seu lado enquanto você luta e aplaudi-la ao conquistar o que sempre quis. Quero compartilhar a felicidade que chegará aos seus olhos e comemorar com você, quem sabe na mesma praia a que fui?
>
> Venho tentando só torcer de longe, mas me afastar parece mais errado a cada dia, principalmente quando sei que eu poderia te ajudar neste momento tão importante, como fez comigo quando precisei. Entretanto, ainda assim, se for de sua vontade, continuarei distante.
>
> Vou te esperar, pelo tempo que for necessário.
>
> E, nem que seja só para que saiba que sempre terá para onde voltar, estarei aqui.
>
> Leonardo.

Logo abaixo do texto, comentários empilham-se um atrás do outro.

Cris: UAU! Que romântico!!

Lucas: Caraca, preciso aprender com ele!

Stephanie: Queria saber quem é a sortuda...

Jade: Minha filha, EU queria ser a sortuda!! Um homem desses...

Larissa: Parece coisa de filme!

Fernando: O nome dele é Leonardo, então?

Tetê: Pelo visto meu crush nele vai permanecer platônico... T.T

Isabela: Como vamos saber o final? Ela vai aceitá-lo, né? Pelo amor!

Alexandra: Tomara que ela vá correndo até ele e lhe lasque logo um beijo.

A esse ponto, as lágrimas escorrem pelo meu rosto.

O carinho e o cuidado em cada uma dessas linhas... Quase pude ouvir sua voz lendo-as para mim. Quase posso sentir o calor de seu corpo aqui, confortando-me com a certeza da sua presença.

O peso da ação de Leonardo se mostra cada vez mais: a coragem de revelar a identidade guardada há anos e a de expor seus sentimentos dessa forma. Tudo isso... por mim?

Será que... será que o problema nunca foi ter ou não alguém comigo, mas sim ter a pessoa *errada*? Será que existe mesmo isso de alguém que ficaria comigo até o fim?

Será que *ele* poderia ser essa pessoa para mim?

Mesmo depois daquele dia no carro, em que terminei tudo, Leonardo continuou me apoiando de longe. Ele respeitou minha decisão e não me procurou mais, e, ainda assim, conseguiu me impedir de fazer uma das maiores burradas da minha vida. E não se fechou, não me deu as costas.

Apesar de ter sido afastado e machucado — sem nunca ter feito nada além de bem para mim —, ele nunca foi embora. Não de verdade.

Ele nunca me abandonou.

Será que ele nunca me abandonaria?

Essa certeza, nunca poderei ter. Ninguém tem. E consigo ver que é irracional exigi-la. Talvez algumas coisas sejam sempre incertas. E, se há alguma esperança de que talvez seja possível ser parte de um todo... Se for para tentar com alguém, se for para me abrir com alguém e destruir todas essas barreiras em volta de mim, que seja com ele.

Precisa ser com ele.

Só serve se for ele.

Só quero se for ele.

Eu me levanto de uma vez, jogando a bolsa no ombro e enfiando o celular no bolso. Corro até a porta, e Jéssica, provavelmente me ouvindo ainda do seu quarto, grita:

— Lutando pelo sonho?

— Lutando pelo cara.

QUESTÃO 27

A realização de negócio personalíssimo exige a disponibilidade de ambas as partes, e, havendo incompatibilidade de horários, será extensa e custosa a espera.

(Certo)

(Errado)

Tá, nos filmes, isso funciona muito melhor.

Sabe quando a mocinha descobre alguma coisa sobre o mocinho e então ela sai correndo para encontrá-lo, sei lá, no aeroporto, e aí, no último minuto antes de o avião decolar — ignorando qualquer lógica por trás do funcionamento dos aeroportos —, eles se veem, resolvem qualquer que tenha sido o mal-entendido dos últimos minutos, se beijam e vivem felizes para sempre?

Pois é. Nada feito para mim.

Depois de ter saído correndo do apartamento, vim direto para a salinha e... Leonardo está dando aula.

Ótimo. Excelente *timing* para a postagem, *Sr. Concursado*.

Solto um suspiro resignado e vou para minha cabine. Ainda são oito da manhã, o que significa que precisarei esperar cerca de quatro horas para poder vê-lo.

E sentir o cheiro do seu pescoço.

E tocá-lo.

E olhar em seus olhos, dessa vez, enxergando-o por inteiro: não só o Leonardo de carne e osso que me conquistou aos poucos, mas também o Leonardo que, há anos, acompanho e admiro. Ainda não sei dizer o efeito que isso terá sobre mim, mas, se a festa do zoológico bombando aqui no meu estômago for algum indicador, tenho uma ideia.

Pego o celular e envio o link do *post* para Jéssica. Saí tão rápido de casa mais cedo, querendo encontrar Leonardo, que nem tive tempo de contar nada à minha melhor amiga do que aconteceu. Em poucos minutos, ela me responde e — em uma conversa com mais "!!!" e letras maiúsculas que o socialmente aceitável — discutimos sobre a loucura de tudo isso.

Guardo o celular antes de terminar de organizar minhas coisas. Então, abro o primeiro livro que encontro e tento me concentrar.

TEMPO ATÉ O FIM DA AULA: TRÊS HORAS E MEIA.

Falho miseravelmente em entender qualquer coisa que seja.

Há vinte minutos, estou lendo a mesma linha. A cada palavra lida, checo as horas, como se o tempo fosse se acelerar só por causa do meu desespero. Depois que tudo isso passar, ele vai ter de me compensar por essas horas não estudadas.

E já tenho uma ideia de como.

TEMPO ATÉ O FIM DA AULA: DUAS HORAS E MEIA.

Certo. Desistir de revisar o conteúdo no livro e partir para as questões foi uma boa estratégia. Consegui me distrair por... uma hora. Ótimo. Quando quero que o tempo passe depressa, ele finca o pé no chão e se recusa.

Eu me levanto para encher minha — já quase cheia — garrafa de água na copa e ataco alguns Oreos no processo, em uma tentativa falha de me acalmar. Obrigo-me a parar depois do quarto biscoito e volto à cabine.

Certo. A mais questões.

Tempo até o fim da aula: duas horas.

Alguns minutos depois, para meu alívio, Amanda abre a porta da sala e, antes que ela possa dar um único passo no ambiente frio, levanto-me e a puxo pelo braço para arrastá-la até a copa.

Sem falar nada, mostro meu celular com a postagem — que, a essa altura, já reli três vezes, entre uma questão e outra. É engraçado ver a evolução de suas expressões enquanto navega pelo texto.

Primeiro, os olhos arregalados ao ler o título. E então ela me olha com aquela expressão de "meu Deus! Isso é pra você?". Depois do meu leve aceno de cabeça, ela continua a leitura.

Mandi passa pelas linhas iniciais apertando os olhos em desconfiança, até que um sorriso aparece timidamente, seguido por uma empatia mais triste e, por último, à universal carinha de *"ownnn"* que costuma aparecer quando noivos estão trocando votos de casamento.

— Ai, meu Deus, Mel! — ela sacode meu antebraço, dando pulinhos no lugar. — Então o Leonardo é o Sr. Concursado? O *nosso* Leonardo?

Concordo com a cabeça, meus olhos dizendo "pois é, tive essa mesma reação".

— Meu Deus... Mel do céu... — algo parece surgir em sua cabeça e ela abre um sorriso. — Você parou para pensar que ele meio que te conquistou duas vezes? E de formas totalmente desconexas?

Encaro-a em silêncio e, antes de formular uma resposta, Amanda se adianta:

— Você está ferrada, amiga.

Não consigo deixar de concordar.

Tempo até o fim da aula: uma hora.

Depois de conversarmos mais um pouco sobre a bomba que explodiu nessa manhã, voltamos para a salinha. Amanda se senta na cabine vizinha e logo se põe a estudar.

Hoje, invejo qualquer pessoa que consiga se concentrar por mais de cinco minutos seguidos. Olho no relógio, e, por mais que eu tente manifestar meu superpoder, ainda oculto, de acelerar o tempo, continuam sendo 11 horas.

Tamborilo os dedos na mesa, mas paro assim que me lembro de onde estou — e do código de silêncio da sala.

Será que ele está tão ansioso como eu?

Será que sabe que já li o texto, ou está com essa pergunta na cabeça?

Será que ele está inseguro sobre como vou reagir?

Será que ele quer me ver tanto quanto quero vê-lo agora?

Tempo até o fim da aula: quinze minutos.

Depois de conseguir, milagrosamente, resolver mais algumas questões, desisto e me levanto. Amanda ergue a cabeça e me lança um olhar encorajador, que retribuo com um sorriso incerto.

Em menos de um minuto, estou parada em frente à porta fechada da sala de aula onde Leonardo ministra as oficinas de questões discursivas todo sábado pela manhã.

Com a respiração entrecortada, apoio-me na parede para que as pernas não me falhem e encaro a porta com intensidade — se a tentativa de acelerar o tempo falhou, talvez meu superpoder seja algum tipo de visão a laser.

Eu daria tudo para abrir um buraco nessa porta.

Nada acontece.

Tempo até o fim da aula: três minutos.

Perto do meio-dia, a porta da sala se abre e alguns alunos saem. Então, é claro, meu coração, sempre sábio, decide que aquela é uma boa oportunidade para experimentar como seria um ataque cardíaco. Controlo minha respiração para tentar me acalmar.

Inspira.
Expira.
Inspira.
— Bom dia, Mel!
Dou um pulo e, levantando de uma vez a cabeça, encontro Daniela parada à minha frente, um sorriso no rosto. Ela abraça um fichário roxo e leva uma bolsa preta apoiada em um de seus ombros, combinando perfeitamente com seu vestido longo cinza-escuro.
— Ah, bom dia, Dani. Como está? — nem acredito que minha voz funciona direito, dado meu estado de nervos.
Mais três alunos passam por mim e, lá dentro, consigo ver mais dois ainda juntando suas coisas.
— Tudo bem, graças à nossa conversa daquele dia, obrigada!
— Ah, imagina — respondo —, não foi nada. Que bom que está se sentindo melhor.
Meu olhar foge mais uma vez para a porta da sala, de onde os dois alunos letárgicos enfim saem. Daniela se vira e, acompanhando meus olhos, seu sorriso se alarga.
— Você vai entrar? — pergunta. Mordo meu lábio inferior e, sem me dar tempo para responder, ela continua: — Diz que vai entrar, Mel, ou logo não terei mais um professor.
— Bom... eu... Sim, vou entrar. — franzo as sobrancelhas. — Como assim, "não terá um professor"?
— Acho que ele está te esperando. — ela dá uma piscadinha.
— Nunca vi alguém olhar para o relógio tantas vezes em um intervalo tão curto de tempo, deve ser algum tipo de recorde.
Daniela diz isso porque não estava comigo nessas últimas horas. Se alguém bateu algum recorde aqui, hoje, fui eu.
— Vai lá, Mel, acho que todos já saíram. Boa sorte.
Ela me dá dois tapinhas de leve no ombro e também vai embora.
O silêncio toma conta do corredor. Respiro fundo e caminho — ou corro, ou flutuo, ou voo, não sei dizer — até o batente da por-

ta aberta. De onde estou, vejo Leonardo em pé organizando uma pilha de papéis sobre sua mesa.

Ele veste uma calça social cinza-clara, um cinto preto, combinando com o sapato também preto, e uma camisa branca. Os três primeiros botões próximos ao pescoço, abertos, exibem suas correntinhas douradas.

É ele. *Ele.*

Não só o homem que esteve ao meu lado nas últimas semanas, mas o que venho admirando por anos. Não só o homem que, mesmo afastado, fez tudo ao seu alcance para que eu pudesse lutar pelo meu sonho; mas aquele que, dia após dia, me inspirou a continuar.

As duas imagens vão se juntando em minha mente conforme conversas e cenas se encaixam como um quebra-cabeça e ganham, cada uma, um novo sentido, uma nova profundidade.

Meu coração bate forte em meus ouvidos em resposta à nova percepção que tenho do homem à minha frente.

Determinado. Amigo. Amante. Seguro. Carinhoso. Constante. *Aqui.*

Como Leonardo está com a cabeça abaixada, não consigo ver seu rosto.

E como eu quero ver seu rosto.

Entretanto, ao mesmo tempo, eu me divido entre me esconder e chamar seu nome. Minhas pernas tomam a consistência de gelatina conforme meu corpo vai sentindo sua presença, e perco a primeira opção.

O nervosismo me impede de emitir qualquer outro som, como se o tempo que ele leva para me notar possa fazer qualquer diferença. Não tenho nenhum discurso pronto nem palavras bonitas para dizer.

Pior, nem mesmo sei o que *quero* dizer.

Quero lhe agradecer — talvez? — por ter sido meu maior mentor e inspiração desde o início dessa jornada? Ou quero brigar com ele por ter escondido de mim, por todo esse tempo, quem ele era e toda a nossa relação passada? Ou quero pedir para que esqueça tudo o que eu disse na nossa última conversa, em seu carro, largue essa bobagem toda de se afastar e fique comigo de uma vez?

Entre essas e outras mil e uma opções que sopesei nas últimas horas, fico com a que mais quero: olhar em seus olhos, agora sem medos, sem inseguranças e, principalmente, sem mais segredos entre nós.

Fecho a porta atrás de mim, e Leonardo fica rígido. Ele ergue lentamente a cabeça, e seus olhos azuis encontram os meus. Apesar de eu não ter descoberto meu superpoder, sei que o de Leonardo é causar as mais diversas reações em meu corpo só com o olhar. Nos encaramos, nenhum de nós se atrevendo a piscar.

Um. Dois. Três. Quatro...

Limpo a garganta para ganhar tempo, pois ainda não sei o que dizer.

Sem desviar o olhar, ele solta a pilha de papéis sobre a mesa e ergue-se, levando as mãos aos bolsos, como que para se conter.

— Melis...
— Eu...

Falamos ao mesmo tempo. *Claro.*

Ele ergue uma das mãos em minha direção:

— Você primeiro. — Sua voz é gentil, mas não tão firme e confiante como de costume.

Leonardo guarda a mão outra vez e posso jurar que se encolhe, como alguém que sabe estar prestes a tomar uma bela bronca enquanto me olha por entre seus cílios. Sua expressão tensa e insegura me desconcerta, não é o Léo com quem estou acostumada.

Isso tudo é por minha causa? Significo tanto assim para ele?

Tento me recompor e, na falta de palavras bem planejadas, digo a primeira coisa que me vem à cabeça:

— Então... aparentemente nos conhecemos pela internet há alguns anos.

Ele assente, apertando os lábios.

Silêncio.

— Você está brava? — pergunta, hesitante.
Mordo meu lábio inferior.
— Estou... muitas coisas.

O espaço entre nós chega a doer e, sem que eu envie qualquer comando, meus pés se movem em sua direção. Assim, a passos lentos, atravesso as fileiras de carteiras e me aproximo. Reproduzindo meus movimentos, Leonardo caminha até a lateral da mesa, e não há mais nada entre nós, somente o espaço vazio.

Ele esfrega sua nuca com uma mão, os olhos no chão. De perto, consigo ver que suas olheiras se aprofundaram e... ele está um pouco mais pálido?

— Melissa — murmura —, eu estou enlouquecendo aqui. — ele volta seus olhos aos meus. — Você... me diga alguma coisa. Qualquer coisa. — sua voz é quase como um sussurro: — Por favor.

— O simulado... Você o organizou por minha causa? — pergunto.

Ele faz que sim com um leve movimento de cabeça e diz:

— Eu não queria que você abrisse mão do seu sonho por causa da sua insegurança, como quase fiz há alguns anos. — Ele hesita. — E você não deixou.

Relaxo os lábios em um sorriso, meus olhos ardendo de leve.

— Hum... Você tem um péssimo *timing*, sabia? — digo. Ele franze as sobrancelhas e abre a boca, pronto para dizer algo, mas desiste, permitindo que eu siga: — É sério. Se você escreve um texto para alguém que recebe uma notificação a cada nova postagem do seu *blog*, deveria saber que esse alguém, no caso, eu — aponto em minha direção —, o leria na hora.

Ele estuda meu rosto, ainda imóvel. Solto um suspiro exasperado.

— Você nunca viu um filme romântico na vida, Leonardo? — questiono, fazendo-o apertar os olhos. — Quando o mocinho faz um grande gesto assim, ele precisa estar *disponível* para a mocinha ir até ele, entendeu?

Ele assente, vacilante, a testa ainda encrespada. É adorável.

— Não sei se você sabe — continuo —, mas passei as últimas quatro horas andando em círculos, com a cabeça a mil e... — fixo meu olhar em seus olhos. — Querendo te ver.

Sua expressão se transforma imediatamente. Ele endireita os ombros e seus olhos ganham vida.

— Querendo me ver — ele repete quase que para si mesmo.

Concordo com a cabeça.

— Sim, mas eu não podia, porque você teve a *brilhante* ideia de fazer a postagem logo antes de entrar em aula — fuzilo-o com os olhos — e me deixar aqui do lado de fora, plantada.

— Eu...

— O pior de tudo — interrompo, colocando uma nova expressão séria em meu rosto — é que eu estou desapontando seus fãs.

— Como assim? — ele franze o cenho, inclinando a cabeça.

Dou mais dois passos em sua direção e paro quando seu perfume, reconfortante e familiar, me abraça. A essa altura, meu coração parece mais um trio elétrico de carnaval do que qualquer outra coisa; e se no próximo minuto minhas mãos não o tocarem, talvez meus dedos caiam.

— Você talvez ainda não tenha visto — digo —, mas a sessão de comentários do seu *post* de hoje está uma bagunça. — ele coça o queixo, pensativo, e não consigo conter um sorriso. — Aparentemente, você deixou algumas garotas de coração partido por lá.

Dessa vez, ele esboça um sorriso, balançando a cabeça para os lados.

— Mas não só isso — sorrio de volta. — Alguns dos seguidores queriam que a "mulher que roubou sua limonada" — aponto enfaticamente para mim mesma — corresse até você e, em suas palavras, "lhe lascasse logo um beijo". — Faço o sinal de aspas.

— Ah, é? — Leonardo me mostra suas duas fileiras de dentes brancos, em um sorriso esperançoso.

— Sim. — Olho para o relógio na parede. — Bom, estou

quase cinco horas atrasada, mas...

Ficamos em silêncio, nossos olhares entrelaçados.

Seu peito sobe e desce em sincronia com o meu, e quase posso sentir seu calor. Os olhos de Léo me estudam, demorando-se, por um instante a mais, sobre minha boca. Ele leva uma das mãos à frente, pousando-a na lateral do meu rosto, e me acaricia com um leve movimento de seu polegar. Em resposta, cubro sua mão com a minha e ele solta o ar; como se, até aquele momento, não estivesse conseguindo respirar.

E então, com um sorriso nos lábios, ele me pergunta, baixinho:
— Já deu seu passo hoje?

Sem pensar em mais nada, com o último passo que falta, encerro a distância entre nós e o aperto com todas as minhas forças.

QUESTÃO BÔNUS

Uma garrafa de bebida, mesmo não alcoólica, pode resultar em nova declaração de vontade pelas partes.

(Certo)

(Errado)

Três semanas depois...

— Certo, vamos lá — Leonardo diz, virando-se para mim, do banco do motorista. — Carteira de identidade? — concordo com a cabeça. — Caneta preta de material transparente? — mais uma vez. — Garrafa de água sem rótulo?

Ops.

— Ai, meu Deus, Léo! — dou um gritinho de frustração. Hoje não é um bom dia para esquecer as coisas! — Precisamos voltar, não tenho como ficar a prova inteira sem beber água.

Ele ri, balançando a cabeça enquanto para o carro no sinal vermelho.

— Abra o porta-luvas, Mel.

Faço o que ele pede e, lá dentro, encontro uma garrafa transparente de meio litro com água e alguns lanchinhos caseiros embalados em plástico filme. Sorrio como uma criança abrindo seu presente de Natal.

Mesmo este sendo um dos dias mais importantes — e decisivos — da minha vida, meu nervosismo some por completo, e um sentimento reconfortante preenche meu peito. Com Leonardo, eu me sinto amparada, segura e... é, acho que é isto: amada.

Na verdade, tenho certeza.

Viro-me para o homem ao meu lado. Nossos olhos se encontram e travam aquele seu diálogo próprio de sempre. Finalmente entendo o que dizem e resolvo dar-lhes palavras:

— Te amo, sabia?

Seus olhos se arregalam e seus lábios formam um pequeno "o".

Como que digerindo minhas palavras, aos poucos sua expressão se suaviza, e ganho de presente aquele seu sorriso aberto, tão lindo quanto raro.

O promotor se inclina para a frente, até descansar sua testa sobre a minha e levar sua mão ao meu pescoço, fazendo todos os pelos do meu corpo se arrepiarem.

E então ele sussurra, só para mim:

— Eu também te amo, minha futura delegada.

EPÍLOGO

Cinco meses depois...

— Amor... — uma voz gentil atravessa meu sonho. Tento murmurar algo em resposta, mas nenhum som sai. A voz me chama de novo enquanto um toque quente e suave desliza por meu rosto. — Amor?

Pisco algumas vezes, tentando abrir os olhos. Minha visão encontra o quarto escuro de Leonardo, mas os feixes de luz que vêm do corredor me permitem distinguir os contornos da minha pessoa favorita, sentada na beira da cama.

— Léo? — digo, um pouco rouca.

Meus olhos se ajustam à escuridão, que sugere ainda estarmos no meio da noite. Então, busco o rádio-relógio sobre a cômoda. Sento-me de repente, empurrando o edredom branco e macio para o colo, ao ver que é quase uma da manhã.

— Aconteceu alguma coisa?

Consigo sentir seu sorriso contra minha bochecha quando ele se inclina e deixa um beijo ali.

— Posso acender a luz? — pergunta.

Faço que sim com a cabeça enquanto coço os olhos.

Ele se estica para acender o *abajur* da mesa de cabeceira ao lado da cama. Preciso de alguns segundos para me acostumar com a claridade e absorver a imagem à minha frente: o homem mais lindo que já vi na vida, com os cabelos castanho-claros, agora um pouco mais compridos do que quando nos conhecemos, penteados em um topete lateral — alguns fios, lisos demais para seu próprio bem, caindo sobre o rosto. Seu pijama salmão de tecido frio com a gola em "V" me dá todo tipo de ideia, e me parabenizo, já que foi meu presente para ele no dia dos namorados — sim, eu estou me gabando.

Sorrio quando vejo a felicidade estampada em seu rosto.

Pelo menos não tem nada errado.

— Oi — digo.

— Oi, Mel.

Eu me derreto ao som do meu apelido em seus lábios, conformada de que nunca vou me acostumar com isso. Seu sorriso se alarga ainda mais ao me estender um envelope branco. Franzo as sobrancelhas em confusão, mas estendo as mãos para pegá-lo. Inspeciono o papel, mas nada denuncia seu conteúdo, então, abrindo-o, retiro o que parecem ser...

— Passagens? — pergunto e, correndo os olhos pela reserva, encontro o destino. — Maragogi?

O sorriso de Leonardo ilumina todo o quarto.

— O "Caribe brasileiro", lembra? Para passarmos o feriado de 7 de setembro.

Sinto meus lábios se esticando em um sorriso.

— Ah! Que delícia, lindo! — jogo meus braços sobre seu pescoço. — Vou amar!

Ele corre uma mão pelo meu cabelo emaranhado.

— Eu disse que te levaria pra gente comemorar.

— Comemorar? — afasto-me novamente, buscando respostas em seu rosto.

E é quando ele ergue a outra mão, que ainda escondia atrás de si, fazendo uma folha de papel surgir em frente ao meu rosto. Aperto os olhos para tentar ver do que se trata. Palavras desfocadas se organizam e tomam, no papel, a forma de uma lista de nomes. Identifico uma numeração à frente de cada um.

Uma lista ordenada de nomes.

Meu coração entende algo antes de mim e dispara no meu peito.

Uma faixa horizontal em amarelo-fosforescente no primeiro terço da página chama minha atenção e, destacada por ela, consigo ler:

23 - MELISSA ROCHA FERNANDES

Sem fôlego, meus olhos correm até o início da página, onde se encontram o cabeçalho com o brasão da Polícia Civil e a identificação do meu concurso para delegado.

— Mas... como... o quê? Isso... — é o máximo que consigo formular com a sala girando em torno de mim.

— Mel, você está dentro! — Léo exclama, mal conseguindo conter sua excitação. — O resultado saiu agora, à meia-noite! Há algumas semanas, venho entrando no site da banca esse horário para conferir e... — ele se inclina em minha direção e circula minha cintura, abraçando-me com força, a ponto de me puxar para fora da cama, e colocando nós dois de pé. — Você está dentro, Mel!

Ainda sem reação, com meus braços caídos ao meu lado, pisco os olhos. Lágrimas brotam e escorrem pelo meu rosto. São lágrimas de felicidade, desta vez — nada de medo, cansaço, insegurança ou frustração.

Meu choro se avoluma e mal consigo respirar entre os soluços. Meus braços recuperam a vida e se fecham em volta de Leonardo, que ainda me aperta contra o peito.

— Você conseguiu, amor — ele sussurra. — Eu *sabia* que conseguiria.

— Eu... eu consegui? — Minha voz sai fanha, falha e feliz. — Não é um sonho, é?

Um beijo estala no topo da minha cabeça.

— Não é, linda. Mais real, impossível! Você mereceu cada um desses pontos que conquistou. — Leonardo se inclina para frente, afundando o rosto na curva do meu pescoço. — Você merece isso e muito, muito mais.

Ficamos assim por longos minutos; as lágrimas, que sempre tentei segurar, rolando livremente.

— Acabou, Mel. — Sua voz falha um pouco. — Você conseguiu. — ele respira fundo e sinto seu ar quente em meu pescoço. — Você venceu, amor.

Entre fungadas e soluços, abro um sorriso largo e genuíno, como a felicidade sem fim que me preenche. Afasto-me, mas apenas o suficiente para olhar Leonardo nos olhos, também marejados. Levo minha mão até seu rosto, acariciando-o com a ponta dos dedos.

— Obrigada, amor. Por tudo. — Minha voz falha outra vez, anunciando um novo choro, mas consigo me conter o suficiente para terminar. — Isso não teria sido possível sem você.

Uma ruga surge entre suas sobrancelhas.

— Eu não fiz nada — murmura —, foi tudo você. Essa conquista é toda sua.

Nego com a cabeça, sorrindo.

— Aprendi com uma certa pessoa — toco seu rosto com os dedos livres — que não preciso mais fazer tudo sozinha, não é isso?

— Exatamente, senhorita delegada.

Ser chamada assim acende alguma coisa em meu peito.

— Pois, então — continuo —, se você vai me ajudar a realizar cada um dos meus sonhos, precisa aceitar pelo menos um "obrigada". — Seu sorriso aumenta enquanto brinco com a correntinha no seu peito, e ele assente mais uma vez. — Ótimo.

O promotor deixa um beijo em meus lábios e, então, busca meus olhos com os seus ao perguntar:

— E qual é o próximo?

FIM

É possível ser feliz lutando por um sonho?

Por Sr. Concursado

Num dia desses, perguntaram-me sobre como ser feliz "durante o processo"; ou seja, durante a luta em busca de um sonho, seja qual for o seu: concurso público, vestibular, residência médica, monografia, perder peso, conseguir uma promoção no trabalho e por aí vai. Achei essa reflexão tão importante que resolvi trazê-la para vocês aqui também.

Quero que reconheçam que esse "processo", na verdade, se chama "vida". É isso mesmo: a vida nem sempre é fácil ou confortável, e lutar pelos seus objetivos e sonhos é uma parte importante dela, ainda que árdua.

Quando você não aceita a felicidade nas circunstâncias em que se encontra e a projeta só lá na frente, cheio de condicionais, está simplesmente negando sua própria vida.

O dia de hoje não será revivido amanhã: quer mesmo jogá-lo fora?

Imagine um alpinista. Você pode achar que sua felicidade está em chegar ao topo da montanha. No entanto, e se alguém o colocasse lá em cima (de helicóptero, por exemplo)? Você acha que ele se sentiria tão realizado? Ou seria só mais uma vista bonita que seria logo esquecida?

A felicidade está nesse nosso caminho chamado "vida", cheio de obstáculos, desafios, problemas e ótimos momentos também, e não no mero "chegar lá".

Não dá pra ser feliz só no lazer, no prazer, no ócio e no fim de semana. Isso é um belo desperdício desse presente que é a vida.

Sim, crescer dói. Ficar forte dói. Mas é também extremamente reconfortante você ir à noite pra cama com a sensação de dever cumprido; de que aprendeu, amadureceu, melhorou, cresceu. Não é isso o que é ser humano?

Se você for deixar para ser feliz só depois de conquistar todos os seus objetivos e estiver tudo exatamente como você quer, você provavelmente terá uns oitenta anos quando perceber que jogou fora sua vida, deixando a felicidade sempre pra depois.

Chega de postergar a felicidade para "quando passar no vestibular...", "quando entregar essa monografia...", "quando conseguir aquele emprego...", "quando me aposentar...".

Quem pensa assim fica como um cachorro correndo atrás do próprio rabo. Tem certeza de que quer viver assim?

"Não dá! Ninguém me apoia!"

Por Sr. Concursado

Então você decidiu correr atrás do seu sonho e começar a estudar. Quer ser aprovado logo na prova que escolheu e, para isso, planejou-se para estudar todos os dias, dormir cedo e aproveitar ao máximo o seu tempo, e tudo corre às mil maravilhas.

Até que se passaram uns dias e agora algumas coisas vêm te deixando irritado: seu irmão assiste à televisão na maior altura o dia inteiro, os vizinhos ficam brincando e gritando no playground, seus amigos insistem em te chamar pra sair em plena quarta-feira... e você já disse que está estudando!

Cada ruído te desconcentra e te deixa com raiva: "Como ninguém tem consideração!". Você briga e bate a porta do quarto: "Assim não dá, ninguém me apoia". E vai dormir.

Imagino que já tenha dado para perceber que levar assim não vai ser muito frutífero.

Essa mentalidade de que todos (até quem nem sabe o que está acontecendo) têm a obrigação de mudar suas vidas por uma escolha SUA só te atrapalha. É como você ficar com raiva de ter brigadeiro em um aniversário de criança só porque você está de dieta. Não faz sentido.

Entender que a decisão de estudar foi sua, que o beneficiário é VOCÊ, e que ninguém tem nada com isso, vai fazer sua vida muito melhor. Pensando assim, qualquer sinal de respeito e apoio (seu irmão abaixou a TV, seus pais encostaram a porta do quarto, seu cônjuge veio dormir mais cedo com você...) será visto como realmente é: carinho, e jamais uma obrigação (ou seja, se não existir, tá tudo bem também).

Se você cultivar essa expectativa irreal de que todos à sua volta vão reprogramar suas vidas para se encaixarem no seu cronograma de estudos, você se verá frequentemente frustrado e irritado.

E mais: se só fizer sua parte quando o mundo inteiro mudar e conspirar a seu favor, você provavelmente nunca sairá do lugar.

Seu vizinho de sete anos está brincando (nada silenciosamente) no playground? Bom pra ele! Coloque um tampão de ouvido ou um fone com um barulho de chuva e siga seus planos. Seus amigos marcaram de se encontrar na quarta-feira? Agradeça o convite, deseje-lhes bom proveito e siga seus planos.

Abrace a luta como ela realmente é: só sua.

Qualquer ato "contrário" já é esperado e faz parte da vida; e qualquer ato favorável nada mais é que uma expressão de carinho para com você: fique grato e use isso como um combustível à sua motivação (mas, de novo, se não existir, está tudo bem).

A vida é cheia de festas com brigadeiro. E que nunca deixe de ser.

Você já deu seu passo hoje?

Por Sr. Concursado

Tenho percebido, com as perguntas que recebo, que cada vez mais gente quer tudo pronto e perfeito na hora. Querem começar vencedores, batendo recordes. E, esquecendo-se dos degraus, já querem começar no topo.

No entanto, não é assim que a vida funciona.

O imediatismo nos custa a oportunidade de conquistar sonhos incríveis. A negação do processo, a intolerância ao fracasso e às tentativas só os levam a frustrações.

Coisas realmente boas requerem tempo e muita paciência para serem moldadas; requerem a humildade do começar, de ser iniciante, de falhar em várias tentativas. Requerem renúncias, disciplina e persistência. Coisas realmente boas são caras, e poucos são os que estão dispostos a pagar o preço.

Seja estudar para um concurso ou para o vestibular, seja se aventurar como *trainee* em uma empresa ou em uma nova graduação, seja começar a correr ou mudar os hábitos alimentares: você nunca vai conquistar nada se não se entregar ao processo (e aceitá-lo).

Também não vai conseguir correr uma maratona no seu primeiro dia, mas pode começar correndo alguns minutos. Não vai começar acertando todas as questões, mas vai aprender e melhorar cada dia mais.

Se der um passo de cada vez, com consciência e paciência, você se sentirá cada vez mais forte e capaz, e estará cada vez mais perto do seu objetivo.

E, mesmo se não conseguir bater a sua meta diária, está tudo bem. Siga fazendo o que for possível, o melhor que conseguir; quem sabe não estudar alguns minutos ao final do dia?

Não precisa "chutar o balde" e automaticamente deixar para amanhã, para o dia em que virtualmente estará tudo perfeito: "Amanhã eu faço 100%" ou "Segunda eu começo direito". Até quando?

Tire da sua vida esses pensamentos de autossabotagem. Esse "100%" nunca vai chegar, então faça o seu melhor com as condições que você tem hoje e nas circunstâncias que se apresentarem a você.

Nessa caminhada, qualquer passo importa.

Assim, mais do que algo que veio de mão beijada, você vai conquistar cada avanço com seu próprio suor e força. Vai comemorar cada novo quilômetro e repetição, vai comemorar cada questão que acerta e aprender com cada uma que erra. Vai orgulhar-se de si mesmo a cada dia, por dar seu melhor. E, por fim, vai cruzar a linha de chegada.

Quando você alcançar seu objetivo e olhar pra trás, verá quanto ficou mais forte, diferente, quanto cresceu. Verá a transformação que foi capaz de promover a si mesmo, com nada mais do que esforço, dedicação e disciplina.

E então você vai ver que é aí que está todo o seu mérito, sua vitória. Ela não está no resultado, mas no processo.

E você, já deu seu passo hoje?

AGRADECIMENTOS

Primeiramente, eu gostaria de agradecer aos meus pais por me presentearem com livros desde que eu me conheço por gente. Sem vocês, eu nunca teria conhecido tantos universos e histórias, e minha vida teria muito menos cor. E, então, à minha irmã mais velha, que me ensinou o tal do hábito de leitura, me mostrando que é possível ler por horas a fio – é sério, se vocês acham que eu leio muito, é porque não a conhecem.

Um muito obrigada e um abraço apertado para minhas leitoras beta que, com seus surtos e comentários animados ao longo de um primeiro rascunho bem desajeitado, me deram a coragem de seguir em frente com este projeto. Obrigada pelas mensagens, áudios e vídeos, vocês são demais.

Àqueles que me acompanham nas redes sociais: vocês não imaginam como o carinho e o apoio de vocês são fundamentais para mim. Acho que nunca conseguirei agradecer o suficiente por vocês tornarem tudo isso possível.

O meu muito, muuuuuito obrigada a você, leitor, que aceitou embarcar nessa aventura com uma aspirante a escritora. Eu espero do fundo do meu coração que você tenha se divertido ao acompanhar esta história e que saia, de alguma forma, inspirado a correr atrás dos seus próprios sonhos.

E, por fim, é claro, obrigada ao meu amado marido, Nathan, por me apoiar em cada projeto (louco) em que resolvo embarcar. Obrigada por me aguentar, por meses a fio, tagarelando incansavelmente sobre meu livro, personagens, dúvidas e anseios. Obrigada por me dar o tempo e espaço que eu precisava para realizar este sonho e por me encorajar desde o primeiro momento. Obrigada por ter sido meu primeiro leitor e por não brigar comigo por lhe perguntar o que estava achando a cada trinta segundos. Você sempre será minha maior inspiração.